正与邪，善与恶，
只在一念之间！

卧底

我在湄公河的卧底生涯

姜凯阳/著

北京联合出版公司
Beijing United Publishing Co.,Ltd.

目 录

该收网了，再不收网，

放出去的鹰，就要找不到家了。

第1章

制毒窝点

在金三角的山区里，一座远离城市的厂房坐落在山坳之中，厂房的四周是超高的围墙，从外面谁也看不出来在围墙当中到底有些什么。这个围墙只开了一扇门，是那种完全封闭的铁门，厚重而严密。门平时不开，就是开也只是暂时半开，然后马上关闭。

在门开启的瞬间，你能隐隐看到里面的人身上挂着微型冲锋枪或是拎着手枪，随时监视着围墙四周的天空。围墙四周围了一圈隐秘的电网，任何人碰到它，瞬间都会变成灰烬。

围墙里除了那座孤零零的厂房和几座简易仓库，就是分布在围墙四角的岗楼。岗楼在外面是看不到的，他们只负责围墙内的警戒，而且是全天候、全方位、没有死角地监视。

厂房外墙面爬着许多粗细不等的管子，这些管子的一头连着外面镶在墙壁上的各种装置，另一头则像蛇一样钻进厂房的屋顶中心。那是两个高约4米的大铁罐子，一座楼梯连接在大铁罐的顶部。

紧挨着大铁罐的是一个电解设备，设备的两根电解管上分别标注有"甲苯""水解釜"等字样。

在这些设备的旁边还分布着摆线针轮减速机、空气压缩机、真空耙式干燥机等各类机器，以及大大小小的玻璃与塑料容器，厂房里终日弥漫着白色的烟雾。

再往里面走，是两个小房间。就是在这两个小房间内，达子和制毒师老姜已经连续吃住将近一个月的时间，此刻他们正戴着专业制毒面具仔细调配着原料的比例。

达子非常了解这些原料，酒石酸、氢氧化钠、还原铁粉等又摆在了他的面前。达子一边用心记录着老姜操作的每个步骤，一边在脑海里不停地回忆当年在学院时他们的博士生导师所做过的一切。

达子来这里制毒不是他选择的，就像是命运硬把他安排到了这里。他对这里的一切都充满着敬畏，在他和老姜的身后，站着的不再是那些化工系的观摩学员，而是全副武装的贩毒分子。这些贩毒分子在他们后面，随时保护他们的安全，也随时监控他们的行动。他们和达子一样也都戴着专业的制毒面具，因为这里面始终充塞着令人眩晕甚至窒息的气体。

达子走上制毒之路，是偶然，也是必然。

达子上学时就特别喜欢化学，当时他被那些美丽的化学试验现象深深地吸引，随后，就一头扎进化学知识的海洋中，如愿以偿考取了最好的化工学院；和所有化工学生一样，梦想着将来自己走向祖国重要的化工岗位，把一生奉献给化工事业，但没想到命运却跟他开了一个玩笑。

他先是被一名优秀的化工导师选中，和一些学生一起加入了导师的课题研究项目。导师很认真，教会了他许多在书本上没有学到的知识。后来，导师把他和另一个学生选入了核心项目中。这个项目导师让他们两个不要告诉任何人，因为核心项目还有待认可。导师想带领他们成为化工领域的先驱，两人怀揣梦想与导师开始进行研制，经过努力，核心项目很快获得成功。

作为回报，导师给予二人丰厚的薪金，达子觉得自己的能力得到了社会的认可，也感到了自身存在的价值有多大。正准备扬起风帆继续与导师一起前进的时候，导师却被警方控制了，随后，达子和那个学生也被抓了进去。

到了里面，达子才知道，导师的核心项目就是制毒，他俩还一直被蒙在鼓里，卖力地给他干活。他恨透了导师，可是晚了，自己的选择只能自己承担，但是对于化学执着的劲头并没有减退。

他在狱中继续进行研究，并写出了化工界的奇书《论制毒与治毒》。就这样，他被奇迹般地选到了缉毒的队伍里。作为一个不是科班出身的战士，他感谢政府给了他一个改过自新、重新做人的机会。

那是一个下着雨的晚上，他被一个叫赵天义的中年男人带走，用直升机送到一个秘密营地，接受了三个月的封闭训练，经过各方面严格考核后，这才正式接受任务，被秘密送入金三角，贴靠在一个叫华仔的贩毒组织中。又经过近半年的考验，这才进入制毒核心层，给老姜做了研制新型毒品的助手。

达子此时详细记录着老姜的操作，一是替华仔集团的华哥掌握老姜的核心机密，二是为我国的缉毒特警收网抓获华仔集团掌握第一手证据，三是想把自己的化学专业知识再次升级一个层次，所以，他非常用心地观察着老姜的每个动作。

老姜操作到了关键的地方，回头告诉达子把身后的保卫叫过来。达子去叫保卫，保卫跟了过来。老姜已经把最后一步做完了，蓝色的晶状体从液体中析出。

"我要上卫生间。"

老姜隔着笨重的面具对保卫说，他等待着保卫的认可，因为他们如果没有经过申请而随意走动，保卫随时可以开枪击毙他们。

"行，我跟你去。"

保卫把枪背到了身后，准备在前面引路。

"上趟厕所都有人盯着，我成你们的囚犯了！"

老姜不满地说着，并吩咐达子把制造好的毒品放到电子秤上过秤。

"没有哪个囚犯能一个月赚到 200 万。"保卫跟老姜开着玩笑，声音中充满了嫉妒。

"200 万很多吗？我生产的可是纯度高达 97% 的蓝色冰毒，你们每月给我的酬劳还不到利润的十分之一！打发要饭的呢？！"

"这事不归我们管，您得去找华哥。我们只负责每天安全地把您送来送回！"

另一个保卫看到老姜与兄弟争执，走了过来。

"走，我陪您去厕所。"

"不尿了！"

老姜转过身开始和达子一起收拾东西，准备结束今天的工作。

达子知道老姜就是这个脾气，能做到制毒师位置的人，似乎就应该是个化学怪人。他们脾气古怪，架子也大，所以两个保卫虽然对他有意见，但也是敢怒不敢言。

毕竟老姜可是金三角制毒界赫赫有名的老手，他的童年就是在罂粟花的陪伴下度过的。他全家都是制毒的，父亲是国民党军队在金三角的残部，当时为了生存，在这山地深处种植罂粟。所以，老姜很早就掌握了最低级的毒品制造技术，然后就一直在制毒业摸爬滚打，经过多年努力，终于在制毒业熬成了祖师爷级别的人物。他在江湖中的地位也是与日俱增，身价一直在飙升，如果不是华仔集团巨大的实力挽留了他，他现在早就被请到欧美国家挣美元了。

达子要把打包好的毒品放到保卫的车上时，老姜像变戏法似的拿出一小包化学液体塞进了毒品箱子，两个保卫没有看到。老姜回头时，却看到达子正在盯着他，他瞪了一眼达子，达子知道自己不能乱说，就假装没看见，任由两个保卫拎着箱子出了车间。

围墙的大门开了，两辆改装过的巨型路虎开了进来，几个保卫跑了过去，把车门打开，一个穿着白衫、嘴里叼着雪茄的人从车上走了下来，他热情地迎向刚从厂房里走出的老姜。

"怎么样，今天很顺利吧？"

"华哥，今天的按量交货了。"

老姜面前就是华仔集团的掌门人华哥，老姜的这批货因为纯度很高，可以说是毒品中的极品，所以华哥非常重视，每次取货，都是亲自赶来。

"我给你配的这个助手，化学高才生，用得还顺手吗？"

老姜知道华哥说的是达子，微笑着瞅瞅达子，点了点头。

"小子好好学，努力干，我华哥是不留没用的人的。"

华哥一边拍着达子的肩膀，一边大笑着说。

达子一直在注意着老姜，他想搞明白老姜到底要做什么。老姜此时的注意力也完全在那箱毒品上，看到毒品安全放进了车的后备厢，老姜才舒了一口气。

车子从围墙里爬上盘山公路，车子开得很快，只一会儿的工夫就已经到达了城市边的公路上。达子看到老姜不时地看着自己的手表，华哥在前面悠闲地抽着烟。他知道要发生什么，但他不知道将会发生什么，所以心情有些忐忑，也有几分期待。

就在车拐了个弯走上城市主干道的时候，车的后备厢内突然冒起了烟，烟很大，呛得车内的人都睁不开眼睛，后备厢也迅速着了起来。华哥急了，指挥着手下赶紧救火，抢救毒品。

达子也跳下车，帮助他们去拿灭火器。在他们全力扑救的时候，老姜却迅速跳上了旁边的一辆车，在烟雾的笼罩下，踩下油门疯狂地向另一个方向开去。

华哥突然发现老姜开车跑了，他立即招呼手下上车去追赶。达子也被手下押上了车。华哥的枪顶着他的头，一边看着前面老姜的车，一边声嘶力竭地质问达子。

"快说，这是怎么回事？"

达子冒着冷汗，他哪里知道这是怎么回事。

"我不知道呀，华哥。"

华哥凶狠地看着他，一面死死地用枪抵着，一面命令司机一定要追上老姜。

老姜看着后面越来越近的追兵，把油门踩到了底，车像脱缰的野马一样，在公路上飞驰。后面车里的保卫探出了头，开始向老姜射击，几枚子弹穿过老姜开的车的挡风玻璃飞了进来。老姜把头一猫，双手把住方向盘，时不时抬一下头，与华哥的车展开了公路竞速。

他见到与后面的车还有些距离，松了口气，赶紧拿出手机拨通了一个号码。

电话里传来一个厚重的男低音。

"在路上吗？"

"刚逃出来！"

"辛苦辛苦，我的车在约定地点等你。"

又是几颗子弹打了过来，老姜的车体也出现了几个洞，老姜摇晃着方向盘躲避子弹。

"豪哥，我可是冒死逃出来的，你可不能辜负我，答应我的条件一定得兑现。"

"一口唾沫一个钉，我赵龙豪从没失信过。老姜，你是制毒师中难得的人才，只要你来，就是我的股东，我把利润给你一半，保你月入千万，咱们一起干事业！"

"好好。还有，华仔给我配了个助理，明着给我打下手，实则想偷我的技术。一行有一行的规矩，制毒师若是把技术传给别人，就是断了自己的财路，甚至是生路！豪哥，我的意思你明白吧？"

"当然，你过来后，生产上的事都听你安排，我不参与！"

"好，一言为定，合作愉快！"

和老姜通话的就是金三角现在排在第二位的贩毒大哥豪哥，此次出逃，就是因为老姜看中了豪哥给出的价码，也受够了华哥的气，才临时做出的决定。

老姜把一切都考虑好了，觉得自己的明天越来越美好，但他唯独没有想到一件事情，他再也活不到明天了。

第2章

快递员

　　追的车和逃的车差不多并成了一排，在公路上展开了比赛。老姜用力地晃动着方向盘，试图用自己的车把对方别下公路。两辆车子在碰撞中不停地擦出火花。达子死命地抓着车上的把手，生怕车子失控，他会随着车子飞出去。

　　老姜的车把华哥的路虎别到了后面，在公路变窄的地方，两辆车一前一后，朝前面的十字路口奔去。突然一枚子弹打中了老姜的车胎，方向盘顿时失衡，车径直向十字路口对面的灯杆撞了过去。

　　此时十字路口的灯已然变成了红灯，华哥在车里看到老姜出了车祸，催促着司机快点开过去，他怕老姜从车里爬出来逃掉，所以，路虎闯了红灯直冲过去。就在这时，一辆快递面包车从垂直的路口驶来，结结实实地顶在了路虎的肚子上。

　　路虎晃了两晃，被撞停了下来，华哥在手下的帮助下，挣扎着从车里钻出来。

　　那辆面包车被撞得很惨，车头被撞瘪了一半进去，玻璃也碎了一地。但却没翻，还停在那里，一个20多岁、模样很帅的年轻人，骂骂咧咧地从车里爬出来，气势汹汹地走向华哥。

"红灯都闯，你们不要命了！全责，你们全责！"

华哥直奔老姜的车而去，根本没有把叫骂的年轻人当回事。

年轻人见华哥无视他，更加气愤起来。

"哎，想跑啊？我可报警了！"

嘴里骂着，人已经向华哥他们追了过去，一副一定要讨个说法的架势。

此时，车内的老姜已经被撞得晕晕乎乎，动弹不得。他掏出手机，拨通了豪哥的电话。

"我出事了，在密天十字路口，快来救我，再不来就晚了！"

老姜没有等来豪哥，倒等来了华哥的打手，华哥和手下七手八脚地把困在车里的老姜拽了出来。

他们拖着晕晕乎乎的老姜刚要往回走，迎面被那个年轻人拦了下来。

"警察马上就到，你们是全责，别想走！还有我的医药费，一分钱也不能少！"

达子知道华哥正在气头上，这个不怕死的快递员根本不知道他在跟谁说话，他怕华哥一气之下把这个快递员干掉，就赶紧拉开他，让他马上离开别惹麻烦。但年轻人仍不依不饶地抓住达子，试图要争辩出个是非。果然，还没等达子说什么，华哥的手下就已经上来了，揪住年轻人的衣领，嘴里骂着，伸手就打。

"给我滚开，少添乱！"

没想到华哥的手下刚伸出手来，就被年轻人抓住了手腕，年轻人肩膀用力一顶，华哥手下的胳膊就断了，歪着身子痛苦地呻吟着。更多的华哥手下见状冲了上来，两边立即动起手来，但年轻人丝毫不落下风，很快几个人就被年轻人打翻在地。

就在年轻人还没来得及得意的时候，一颗子弹擦着年轻人的身体飞了过去，远处一根树枝被折断，晃晃悠悠掉了下来，年轻人意识到不好，立即跳向面包车后找地儿躲藏。

华哥根本没拿他当回事，拖着老姜继续朝路虎走。

几乎与此同时，一辆奔驰房车从远处疾驶而来，华仔见来者不善，命令手下把达子和老姜塞进路虎车内，发动了车子。

见路虎车开走，那名年轻人立即从快递车后追了出来，刚想迈步去追，一串子弹射来，年轻人赶紧再次趴倒在地。子弹是从奔驰房车里射出来的，目标直指华哥的路虎。奔驰房车从年轻人身旁疾驰而过，径直追去。

年轻人看着两辆车一前一后而去，气得捡起地上的一把枪，朝山上那条小路跑了过去。

年轻人抄近道赶到了两车马上就要开过来的火车道口，手中的枪举了起来。一辆列车正开来，公路栏杆已经落下。路虎车抢道驶来，年轻人举枪瞄准，但路虎根本没把年轻人放在眼里，径直朝年轻人撞过来。就在车要撞到他的时候，年轻人屏神静气朝驾驶室里开了一枪。

子弹擦着驾驶员耳根子飞过去，达子感觉子弹在后排座椅上一声闷响。华哥的手下可能是受到了惊吓，脚下的油门没有放开，路虎像疯了一样撞开公路栏杆，在火车驶来之前冲过了铁路。

达子和华哥在车里被颠起老高，他们谁也没注意到，在后排坐着的老姜，现在已是脸色苍白，呼吸困难。

火车呼啸而过，拦住了赶过来的房车。等火车驶过后，路虎已经没了影儿。豪哥气得要命，摔着车门下了车。豪哥看到了在旁边拎着枪站着的年轻人。

"你谁呀？"

"我叫大陆，他们闯红灯把我的快递车撞报废了！"

大陆指着路虎远去的方向，欲哭无泪。

路虎车内，甩掉了豪哥的追击，达子才发现刚才从外面射进来的那颗子弹射穿了驾驶椅，击中了后座上的老姜。子弹射进了老姜的腹腔，血一股股地涌出来，他已经说不出话。

华哥一回身也看到了已经在大口喘着气的老姜，顿时就傻了。老姜对于他是何等重要他心里最清楚，如果老姜死了，他这么多年的经营将会名存实亡。想到这儿，他回过身，用枪指向了达子。

"快，把他的子弹取出来。"

"哥，我哪会取子弹啊？"

达子战战兢兢地说着，他知道老姜对华哥来说意味着什么，在这种情况下，他只能按照华哥的旨意办。在颠簸的车里，他试着从老姜的肚子里把子弹给找出来，老姜的血一直流个不停，达子的手弄得血葫芦一样，也没有把子弹取出来。

老姜的呼吸渐渐虚弱起来，连开始的呻吟声都没有了。华哥急了，推开达子自己动起手来。他拼命地挖着，以为这样就可以挽救老姜的性命。达子眼看着老姜的脸，因为疼痛已经变得扭曲，华哥却全然不顾他的痛苦在他的身体里使劲地搅和起来。最后，华哥终于取出了那枚子弹，可是，老姜已经闭上了眼睛，再怎么呼喊，也没有了声音。

华哥看着眼前血肉模糊的老姜，拿着子弹，愣在了那里。

所有的人大气都不敢出，就那么看着华哥，生怕一不小心引来杀身之祸。达子也在判断着接下来华哥可能的举动。就在这时，两声枪响，华哥的两个手下被爆了头。

达子迅速将视线看向华哥的同时，华哥的枪口已经指向了达子。

达子吓坏了，他看着华哥那张因为愤怒而变形的脸，还有那黑洞洞的枪口，他的腿有些发软。那一瞬间他心里涌起了要牺牲在这儿的感觉，这让他心里一阵悲凉。

"华哥，饶了我吧，我真的什么都不知道，是老姜自己策划逃跑的。"

达子下意识在为自己的生命争取着某种可能，虽然他知道华哥扣动扳机从不需要理由，只凭自己的兴趣。就在他想着华哥扣动扳机的瞬间他要不要反抗时，华哥却放下枪，说了一句话。

"老姜死了，你来制毒！"

达子愣住了，他知道自己还不具备老姜的能力，他完不成这个任务。就算是能完成的话，他也不可能去制毒，这样做对他意味着什么，他很清楚。但在目前这种状态下，他不答应华哥的话是不可能的，除非他不想活了。

所以，他只能点头。

"华哥，我不知道能不能研制成功，我只能说尽力。"

"完不成你就死。"

华哥用冷冷的目光看着他，"完成的话，你要什么我给你什么。"

华哥说完，将手上的血在衣服上使劲抹了抹。

老姜死的消息，第一时间传到了豪哥耳中。豪哥听到这个消息，最初是痛恨和难过，但很快他就平静了下来，因为这样的结果，让他和华仔集团的实力又回到了同一个起跑线上。华仔集团没有新型毒品的供给，势必会失去刚刚拓展的市场；他豪哥凭借着原有的老式毒品的影响力，马上就会东山再起，他很快会蚕食掉华仔还没有站住脚的市场。豪哥集团的春天马上就要到来了，他憧憬着即将到来的成功。

　　但片刻之后，他想起亲眼看到华哥把老姜拉上了路虎，那老姜是怎么死的，不可能是华哥害死的。

　　"老姜是怎么死的？"他问道。

　　"说是当天有个快递员，在华哥的车闯过铁路时，那个快递员为了拦车，开了枪。可这一枪太准了，打中了老姜，那小子可能还不知道自己杀了人。"

　　豪哥也想起了自己在铁路口见到的快递员，当时，他奇怪为什么那个快递员站在那里，现在他知道了。一定是那个快递员，用手中的枪把老姜打了个正着。

　　他现在有一种冲动，想感谢一下那个快递员。还有那个快递员枪法如此之准，他豪哥把他招进集团，不失为一个好的选择。

　　"给我查一下，那小子是哪家快递公司的？"

　　豪哥意气风发地吩咐手下。

第3章

另一个卧底

大陆丢了车，又丢了一车快递包裹，正在遭受着快递经理的臭骂。

"你还能不能做点事了，车说报废就报废了，你给我赔！"

经理气得把桌上的水杯扔到了地上，溅了大陆一裤子的水。

大陆刚上班还没到一周，他哪里来的钱，他央求着经理再给他点时间，等他做工挣够了钱就去修车。

"我这里不是福利院，公司的损失，我不能垫付，你自己想办法。如果车修不好，你就等着吃官司吧。"

经理一点不给大陆机会，大陆坐在那里不知如何是好。两个人正在争执时，大陆看到那天在铁路口从奔驰房车上下来的人，带着一伙人进了屋，这个人直接奔经理走了过去。

"他的事，不怪他，你看需要多少钱，我来赔。"

经理愣住了，看着进来的豪哥顿时就傻了。这种大哥般的人站在自己面前，没有几个人是不哆嗦的。

豪哥很有礼貌地把几沓钱摆在了经理桌上。

"我可以把人领走了吧？"

豪哥同样很有礼貌地说。

大陆被豪哥带上了停在门外的奔驰房车。

上了车，大陆感谢豪哥帮他解围，说他会尽快把钱还上的。

豪哥微笑着看着他。

"功夫在哪里学的？"

大陆知道他所说的功夫，一定是看到他打华哥几个手下，赶紧谦虚起来。

"这算什么功夫，从小打架在街上混，跟一个大哥练的，野路子。"

"这么好的身手怎么做快递员了？"

豪哥仍是笑眯眯很有礼貌地问。

"在家里犯了事儿，只能躲出来，混口饭吃呗，总比在监狱里好。"

"犯的什么事儿？"豪哥仍面带笑容，流露出对大陆的浓厚兴趣。

大陆犹豫了一下，叹了口气："好吧，看在你仗义出手的分儿上，我就跟你说了吧。我老家是东北的，我跟几个哥们儿在酒吧喝酒跟一个黑社会大哥打起来了。一帮人拿猎枪要轰我们，我没办法，只好拿刀劫持了那个大哥。那个大哥反抗，我一失手，给他抹了脖子。"

大陆说完豪哥很满意地点了下头："嗯，我果然没看错，是个人物。来，我们认识一下吧，我叫赵龙豪，也是东北来的。要是看得起的话，就跟我混吧。"

"我知道豪哥做的是大生意，那里面水太深，说实话，我不太敢沾。但欠你的钱我会一点点还你的，对不起豪哥！"

豪哥大气地一摆手："不用说什么对不起，你是自由的，你可以不跟我混，但我有义务告诉你什么是毒枭，以免你对这件事儿有误解。在我的理解，毒枭其实跟其他商人一样，只是人家卖房子卖地，卖信息卖网络平台，而我卖的是毒品而已！"

"豪哥，我没什么大志向，只想混口饭吃，等那件事儿风平浪静了我再回去，不想整天提心吊胆地度日！"

豪哥看这个快递员两次拒绝了他的请求，有些生气，但是他表面却不动声色："人各有志，不能强求。如果你没有杀了金三角首席制毒师的话，你可能还有选择；但现在，就算你想过这种风平浪静的日子，别人也不会让你过的，我实话告诉你，华哥那边已经派人在找你，准备杀了你报仇，你自己好自为之吧。停车。"

"什么，我杀了人？制毒师？"

大陆佯装才知道自己摊上了人命官司，说话紧张起来："是他们抢了我的车我才迫不得已自卫的。"

"你考虑一下吧，今后有麻烦，可以随时来找我。那笔钱就当我谢你的，不必还了。"

豪哥让手下把车停下，大陆下了车，房车一溜烟开走了。大陆望着远去的车影，确认没人盯着自己，这才开心地笑了起来。"得，这事儿终于成了！"他心想，必须第一时间把这件事告诉老曲。

大陆离老远就看到"美娜店"的门前坐了许多穿着民族服饰的女孩，为了不引起她们的注意，他低着头快速从她们面前走过。

大陆是来找曲经的，曲经是他的上级，隶属于缉毒总局，而大陆是缉毒中队的人。大陆有时觉得曲经这个卧底当得真是不错，不仅成了一家夜店的老板，而且居然有个相好，相好的女孩就叫美娜。所以，大陆私自给这家店改了个名字就叫美娜。

大陆见过美娜一次，皮肤是棕铜色的，很爱笑，也很温柔。大陆觉得曲经在金三角就是来泡妞的。他大陆辛辛苦苦地在刀尖、枪弹里打拼，而他曲经却可以每天打着牌，泡着妞，还要不断地命令他，这让他感觉很不爽。如果不是上级的命令，说什么他大陆也要和曲经争一下，自己这么帅，哪里会有他曲经泡妞的份儿。他边想边不觉地笑了起来。

　　店不大，却是深藏绝色，即便在金三角地区，这样的店也是很有名的，经常会有些大毒枭来偷着享受美色。进门时，美娜朝他点了一下头，大陆直接向楼上走去。上了楼，没有看到曲经。美娜告诉他，上了二楼直接往里走，可是现在却一个人也没有，大陆突然警觉起来。那一瞬间，他感觉到曲经出事了，他下意识去摸捡来的那把枪，这时，一把手枪已经顶在了他的头上，大陆心里一紧。枪栓被打开，扳机扣动，却没有子弹射出来，大陆这才松了一口气。

　　"老玩这个把戏，你腻不腻呀？"

　　"是聪明了哈，要不是我每次玩，你能这么聪明吗？"

　　曲经在大陆的身后放下了手枪，不理大陆，率先走进房间，大陆跟进去，一屁股坐在摇椅上，端起已经泡好的茶，喝了一口。茶有点烫，大陆一口又给吐了出来。

　　"以后你能不能弄点凉的，还让不让人喝啊！"

　　大陆摸着耳朵，刚才那一口茶下去，嗓子眼差点起火。

　　"说你没品你还不服，茶就得要烫才行，要一点点喝。"

　　曲经说着话，示范似的端起另一杯，不慌不忙喝了起来。边喝边坏笑地看着大陆。

　　"事情成了，豪哥联系我了！"

　　大陆不再跟他计较，端起茶杯，用嘴吹着，一点点润着。

　　"那只是你危险生活的开始。"

　　曲经无动于衷，一杯接一杯地喝着茶，仿佛这件事情跟他没有关系一样；但实际上，他心里是高兴的。同时也增添了一丝牵挂和不安，那毕竟是在狼群中，随时都会出现危险，所以，他能做的就是尽量地把一些经验分享给大陆，叮嘱大陆进了豪哥集团要见机行事，自己只能暗中保护。

两个人做了简单的交谈，曲经示意大陆快些走，不要暴露目标。

大陆刚走下酒吧的楼梯，身后就再次被人用枪顶住，这次他知道危险是真的来了。

"华哥请你去喝茶。"来人说。

大陆松了一口气，看来对方暂时还不想要他的命。但他只要动一下，子弹就会从他的身体穿过，所以，他选择了妥协，按照他们的指示向楼下走去。

这一幕，曲经在二楼看得非常清楚，在他们走出大门之前，曲经迅速从后门走了出来，找到不久前刚停在酒吧的车，在车的排气管里塞上了软木塞。

大陆被两个人挟持着上了车，车子还没有开出去 100 米，便爆了缸。一个人下车去看什么情况，大陆听到车后一声闷响，知道曲经得手了，车上的人正要回过头来看住大陆的时候，大陆的手腕已经绕过了他的脖子，往怀里一带，就结果了那个人的小命。

大陆下车和曲经握了一下手，表示感谢他的暗中相助。

"豪哥集团和华仔集团两伙是死敌，目前正在争夺新型毒品的货源和市场，你杀了老姜，他们很可能还会培养像老姜这样的新型制毒师。"

"怎么办，那个新的，我们也要消灭吗？"

大陆说这话时显得有些沮丧，那是因为那一刻他真心觉得，这样一个个消灭下去，什么时候是个头呀。

"没有那么麻烦，我们还有一个卧底，已经打入华仔集团，只要我们共同努力，金三角的两大贩毒集团，指日可破！"

华仔集团还有卧底，这个是第一次听说，大陆感到非常意外。

第4章

制毒师

对于制毒，达子可以说是轻车熟路，因为那个导师领他们干的就是这个工作。可是老姜能生产出的蓝色晶体，达子却做不出来。老姜是业界的老手，每次毒品有更新时，他都是第一个去研究，而导师并不是纯毒品贩子，所传授的都是那些毒贩们用了很多年的老方法。而且内地又没法与金三角同日而语，其中落后多少，不是用技术水平衡量，而是用年来计量的。

所以华哥让他制毒而且还要和老姜的一样，达子打死也做不出来。可是，华哥现在就在他的身后盯着他的每一个动作，如果制不出来，他的命也就不保了。达子现在唯一的办法，就是努力地去回想老姜在制毒时的每一个细节。可是关键的地方，老姜没有让他看。他在心里咒骂着老姜，老姜早不死晚不死偏偏这时候死，这不是要他的命吗，他的汗一滴滴地往下淌。

他用原来的方法把毒品制了出来，冰毒没有析出蓝色晶体而是一种乳白色的物质，通过纯度验证，只有67%。

华哥骂了一句。

达子只能实话实说。

"华哥，不瞒您说，我才跟了老姜一个月时间，他制毒的程序我才刚刚了解，哪能那么快就掌握啊？再说，老姜制毒时总防着我，关键环节不让我参与，今天这套程序，也是我自学的。还有，制作高纯度的蓝色冰毒，是大师级的技术，甭说在金三角，在美国和墨西哥也是屈指可数的。让我用这么短时间达到老姜的水平，我就是有三头六臂，也是不可能的。"

达子啰里啰唆地说了一大堆的废话，他知道这些话对现在急得火上房的华哥来说，一点作用也没有。但没办法，他必须努力给自己寻找生的机会。

"我说过，不留没用的人。"

华哥不再听他解释把枪掏了出来。达子看到华哥这是要动杀机，只好咬着后槽牙说：

"这样吧华哥，你再多给我点时间，我尽全力行吗？"

华哥看着达子犹豫着。

"好，一周，就一周。一周之后，纯度如果过不了 90%，你就得死！"

华哥给达子下了最后通牒，然后命令手下最得力的干将丹尼严加看管达子，没有他的允许，不许达子离开半步；吃喝什么的需要什么送进去什么。这才带人扬长而去。

临走时，华哥吩咐手下把这些货烧掉，告诉达子这种老式产品现在已经没有市场了。达子明白华哥这样做的意思，无非是告诉达子，一周后他要是研制不出高纯度冰毒，他就得死。

达子回到自己的房间，这时他才有机会静下来，回忆着这两天发生的事情。这一连串的事情来得太突然了，完全不在他的预料范围之内。老姜的死亡把他推向了制毒前沿，他来金三角是为了缉毒，而现在自己却成了一个制毒师，组织上是否会让他这么做。

要说原来作为老姜的下手，自己不是直接制毒，心里的愧疚还小一些，可是现在自己亲自生产起了毒品。如果真的按华哥的要求制出高纯度的毒品来，华仔集团就会大量地生产出来，那样，市场上的毒品就会危害到更多的人，他就成了名副其实的罪魁祸首。

到那个时候，组织会认可自己是迫于无奈吗？自己学化学到底是为了什么，是害人还是帮人？

达子打开了门，他知道门外丹尼一直在看着他。他对丹尼说：

"我快崩溃了，想去按摩一下，放松一下脑子，更好地回忆老姜如何制毒。麻烦去向华哥禀报一声。"

丹尼斜了他一眼，给华哥打了电话。达子听到华哥同意他去，但是必须有人寸步不离地跟着。达子想起了老姜在制毒工厂说的话，感觉自己真的是进了监牢，每时每刻都有人监视着他。

丹尼带着两名手下跟达子来到了洗浴中心。达子指定按摩师毛乐给他按摩，毛乐就是他在金三角的线人，达子的消息也只有通过毛乐才能传递出去。然后毛乐再带回上级的指示，传给他。

毛乐看到达子来，热情地打着招呼，熟练地把按摩床打理好。

"达哥，好久没来了，你还是喜欢全身的吧。"

毛乐一边给达子盖上毛巾，一边偷眼看着在旁边一起按摩的丹尼和手下。丹尼此时已经闭上眼睛在享受，但那两个手下却一直在注视着达子的一举一动，达子和毛乐之间的交流只能通过特工专业的密码传递。

毛乐在达子身上敲击的每一下，都是暗号。达子在床边敲着回应。

"老姜死了，华哥逼我制毒，怎么办？"

"先稳住他。"

"怎么稳住？一周时间制不出冰毒，我就得被干掉！我现在左右为难，要是制毒，我他妈来干吗来了？可不制毒呢，命就没了。你说我咋办？"

毛乐的手在达子的后背来回地按着，达子很长时间也没有听到毛乐的动静。达子翻了个身，直视着毛乐。

"你倒是说话啊！"

"我汇报给上级。"

"纯属废话，上级能咋说，还能把我救回去吗？我就是个化大毕业的普通大学生，谁知道卧底这么危险啊，现在真的后悔接受这项任务了！"

达子发着牢骚。

"这不还没死吗？你意志坚定点，相信组织一定会给你方向的。"

毛乐话说得很肯定，但达子知道他也是六神无主，只能安慰自己。所以，就更悲观起来。

"命都快没了，咋坚定？好好给我服务一次吧，这没准是我最后一次跟你见面了。"

还没有按摩完，华哥就来了电话催促他们快些回去，丹尼及两名手下带着达子走了，毛乐忧心忡忡地看着达子的背影。

达子还是个学生，从某种程度上来说，他并不是名真正的警察，很多刑侦的知识他都不了解。在接下来的工作中，达子将会面临更加凶险的境况，想到这儿，毛乐不禁为达子捏了一把汗。

毛乐迅速跟曲经取得联系，曲经正是他的上级，他分管两条卧底线——大陆和达子。大陆是正式的武警特勤，由曲经直接领导；而达子是外招的特殊技术人员，由毛乐负责联络。

毛乐向曲经讲了达子的困境，曲经听了也是非常担忧。他告诉毛乐当初之所以选中达子做华哥的卧底，就因为华哥多疑，一般特工人员很难打入其内部，所以上级才派了达子这样的普通大学生去做卧底，更有隐蔽性。

"华哥是个狠角色，他手下的人没有超过 4 年的，都被他干掉了。目前华哥让达子制毒，还要求达到老姜的水平。达子当助手还不到一个月，根本不可能制出纯度那么高的冰毒。可华哥不管那套，制不出来，就要干掉达子。我看达子是凶多吉少，咱们必须尽快想想办法才行。"

毛乐把自己的忧虑说了出来，曲经也觉得达子现在的处境真的非常危险。他没有考虑到达子被逼上位，组织上应该怎么保护他的问题。曲经和大陆当时设计打入豪哥集团的计划，并没有想让大陆杀了老姜。可是老姜命短，他就撞在了枪口上，也就使大陆成功地进入了豪哥集团。但是，现在麻烦来了，而且还很大，他也拿不定主意了。

曲经想了半天，也没有想出什么好办法。

"不行的话，救达子出来，取消他的卧底任务。"

曲经做出这样的决定，既是为了达子的安全，同时也是为了毛乐的安全。

遭到了华哥的报复，大陆就有了求助于豪哥的真实理由。带着这样的动机，被华哥劫持的第二天，大陆就来到豪哥集团自报家门求见豪哥。手下的人认出他来，报了进去，没多久，豪哥就亲自迎了出来。当听说大陆被劫持的消息后，露出一种意料之中的笑容。

"既然你找到我，以后你的事就是哥的事，哥是不会让你随便被人欺负的。"

说着话，豪哥喊来一个瘦弱的年轻人。

"这是东，这是大陆，你们都是从东北来的，以后就是自己人了，有什么事多照顾照顾他。"

东很客气地跟大陆握手，东的手湿冷，没有一点温度，这让大陆心里一紧，直觉上这是一个阴险毒辣的人，心下不免增加了一些小心。但表情上是开心的，说着多加照顾的场面话，同时推心置腹地感谢豪哥给他机会。

正说话间，几个手下推着一个人走了进来。

"豪哥，阿木吸毒让我们抓到了。"

豪哥的脸拉了下来。

"跟你说了多少遍了，这东西会毁了你，屡教不改。我告诉你，这是我最后一次拉你去戒毒，如果再犯，别怪我不留情面。"

豪哥对着那个阿木教训了半天，挥手让人带他走，这才转过头对大陆说：

"我们是生意人，毒品只是我们的货源，但绝对不允许沾它。这东西一沾，人就不是人了。所以，别怪我没有警告你，在我这儿，坚决不允许碰这东西。具体情况东会告诉你的，去吧！"

豪哥再次挥了挥手，大陆就跟东走了下去。

但这次交往，瞬间就让大陆对豪哥产生了一种亲切感，虽然他之前已经听曲经介绍过，说豪哥在金三角做毒品生意，但做的是仁义生意，这也是道上的一致看法。他只把毒品作为生意，对于自己的手下也都是严加管理，之所以要打掉这个豪哥集团也只是因为贩毒。曲经还说，他是难得的在犯罪集团中还有些良知的人。

当时，大陆还没有体会到这句话的含义，现在他明白了，豪哥不是传统的亡命之徒；即便是个毒枭，也算是个有道义的毒枭。

第5章

网

这是金三角的五月，雨水顺着屋檐流了下来，滴在了守候在制毒车间门外人群的身上。他们都静静地站在那里，一动也不敢动，每个人都屏住了呼吸，通过车间的窗户，向里面张望。

华哥在伞下一根接一根地抽着烟，一个手下为他端着烟灰缸，烟灰缸里已经塞满了烟头。华哥的衣服不湿，但他的额头却是湿漉漉的，不过那不是雨水，而是冒着热气的汗水。他的目光紧张地盯着制毒车间里穿着胶皮衣正在配制毒品的达子。

达子此时也是浑身躁热，全身浸透了汗水。他面前的天平上，已经放好了砝码，他在小心翼翼地添加着原料。他手中的勺子已经是那种微型勺了，可他还是一点点地把原料点入托盘中。他的手有些颤抖，他试图控制住自己的手，在他凝视手的一瞬间，一颗汗珠滴落到了托盘中。天平瞬间倾斜，达子的汗唰地又涌出来一层。他听到了房子外面的人失落的叹气声，他能感觉到此时站在门口抽烟的华哥，一定会把烟头愤恨地插入烟灰缸。

达子把原料倒回去，重新设置天平。他有些眩晕，两天都没有动的饭菜，就放在他身边的案子上。他感觉到自己太急躁了，这已经是第十八次了，华哥和手下在制毒车间的门外都守了整整两天了。达子知道他们一直都在观望他，华哥把所有的希望都寄托在他的身上，他这次只能成功，不能失败。他一遍一遍地重复着动作，所有的细节已经快烂在了心里。配制的结果正在不断地走向成功，成品的纯度也在一次次地刷新中。冰毒测试仪器上的数字，已经接近90%，离华哥的要求只差3个百分点了。这一次，一定要成功。达子在心里为自己鼓着劲，重新把原料添置到天平上。这次达子把头上的汗水仔细地擦干。天平达到精准时，把掺粉放上去，再次添加砝码。当原料和掺粉都配比好后，他把合水倒入空的量杯中，然后开始往合水中倒入配比好的原料。他一边倒，一边用小玻璃棒搅拌，让它们快速融合。

门外的华哥，任凭嘴里的烟自己燃烧着，他紧张地把住了那个烟灰缸，一刻也不敢眨眼地看着正在配制中的达子。所有人此时都提起了心，门外只有淅沥的雨声，再听不到任何声音。每个人都再次屏住呼吸，等待着达子做完最后的动作。

达子此时已经快把所有的配料添加进去了，量杯中开始变得浑浊，达子在仔细地观察着量杯中液体颜色的变化。当配料所剩无几的时候，他开始用小勺往里添。就剩一点儿时，液体发生了变化，已经变成了深蓝色。在最后一点即将添入的时候，达子停了下来。

华哥的手突然抖了一下，烟灰缸里的烟头掉在了地上。这时，去找快递员的手下跑了回来，他看到华哥，急忙跑了过来。

"华哥，那个快递员把我们的兄弟打死，跑了。"

还没等他再说什么，华哥的烟灰缸已经撂了过来，正好砸在了他的头上，烟灰混着血液从他头上流了下来。手下愣在那里，全身发抖，不敢再出声。

华哥不再理他，他拿起对讲机对车间里的达子说：

"我不养废物！这是最后一天，再不行的话，你死定了！"

达子听到了从对讲机里传出的华哥急迫的声音，急忙拿起对讲机。

"华哥，您说给我一周时间，这才是第四天啊！"

"我改主意了，不想再跟你浪费时间，这是你的最后一次机会！"

华哥的喜怒无常，让达子更加害怕了，手底下不再稳。他强迫自己稳住，毛乐现在到底与上级联络上没有他不知道，他唯一知道的是现在只能靠自己了。他告诉自己稳住，然后开始一个步骤一个步骤地去做。他不想在二十几岁的年华就这么葬送在毒窝里。那一瞬间，他充分理解了那句话：命运掌握在自己手里。他在这种信念下咬紧牙关，一点点坚持着，不知过了多久，也不知道时间走到了哪里，只是一味坚持着，把他多年所学放到面前的蒸馏瓶内，直到他的眼前除了白色再无其他……

在他就要坚持不住的时候，他的头脑突然变得异常清醒，有些临死前回光返照的感觉。那一瞬间，他终于意识到前面无数次的失败，都是因为超量所致，想到这一点，他兴奋起来，尝试着一点点往里投料。这次，当他把制成品放到了毒品测试仪下时，指数不可思议地跳到了 95％，然后瞬间回到 93％，固定不动了。就在那一刻，达子知道，自己成功了。

达子踉跄地从里面走了出来，他一面脱着那身厚重的胶皮衣服，一面自言自语地念叨着："完了，完了！"

华哥和他的手下都目瞪口呆地看着达子。他们从达子的表情中什么也没有看出来。达子穿过人群走到了房前的老树下，背对着他们坐了下来，仰着脸拼命让雨水浇到他的脸上、头上，嘴里发癔症一样不停地念叨着。

丹尼瞅瞅华哥，没敢动弹。直到华哥第一个冲进了制毒车间，他才跟着手下也蜂拥而入。

很快，制毒车间里爆发出热烈的欢呼声，所有人都疯狂地呐喊着，制毒车间瞬间沸腾起来。华哥盯着那个测试仪的指数，不敢相信地拍着自己的脸，然后又拿起桌上的烟灰缸递给刚才被他打得头破血流的手下。

"砸我，狠点，我让你砸我，听见没有！"

手下哆嗦着拿起烟灰缸，朝华哥的头上砸去，血从华哥的头上流了下来。

华哥愣住了，用手抹了一把流下来的血，转头看着手下："你真砸啊！"

手下腿一软，跪了下来，不知道该怎么说了，嘴里只是叫着："华哥，华哥，饶命！"

华哥却突然笑了："好了，起来吧，我今天看在实验成功的分儿上饶过你。"

说完，华哥冲出了车间，径直走到呆坐在树根下的达子身边，一把搂过他："兄弟，我的好兄弟，这么多天委屈你了，今晚我要让你狂欢，要让你好好释放一下！"

但达子却哭了起来，哭得很悲伤，连肩膀都禁不住跟着抽搐起来。

"华哥，他怎么了？"

丹尼看着华哥。

"紧张的，让他哭吧。"

华哥转过身，对着手下大声宣布："所有兄弟，大家跟我一起喊，达哥辛苦了！今晚我们要一起狂欢，一醉方休！"

华哥带着一脸的血水疯狂地说。

达子则越哭声越大，越哭越伤心，哭得旁若无人、无所顾忌。嘶哑的哭声是那么苦涩，像山谷里的回音一般凄切，仿佛在黄连水里泡过似的。这次，算是死里逃生了。

其实，达子哭的不只是死里逃生，他还焦虑着另一件事。作为一名卧底人员，竟然制出了新型毒品，他不知道如何向毛乐和上级交代。

悲伤到极点，达子一头栽倒在地。

赵天义此时已然收到了达子研制出新型毒品的消息。

刚才缉毒处处长打来电话，说金三角华仔集团已经研制出新型毒品，这种毒品比老式毒品纯度要高出 3 倍以上。而且这种毒品被人吸食后，会进入短暂的迷幻状态，将所见到的人设想为有伤害性的人，这时他就会失去理智，而为了保护自己，不择手段地残杀对方。这种新型毒品，已经在市场上初见端倪，如果华仔集团开始批量生产，将会一发不可收拾，现在就应该立即消灭。

"嗯，该收网了，再不收网，放出去的鹰，就要找不到家了。"赵天义对缉毒处长下了命令。

一年前，赵天义将达子这只鹰放入金三角时，当时心里纠结了很长一段时间，因为他太知道眼前这个年轻人将要面对的是什么。他是相信达子会经受住这个考验的，但赵天义的上级却不这么认为。

"你选来选去怎么选了这么一位？！"

"他怎么了？"赵天义不动声色地说，"虽然他曾经是名罪犯，但毕竟是在不明真相的情况下犯的罪。现在经过我们的改造，一切素质均达到了卧底所需的条件。"

但有一点他不敢肯定，就是他的意志力够不够坚定，尤其要把他扔在那个潮湿的泛滥着毒品气息的金三角时，突然有了一种强烈的不舍。他很清楚到了那里意味着什么，他甚至都不能保证达子还能活着回来。他这一走，也可能就是永别，赵天义不希望他们再相见的时候，达子躺在一个盖着国旗的小盒子里。他害怕那样的场景。

但是他也明白，只有把他们派到最需要他们的地方，才能真正成就他们。他们的军功章会增添特别的分量，但前提是，他们必须要活着回来。

达子敬了一个军礼，转身上了车。这是达子进入特别训练营以来敬的最标准的军礼，平时赵天义是不让他们敬军礼的，他不想让任何人看到他们身上军人的本色。

但达子不知道的是，在他成功潜入华仔集团的时候，另一个比他早派出的卧底大陆也已进入金三角，准备打入华仔集团的死对头——豪哥的贩毒集团内。赵天义的真实意图，就是要在金三角张开一张大网，在适当的时机一举收网，把金三角有势力的毒品集团全部消灭掉。

第6章

电话

艳舞酒吧内人头攒动，喊声震天，华仔集团为了庆祝新型毒品的研制成功，把整个酒吧包了下来，包括酒吧内那几十号来自越南、缅甸、泰国甚至中国境内的小姐，集团内的百十号人人手一个，在华哥的带领下，纵情声色，场面热度嗨到爆棚。

那些被酒精、毒品及美色激活的华哥手下，轮番给今天最重要的功臣达子敬酒，达子再怎么控制也控制不住，由有限抵抗到渐渐失守，最后，在华哥的一次次劝导下，他只得勉强抽了几口大麻。抽了几口，再加上酒精作用，他渐渐就感觉人有些飘起来了。

华哥本来想让他尝尝他亲手研制出的新型毒品："来，尝尝，你亲手研制出的'变态'。"

华哥把达子新研制出的毒品称为"变态"，达子立即就拒绝了。从开始进入金三角，他就告诉自己一定要远离这些毒品，他看到过那些染上毒瘾后人不人鬼不鬼的瘾君子的照片。但常在河边走，怎么都会湿到鞋，每到他躲不过的时候，他就抽两口大麻，不至于成瘾但也能融入这种氛围中。

况且今天还要与毛乐接头，他更不敢那么做，所以，他极力地控制着自己的身体，不让自己失态。

吸食完毒品的华哥则兴奋异常，他招手把联系供货的手下麻秆叫了过来。

"去，联系墨西哥那些大草帽，明天就能给他们供货。只要这批货到了南美，以后不仅东南亚，美洲甚至欧洲的供货渠道就都是我们的了。"

说完，华哥一招手，过来了几个越南女孩，一股脑推到达子身边："来，弟弟，今晚这都是你的菜了。只要你身体好，尽情释放吧兄弟！"

听了华哥这句话，那几个女孩就蝴蝶一样飞过来，围住了达子。达子趁机站了起来，拉住其中一个女孩说："华哥，我可没你那体力，一个就够我应付的了。"

说着，搂着那个女孩摇摇晃晃地走出了包间。

华哥要出货这个消息，他必须尽快告诉毛乐，然后由他送出去。达子想着要尽快找到毛乐，可是自从进了酒吧，达子左顾右盼却没有看到毛乐的身影。

他搂着女孩一步步朝楼上客房走去，边走边寻找着毛乐的身影，但约好的时间过去了半个多小时，还是没看到毛乐。就在他刚要推开客房门走进去的时候，突然，打扮成当地人的毛乐从楼梯那边走了过来，咳嗽了一下。

达子看到毛乐，心里顿时就热了起来，立即点了点头，回身拍着女孩的屁股。

"你先去冲个澡，洗仔细点，好好泡泡。我这人有洁癖，不喜欢你身上有别人的味儿。"

"讨厌！"女孩有些不好意思，打了达子一下，走进卫生间。

达子把门关好，迅速打量了下房间。

"没问题，我都检查过了。"毛乐说，"你挺会选，胸大、臀翘，一看活儿就不错！"毛乐坏笑地看着达子。

"乐个屁，我都快崩溃了！"达子长出了口气，"毒品研制出来了，可能就在今明两天交易！"

达子压抑着兴奋，他在毒巢中已然待得太久了，只有在这一刻，他才有种找到自己的感觉。

之前去毛乐那接头，都是在监视下，说的话也都是用暗语完成，很少像现在这样面对面真正地交流；也只有在这一刻，他才发现毛乐其实跟他一样，也是个年轻人。他之所以发出信息让毛乐赶来跟自己接头，其实就是想让组织知道，他达子没有忘记使命，没有变成真正的毒品贩子。

"组织考虑把你撤回去了！"

"真的？"

达子有些不敢相信，幸福来得这么容易也这么快。

"当然。"毛乐打开一罐可乐，语气很轻地说，"祝贺你早点回家。"

这轻轻的一句话，差点让达子的眼泪流出来，他盼这一刻盼得太久了。

"再待下去，我都担心我再也回不去了。"

达子控制着，把可乐当酒一口干掉。

"我还不知道什么时候能回去，说不准就埋在这潮不拉几的地方了。"

"说什么呢，赶紧呸呸呸！"

毛乐笑了："你还信这个。不过说真的，我是真烦透这阴一阵雨一阵的破地方了，真想回到北方温暖干燥的阳光下。如果能回北京，我找你喝酒。保重哥们儿，走了。"

毛乐转身开门走了出去，达子看着已经跟当地人融为一体的毛乐，总觉得他刚才说的话有些丧气，只得替他又"呸"了一下，心里才踏实了些。卫生间内传来哗哗的水声，估计离女孩泡澡出来还有点时间，达子将全身放松下来，靠在沙发上开始回味着毛乐刚才说的那些话。幸福来得过于突然，他心里仍有些半信半疑。

在这之前，达子根本就没敢想回去的事情，有那么一瞬间，他甚至怀疑赵天义是想让他在这里一直干下去。如果干得好，甚至可以接替华哥的位子，一统金三角。那样的话，就不用警方打击了，整个金三角都是我们的天下了。但到了那一天，他还会听赵天义的调遣吗？

达子怀疑，不敢顺着这个思路再想下去。管他呢，反正现在快回去了，现在他最急迫的就是见到自己的母亲。

达子的爸妈是在达子四年级时离婚的，他被判给母亲，母亲从此没有再结婚，含辛茹苦把他养大。达子亲眼见证了母亲将他养大的不易，从他懂事起，他就在心底暗暗发誓，以后一定要让母亲幸福，所以，他才会抱着急于挣钱尽孝的心理被导师引上了制毒之路。

他在监狱的时候，母亲曾经去过几次，再后来，赵天义把他们带出来的时候，母亲就只能听到他的声音了。很久没有见面了，为了减少这种内心的痛苦和折磨，他一直强迫自己不去想这件事情。但此刻，他想把这个消息告诉母亲的愿望却突然变得异常强烈起来。

他想到这里，将视线投到女孩放在桌上的手机上。他起身打开卫生间的门，女孩正将身体泡在浴缸内闭着眼睛享受，他又退了回来，拿起手机走到阳台。

他控制着激动的心情，尽量准确地把中国沈阳的区号输入进去，然后再输入家里的电话号码，按下拨通键，居然真的通了。

母亲的声音很快从话筒那边传了过来："喂。"

达子的眼泪瞬间就要涌出来了，但他控制着不让自己发出声响。可母亲还是敏感地意识到了什么："达子，是你吗？我的儿子！"

这一声儿子让达子再也控制不住，在眼泪决堤之前，他迅速将电话挂断。他这样做有两个原因，一个是他无法面对母亲的询问，如果他开口说话的话，他必须得回答母亲对他的一系列关心和牵挂，这样的话，这个电话将很难再挂断。

另外一个原因是他这样做已经违反了纪律，私自跟家人通电话是不允许的，不仅给自己带来危险，也会给家人带来危险，这一瞬间他有些后悔自己的冲动行为。

他挂断手机，熟练地把号码删除，把手机放回原位，这才擦干满脸的泪水，一口干掉杯中的酒，摇摇晃晃地走出了包间。他必须让自己释放，否则的话，他会顺着这个状态一直想。

但他万万没有想到母亲又把这个电话给拨了回来。

手机响了半天，才被那名姓阮的女孩接起。女孩先是用当地话打了声招呼，很快发现对方说的是中国话。

女孩懂几句中文，大概听懂了她的意思，问刚才是不是一个叫达子的拨过这个电话，问女孩跟达子是什么关系。女孩开始时有些莫名其妙想要挂断电话，但电话中达子的母亲带着哭声苦苦哀求，女孩终于听明白她要找的是达哥，赶紧穿上睡衣，拿着手机匆匆走出房间。

迪曲大功率地放着，所有人都嗨到了极致，达子和手下尽情地摇摆、呐喊，释放着一直压抑在内心的情绪。达子一杯杯地和他们喝着，一曲曲疯狂地跳着。女孩走下楼梯扫了一眼，没看到达子，正准备走回去告诉对方一会儿再打过来时，突然被丹尼拦住。

丹尼是四川人，自恃长得很帅，特把自己当盘菜。但他发现从达子制成毒品的一刹那，自己有点要失宠了，因为刚才在房间里挑姑娘的时候，他看上了这女孩，但没想到被华哥推到了达子怀里，就有点失落和不服。现在看到女孩一个人，就上了手，从背后搂住女孩要亲她。女孩敷衍了一下，推说有电话找达子就要上楼，丹尼说电话怎么打到你那儿去了？

女孩说："我不知道，我也纳闷呢。"

"哪儿打来的？"丹尼问道。

"中国境内打来的。"女孩将电话递了过去说，"正好，你跟她说吧，说了半天把我累得够呛。"

丹尼就接了过来："你找谁？"

正焦急等儿子电话的达子母亲一听有中国话从话筒那边响起，兴奋起来，直接叫上了儿子。

丹尼有些反感："你先别叫，我不是你儿子，你儿子是谁？"

电话里说："达子，我儿子是菅宏达。"

丹尼就多了个心眼，故意问道："你儿子是干什么的？"

达子妈说："我儿子是个武警，他在那边好像执行什么任务。"

第7章

卧底死了

丹尼一听，手机差点掉在地上，心里似乎有个东西瞬间就飞出体外，刚才吃了那么多药也没有现在感觉刺激和兴奋。机会来了，他心想，终于让我逮到你了。

"达子在哪儿？"

他一把拽过女孩问道，态度立即就严肃和正经了许多。

女孩瞪了他一眼："我怎么知道，我也正在找他呢。"

女孩甩开胳膊就要上楼，但这一切恰好被刚跟赵天义汇报完情况的毛乐看在眼里。

毛乐一听到丹尼打听达子，耳朵就竖了起来，悄悄凑了过去，恰好听到丹尼喊着手下："看到达子了吗，快把他控制起来，他是卧底。"

丹尼没等话说完，突然就被一把餐刀插了喉咙，这一切都发生在眨眼之间。丹尼还没明白发生什么，身体就已经瘫倒在血泊中，话说了一半停留在喉咙里。

毛乐担心丹尼不死，迅速扑上来又补了几刀，更多的血喷了出来，溅到了闻讯赶到的华哥脸上。

　　华哥眼睁睁地看着丹尼捂着脖子倒在地上，来不及多想掏出枪来朝毛乐扣动了扳机。毛乐被击倒在地，但还没死，挣扎着被华哥手下人控制住了。

　　一时间的变故，让在场的所有人都呆住了。达子此时从人群中挤了过来，他看到了被华哥踩在脚下的毛乐，毛乐正挣扎着看自己，血一股股从口腔中涌出，那一瞬间，达子的心差点跳出来，他不明白发生了什么，脸色煞白。

　　"你是谁？为什么杀我兄弟？"

　　华哥一把抓起毛乐的头发，盯着他问道。

　　毛乐不说话，一只手试图去够那把刀，达子看得出来他在用尽全力做这件事情。他终于把那把刀抓在手里，但还没等他把刀举起来刺向自己，就被华哥发现，一把抢了过去。

　　达子瞬间明白了毛乐抓刀的目的不是想反抗，而是想尽快结果自己，那一瞬间他似乎读懂了毛乐眼中的热盼是什么，他是想让达子帮忙送他去另一个世界。

　　华哥似乎也读懂了毛乐的诉求："你是想死是吗？你为什么那么着急去死呢，让我猜猜看，你难道是怕我发现什么秘密，所以想尽快结束自己的生命，对不对？"

　　华哥说到这儿，左右看了看，那几名小姐早就吓得四散而去，只剩下了自己这帮兄弟和酒吧的几名工作人员。

　　"他是你们的人吗？"华哥朝那几名工作人员问道。

　　几名工作人员摇摇头。

　　这其中有人认出了毛乐："他好像是按摩店的按摩师。"

　　"什么，按摩师跑到这里来消费。"

　　华哥说到这儿恍然大悟："我知道了，你是来接头的对不对，你是卧底。"

华哥为自己的意外发现而兴奋起来，他低下头，抓起毛乐的头发："你是哪儿的卧底，是跟谁来接头的？你说了，我就放过你，不但不让你死，还给你治伤，给你钱。我说到做到。"

毛乐咬紧牙关，还是一言不发，看得出来他很痛苦，但又无力控制自己，那一瞬间，眼神中透出一丝绝望。达子由最初的慌张开始冷静下来，他在迅速判断接下来应该怎么办，他的第一反应是出手救毛乐，但眼前的处境根本没有这种可能。

华哥命令手下将毛乐扶起来，坐在椅子上，试图继续用一种怀柔的方式来引诱毛乐说出自己的身份以及同伙是谁。但没想到毛乐却抓住了这最后的机会突然扑向华哥，卡住了华哥的脖子。华哥慌了起来，使劲挣脱着。手下也迅速围了上来，有人用枪把砸毛乐的头，有人掰着毛乐的手指。但任凭他们用尽了手段，毛乐的身体就像焊在了华哥身上，怎么折磨都无济于事。

看着血葫芦一样的毛乐，达子的眼泪飞了出来，他再也无法承受，手中的枪举了起来，对准毛乐，扣动了扳机。

毛乐的手终于松开，滑落倒地。手下上前将华哥搀起，看得出来华哥被吓坏了，也气坏了，惊魂未定的他将手枪中的全部子弹一股脑倾泻在毛乐的身上。

达子的内心也在流着血，他现在除了悲伤什么都做不了。他知道在这种情况下，他别无选择，只能用这种残忍的方式来保护战友最后的尊严。"原谅我，兄弟。"他在心里默默告慰着毛乐。

庆功宴成了杀人宴，两具尸体倒在地上，华哥没了兴致，宣告手下今天散了。

达子一路沉默，与华哥坐同一辆车回到了公馆。华哥已经知道枪是达子开的，表扬达子当机立断。"再折腾下去，我都快死了。"华哥说，"你是我的救命恩人！"

在车上，两人都没怎么说话，华哥似乎有些失魂落魄，在想着什么；达子也就趁机平息下心情。下车时，华哥却突然叫住了达子。

"你帮我研制出了新货，还救了我的命，我是不会亏待你的。今天太累了，你早点休息，明天我有事情交代你做。"

华哥说完，拍了拍达子的肩膀，走上了楼梯。

达子一上楼就瘫坐在地上。刚刚还跟他相约回到国内一起喝酒的兄弟转眼就成了一具尸体，被扔进湄公河里，顺着河水漂走了，连尸骨都不知道去了哪里。作为一个战友，他不但不能保护他，反而选择了开枪打死他。

他深深地感到自责，这一定是哪里出了问题，要不然毛乐不会冒险杀死丹尼。对于他们这种卧底来说，不到万不得已是不会轻易暴露自己的，特别是做出激怒敌人的行为。可是今天毛乐做了，而且做得非常干脆，直接把丹尼给杀了。

达子突然想起来，在丹尼倒下的地方，是一部摔碎的女士电话，是不是这个电话，引起了丹尼的怀疑，而这是毛乐为了阻止丹尼能做出的唯一选择。

达子想到这里，突然冒出了一身冷汗，那部手机就是那位小姐的手机，就在不久前他还用这部手机给母亲拨过电话。难道是那位小姐发现了什么情况，告诉了丹尼，而毛乐及时阻止了？

达子越想越感觉到后背发凉，觉得是自己的失误把战友推向了死亡的深渊。

"兄弟，我对不起你，是我的错。"达子心中无比地悔恨，他跪了下来，向着毛乐牺牲的地方叩头。他一遍一遍地叩着，一直到额头磕出了血，他想用这样的方式来向毛乐赎罪。虽然这对于一个死去的人无济于事。

他流着泪拿出手机，拨通了赵天义的号码，不过，瞬间他又挂断了，他不知道该怎么向赵天义解释。因为自己的失误导致了战友的暴露，然后自己为了快一些结束他的痛苦，而开枪打死了他。

这样的解释能说得过去吗？

达子死死地攥着手机，他极力地控制着自己不要打电话。这一刻，他手中的电话，仿佛是一颗手雷，在他的手中不断地变热膨胀着。

他突然疯了一样站起来，将手机狠狠摔在地上。

深夜两点了，赵天义一直没有合眼。每天深夜，毛乐都会打来电话向他汇报工作，可是今天，这个电话一直没有响。赵天义已经看了手机很多眼，手机没有问题，电量充足，而且也没有静音，信号也是满格，这样有电话，是不会打不进来的。

可是，等到了现在，电话还是没有响。他预感到毛乐出了事情，而且是非常可怕的事情。但是，如果真的出了什么事，达子也会启用紧急汇报程序呀，可是现在，他们的电话都没有进来。

就在他准备拿起办公电话打给缉毒处长的时候，他的手机响了起来，他马上抓起了电话，他想一定是毛乐有什么事耽搁了，或这小子真的玩高兴了忘了向他汇报工作。他想着，反而有些生气，想要教训毛乐一顿。

"赵局，刚刚从老挝那边得到消息，毛乐同志牺牲了，具体原因不详，正在调查中。"

缉毒处长说得很简短，干这种工作的人，牺牲是很正常的事。但是对于赵天义来讲，毛乐此时的牺牲却真的是一个意外，就像一张网都已然收口了，却突然挂到了外物一样。

　　这个突发事故，把赵天义的整个计划打乱了。毛乐牺牲了，他是怎么牺牲的，是被发现了吗？那达子现在是什么情况，他是不是也被发现了，或是处在危险之中？赵天义感觉到自己的眼中有了泪水，他转过头去。

　　他拉开抽屉，从抽屉深处翻出两组照片。一组是达子和毛乐，这是两个人在金三角第一次见面时照的。照片上，达子穿着当地服装，脚上套双拖鞋，活脱脱一个当地烂仔形象；而毛乐则把自己打扮成了部落王爷的样子。

　　他们微笑地瞅着赵天义，这是他赵天义撒出去的第一只鹰。

　　而另一组照片，则是一个抽着烟、眼里含着坏笑长得有些像张震的男人，以及另一名同样帅气但略有些稚气的年轻帅哥，他们就是曲经和大陆。这是赵天义撒出去的第二只鹰。这两只鹰盘旋在金三角的上空，在将近三年的时间里，他们不断地渗透瓦解着金三角的毒品制造与贩卖组织。在赵天义的组织协调下，成功地协助中国警方截获了大量流经内陆的毒品，并摧毁了很多贩毒集团，为中国的缉毒工作做出了不可磨灭的贡献。

　　现在，毛乐折翼在金三角，而达子又消息全无。赵天义不知道，自己的这张网还会不会起作用。现在唯一能做的，就是启用曲经与大陆这只鹰来调查出真相，以实施下一步行动方案。

　　想到这儿，赵天义打通了曲经的电话。

第 8 章

警 察

　　清晨的湄公河闷热而潮湿，不知道是因为雨季还是早晨的湿气所致，远远地罩着一层薄雾。一个打着哈欠的船夫从船舱中走出，发现河中漂浮着一个用防雨布包裹的物体，眼睛立即就放出光来。

　　因为这一带船运繁忙，时常会有货船往来其间，这样一来，就经常会有货物因为不小心掉进水里而被周围船民捞到。

　　船夫用钩子将货物搭住，拽到船前，刚划开绳子就感觉到有一种不祥之气，但他仍好奇地将防雨布一层层打开。还没等他把里面的东西看清楚，船舱内走出来的一名妇人首先发现并尖叫起来。

　　"啊，死人！"

　　很快警察就赶到了，封锁了现场。一个男人的尸体从河里被捞了上来，尸体上布满了枪眼和刀伤。男人死得很惨，但表情却平静而安详。

　　美娜从河边经过，看到很多警察围在那里，知道一定是发生了什么案件。凭借着对于事物的敏感直觉，她拨开人群，看到了放在河边的那具男人的尸体。一眼看去，她差点叫出声来，这个男人不就是常到酒吧与曲经接头的人吗。她认出了那个死去的人就是毛乐。虽然她不知道毛乐具体负责什么，但她明确知道的是，这是曲经的战友。

她马上转过身向酒吧走去，毛乐的惨死刺激着她的大脑，她的心跳得突突的。她知道一定是发生了什么重要的变故，要不然毛乐不会死得这么惨。她加快了脚步，想快一些告诉曲经，毛乐与曲经息息相关，毛乐现在死了，会不会连累到曲经？她不敢想了，几乎是跑回了酒吧。

曲经也是焦急地等待着消息，毛乐说昨天晚上要和他联系，可是到现在也没有消息。他预感到毛乐那边出事了。

"毛乐，毛乐死了！"

美娜跌跌撞撞地跑了进来，随手关上门。

"什么，毛乐，你怎么知道的？"

曲经但愿自己听错了，美娜上气不接下气地告诉他，这件事是真的。

"他是怎么死的，警察说没说？"

曲经急切地问，想知道到底出了什么事。

"不知道，警察只是封锁了现场。"

毛乐死了，达子怎么样了？毛乐曾经说过达子有危险，曲经和毛乐还商量着把达子先救出来。现在毛乐惨死湄公河，达子生死不知，到底发生了什么？曲经脑海里飞快地转着，但越转越糊涂。他唯一能想明白的是，他必须第一时间把这个消息告诉赵天义。

此时，大陆、东还有豪哥正坐在那辆豪华奔驰房车里，向约定的地点开去。今天豪哥心血来潮，说要带他们去完成一笔交易。具体是什么交易，大陆不知道，现在他也不想知道。

忙碌了这么长时间，终于算是到了正地，他有一种松了口气的感觉。虽然，他知道这才仅仅是个开始，未来的很多工作以及无法预知的危险都等在那里，需要他一个个去破解。但现在，他不愿去想那些，只是把头看向窗外，欣赏着雨水敲打在窗上向下滑落的美景，很朦胧很抽象，如果拍下来的话，应该是一幅很有意味的抽象画作品。他想到这里，迫不及待地掏出手机，想把眼前的一切都留住。

但手机刚掏出来，就发现传来了一条信息，这条信息虽然是用广告的形式发来的，但他一眼就看出这是曲经给他传送的情报。

"另一条线出了问题！华仔集团中有个人叫达子，是咱们的卧底，目前失联，尽快弄清他的状况！"

大陆破解了曲经的暗语，刚刚放松的心情顿时又收紧起来。

他知道一定是发生了很大的变故，否则，曲经不会用这样的方式直接跟自己联系。他正想着该怎么回复曲经时，豪哥那边却突然开口说话了。

"怎么了，大陆？"

"哦，豪哥，没事，我女朋友发的，说想我了。"

东看了大陆一眼："行啊，混得不错啊，该有的都有了。"

大陆索性把手机中美娜的照片递了过去："怎么样？还行吗？"

"做什么的？"

东阴了吧唧地扫了一眼，显出一副无动于衷的神情。

"招待。"

大陆大大方方地收起照片。

豪哥笑了起来："做什么不重要，重要的是要对你好，这比什么都重要。东是我最信过的弟弟，以后你俩好好处，生意我不可能做一辈子，今后这种事情我都会交给你们！"

豪哥说这些话时是闭着眼睛说的，但大陆还是看着豪哥的眼睛说明白了。说完，他看了眼东，东说了声谢豪哥，说完也把眼睛闭上，根本没理大陆。这个微妙的细节，让大陆有一种说不出来的感觉。

房车绕过一片巨型石头，开到了雨林中的一个简易吊脚楼下。车刚一停稳，就从四面八方钻出几名手持各种武器的当地烂仔，用枪拦住豪哥等人，直到其中一人认出豪哥，这才礼貌地跟豪哥打着招呼，将豪哥和大陆等带进吊脚楼。

大陆进了木屋，看到一个胳膊上有长长伤疤的人正在用锡纸吸食毒品。那个人见到豪哥忙不迭地站了起来，打了一个响亮的喷嚏，热情地拥抱着豪哥。

"豪哥，这次带什么货来了？"

那个人把锡纸扔到一边，去接大陆手里拎着的提箱。大陆下意识地向后躲，并用眼神征求豪哥的意见。

"给他，没事，老客户了。"

大陆听了豪哥的命令，把箱子递了过去。长伤疤接了过去，从箱子里取出一小包，用刀挑开，捻了一些放进嘴中。大陆看到这个人的眉头皱了一下，好像不太满意。

"豪哥，这批货，都是这样？"

"对，老货色，斤两没问题。"

长伤疤放下那个箱子，转过身，从手下手里接过装钱的箱子。想了想，又把箱子放了回去，告诉手下拿出一半钱出来。

豪哥看了脸上有些不悦，拍着那整箱的毒品。

"怎么了，是我豪哥哪里做得不对？"

"不是，豪哥，只是……"

见对方欲言又止，豪哥一下把箱子拿了回来，告诉大陆和东准备走。

　　长伤疤一见豪哥生气了，赶紧拦住："豪哥，你也是知道的，现在华仔集团的新型毒品，要比你这纯度高出一倍。你这些货，现在不好销了，所以……"

　　豪哥笑了起来："我听说了，华仔要搞一批新货出来，但据我所知，他的制毒师老姜已经死了，新货就变成了一种传说。还是踏踏实实做咱们传统货品的生意吧。"

　　长伤疤一听也笑了起来："豪哥，你这是哪里听说来的，货我们都已经见到了，你要是不信，我可以给你开开眼。"长伤疤说着，冲手下示意了一下，手下递过来一个塑料袋。

　　长伤疤小心翼翼地打开，递到豪哥面前："对不起豪哥，这还真不是传说，这是跟华哥关系好的老杜给我看的样品，据说纯度已经达到 93％。"

　　豪哥盯着蓝色的冰毒，愣住了。

　　"你别说了，我们走。"

　　豪哥一摆手，大陆和东在前面开路，向门外走去。

　　那个人也没有挽留，看着豪哥走了之后，告诉手下把门关上。

　　豪哥气愤地上了车，似乎有些百思不得其解。大陆和东也是你看我，我看你，大气也不敢出。

　　过了好长时间，豪哥大概是把气儿捋顺了，这才命令东马上坐另一辆车去调查一下，华仔集团的老姜不是没了吗，为什么还有新型毒品进入市场。

　　东的眼睛立即就放出光来，领命而去。豪哥又在车上生了会儿闷气，就在车子开出雨林要拐上正路之际说道：

　　"掉头，先不回公馆了，去警局。"

　　司机开着车子七拐八拐就奔警察关卡而去。大陆在车上吓坏了，他觉得豪哥的脑子一定是坏掉了，拉着一车的毒品，警察门前转，这不是束手就擒吗？

"豪哥，前面是警察关卡了，我们不能再开了。"

"没事，开过去，在金三角还没有人敢动我。"

司机硬着头皮向前面开去，果然，一个警官带着几个警察把车拦了下来。

豪哥相当淡定地和大陆下了车，向那个警官走去。

"这位警官，您认得我吗？"

"在金三角，谁不认识大名鼎鼎的豪哥！"

"既然认识我，那就行个方便吧。"

"对不起，查的就是你！"

警官一挥手，几个警察就要上车检查。大陆看他们真要检查，赶紧把他们拦住。

"别妨碍公务！"

警官呵斥着大陆，并把枪抽了出来。

豪哥让大陆退后，走到了那个警官的身边，把他的枪用手按下来，双手抱拳："恭喜王警官离开监狱走马高升啊！"

被称为王警官的愣了下，随即很江湖地笑道："行啊，工作做得够细的，我刚到就全掌握了。豪哥真不是白叫的！"

"堂堂的模范监狱监狱长王志刚谁不认识，对了，还要恭喜王兄喜获千金。"

豪哥再次双手抱拳，举过胸口。

"这事你也知道？"

豪哥一抱拳，让大陆把车上的一个箱子拎下来，递到王警官手中。

王警官没接："你啥意思，贿赂我？"

　　豪哥再次大笑起来："我再不懂事也不至于当着你这么多手下的面做这么愚蠢的事，我知道王兄平时爱打点小麻将，正好朋友送我一副，我不会玩，就借花献佛给王兄没事解解闷儿。"

　　王警官感觉到什么，打开箱子，原来里面麻将虽然是麻将，但却是黄金做的。王警官虽然想到了里面肯定有点儿猫腻，但没想到初次见面，豪哥就这么大手笔，禁不住重新审视豪哥。豪哥就像什么都没发生过似的，顺手把箱子合上。

　　"谢谢王兄笑纳。正好今天碰到了，我有个事跟王兄反映一下。我们借一步说话。"

第9章

血染湄公河

雨越下越大，砸在越野车顶棚，渐渐汇聚成了一种特有的声音。

初始，坐在车内负责岸上监视的那五名墨西哥黑帮还抽着烟，若无其事地说着谁也听不懂的语言，时而发出笑声，时而欣赏着热带雨林特有的景象，但渐渐地就开始不耐烦起来，视线投到船上的同伙身上，顿时就找到了一种平衡。因为船上那几位大哥，虽然戴着草帽，但在越来越大的雨水冲击下，基本上已经成了落汤鸡；他们手中拿着枪，成串的雨水顺着枪管滴落到船板上。但他们警觉的目光却始终注视着船舱内的情景，里面如果有一点点风吹草动，他们就会迅速冲杀进去。

此时，船舱内跟外面完全两个世界，不大的船舱里挤满了中外两国持枪的保镖，各种烟雾汗液混合在一起的气味已经快把达子给熏晕了。

但他表面上还是气定神闲地一道道沏着茶。这是他下午上船时刚学的，从动作上来看，显然对泡茶程序还不是很熟悉。他注意到坐在对面那位叫作赫梅内斯的大草帽早就不耐烦了，用一张张从站在身边的翻译手中接过的纸巾擦着额头上渗出的汗水。但他必须这么做，这是程序。

华哥出发前告诉他，一来是抻一抻外国人，二来是给自己更多的思考时间。对于这样的交易，他还是第一次，他不想有任何失误。

赫梅内斯终于失去了耐心，嘀咕了几句，看了眼身后的翻译，翻译凑了过来。

"算了兄弟，免了这道程序吧。"

"不行，华哥说了，规矩不能少，先喝茶，后看货。"

达子有板有眼地说完，将刚沏好的茶递到那位赫梅内斯手中。赫梅内斯迫不及待地端起来，被烫得差点儿没把杯子掉到地上，幸亏他旁边的保镖反应快，直接接了过去，平稳地放在他面前，他才没有失态，小心地端起来敷衍着喝了一口，大概是烫着了，不耐烦地又嘟囔出一串话。

"现在可以验货了吧？"

翻译又凑了上来。

达子则装作很老练的样子喝光自己手中这杯茶，不慌不忙放下茶杯。

"这头泡茶就是不行，生！"

说着，朝身后摆了摆手。站在身后的手下龙岩将箱子打开，里面是塑料布包裹整齐的一块块年糕样的毒品。

赫梅内斯眼睛亮了起来，身上摸出一把小刀，仔细地在毒品的边缘切掉一块，回身递给旁边的试毒师。试毒师把那小块毒品搓成粉末，放在一个精致的容器中，点着火，一下子把烟吸进肚里。

达子和赫梅内斯目不转睛地盯着试毒师。试毒师沉浸了片刻，突然打了一个喷嚏，眼里露出一丝欣喜和满足的神情。

"Wonderful！"

赫梅内斯松了口气，头也不回地打了个响指，身后一个大草帽把手中拎的箱子摆到桌上打开，里面同样是包裹整齐的一摞摞美元。

达子一摞摞数得很仔细，就在他满意地合上箱子之际，却被赫梅内斯把箱子抓了回去。

两边的人瞬间举起了枪指向对方，场面骤然紧张起来。达子的心被提溜了起来，那一瞬间，之前电影中所看过的黑帮火并的场面全都涌现了出来。他紧张地看着对方。

"怎么了？"他问。

翻译跟赫梅内斯交流了一下。

"你这货好像不对吧，小兄弟？"

"怎么不对了？"

"说好的是 30 千克，可你这只有 20 包，这把戏都敢玩，是不是不想在这条道上发财了？！"

翻译这么一说，达子笑了一下，看向试毒师，用英语问："我这货怎么样？"

"好，非常好。"试毒师说。

"知道这是什么货吗？"

试毒师摇头："我还是第一次尝到这么纯的货，一点儿就上了劲。"

达子拿出一块，递到对方眼皮底下："看好了，这上面这个字叫什么。"达子指着毒品上的"华"字说，"现在不是靠数量取胜的时代，而是质量决定一切。实话告诉你，这批货的纯度比原来提高了一倍，20 包冰毒相当于原来的 40 千克，你们不但没吃亏，反而赚了。华哥说了，回去转告你们老板，好好跟华哥维持关系，这种新型货品将会源源不断地供给你们，利润大大的。"

达子的话果然让试毒师频频点头。试毒师转头跟赫梅内斯叽里咕噜沟通了几句，最后赫梅内斯一耸肩膀，松开了手。达子拿过箱子，两人握手成交。

达子把赫梅内斯送到船头，和他握手告别。赫梅内斯刚要登上接他的游艇，突然又转过头来。达子以为他又要反悔，没想到他命令手下拿过一盒雪茄，递给达子。

"这是送给你的，回头别老喝茶了，没事儿抽抽雪茄，这才是老大的样子。"

翻译替他转告达子，达子笑着接过，命令手下将一盒包装精美的普洱茶回赠给对方。

"来而不往非礼也。"达子说，"请转告赫梅内斯先生，回去别老抽这玩意儿，没事儿喝喝茶，不管对他的身体，还是今后来东方做生意都大有好处。"

翻译笑着替赫梅内斯翻译，赫梅内斯接过，耸耸肩，在保镖的簇拥下准备登上另一艘小艇。

就在这时，几道探照灯突然开启，打在达子及所有人的脸上，继而响起了喇叭的喊话声，都是缅甸话，大意是："我们是警察，你们被包围了，放下武器，举手投降！"

情况瞬间发生变化，所有的人，无论是大草帽还是华哥的手下，此时都不约而同把枪举了起来，不知道谁先朝警察打了一枪，于是，枪声就像爆豆一样响了起来。达子眼看着赫梅内斯中了一枪，应声扑倒在他面前。大草帽和自己带来的保镖们迅速拿起了武器寻找掩体跟警察相互对射。岸上、江上，乱七八糟地打在了一起。

赫梅内斯已死，达子拉过他的尸体挡在自己面前，将那个装有毒品的箱子用脚钩了过来，抓在手中。

警方的火力越来越猛，二十多名缉毒警察已经攻上了甲板。达子的马仔们不断有人中弹身亡，他们顶着警察的火力，不断地向船舱内回撤。

达子知道，这样硬顶是不行的。他看准了几处探照灯的所在，抄过一只扔在地上的长枪，几枪下去，江面上就又恢复了黑暗。手下的人借助这个时机，开始向警察反击。可是警察已然把所有的通道都封锁了，有想冲出去的，都被击毙在甲板上。还有几个跳入了水中。

达子借着掩体，逐渐地向船下退去，他知道船下有潜水衣。船舱内已经着起了火，达子冒着火冲到了底舱。他反锁了底舱的门，穿上潜水衣，又用一根绳子把箱子跟手捆在一起，在警察射开舱门的一瞬间，纵身跳进了湄公河。

此时，豪哥府内已经摆上了酒宴，大陆、东以及众手下打开了香槟，正准备庆功。大陆不知道豪哥有什么喜事，只是隐隐感到这事跟华仔贩毒集团有关，因为白天豪哥跟王警官会完面回到车上，心情就开始好了起来，甚至还跟着车里的 CD 哼了几句。

大陆担心这件事会影响到达子，因为他已经知道华哥那边的新型毒品是达子制出来的。这是东打听回来的消息，这个消息让大陆又惊又喜。

喜的是，达子还活着；惊的是，他竟然成了华哥的新制毒师。这个消息让他有些始料不及。所以，带着这种担心，在布置酒席的时候，大陆有意无意跟东打听着什么事。

"什么事啊，豪哥那么高兴？"

"到时候你就知道了。"

东给了大陆一个软钉子，大陆没法再问。

此时，人已经坐好，香槟也已经备好，就等着豪哥一声令下就开始了，但大陆注意到，豪哥迟迟没有开始是在等一个电话。终于，那个电话打了过来，豪哥满怀信心地接起手机，但渐渐地，脸色就绿了起来。

最后他挂掉手机，把手中的酒杯使劲摔到地上。

"蠢货，煮熟的鸭子还能给飞了。"豪哥愤愤地说。

大家你看我我看你，都不知道发生了什么事。最后，东凑了上去，小心翼翼地问着豪哥。

"什么意思，人没抓到？还是货没抓到？"

豪哥一屁股坐回到椅子上。突然，又想到什么重又站了起来。

"对了，大陆，一会儿选一把最好用的枪，继续发挥你的本事。"豪哥说。

大陆愣住了，心又提到了嗓子眼儿。

第10章

不翼而飞

达子逃到了陆地上，他在琢磨是否应该把这些消息告诉组织；两天来突然出了这么多的变故，对于组织的布网会不会有影响。可是如果告诉组织，这一切的乱套，多半都是因为他引起的，他真是没有勇气汇报这个事情。

可是，不汇报，也是他失职；也许就因为这个变故，会导致更多的战友牺牲。

达子想到这里突然一阵狂喜，他意识到这也许是逃出毒窝的最好机会，在所有人都找不到他的时候，直接在金三角消失，然后回到祖国，那样就不会引起怀疑了，而且还能向组织当面说明这里的情况。

达子这么想着，从香蕉林中偷偷露出头来，观察着周围的动静。

这是一个丁字路口，路口停着一辆拉活的三轮摩托，骑摩托车的人坐在上面打着电话。

达子从路边蹿了出来。

"去城里多少钱？"达子问道。

骑摩托车的人吓了一跳，大概没想到雨夜中会有人突然出现，警惕地看着达子，摇了摇头。

"太远，不去！"

达子变戏法一样抽出一百美元，递了过去。

"辛苦跑一趟呗？"

那人眼睛立即放出光来，对着手机说："我现在有活儿了，先不跟你聊了，回头再说。上车。"

那人迅速挂断手机。

达子坐到车上心里稍微松了一口气，又开始打这个人手机的主意。

"借你手机打个电话，我手机被雨浇得不能用了。"达子说。

"我手机没有多少话费了。"

达子再次抽出一百美元递了过去，手机立即就到了达子手里。

那人兴奋起来，发动了摩托。达子则快速地输入民航的订票电话，电话刚拨出去，突然身后一只手就搭在了他的肩膀上。

达子吓了一跳，回头一看，原来是华哥派来保护自己的手下龙岩。

"达哥，可找到你了！"

龙岩手里拎着只手枪，胳膊上大概中了一枪，另一只手捂着胳膊。

达子迅速挂掉电话："你逃出来了，其他人呢？"

"死的死抓的抓，都打散了，估计剩不了两个了。我还以为你死了呢，这下我们踏实了。你是打给华哥吗？快点给华哥打电话，跟他说一声。"

龙岩看着达子手中的手机说，边说边警惕地打量着四周。

达子无奈，只好顺水推舟地拨通华哥的电话。虽然隔着手机，达子仍能感受到华哥听到自己声音之后的那种兴奋感。

"你没事吧？"

"我没事，我跟龙岩在一起。"

"太好了，货呢？"

达子看了眼箱子："在。"

手机中，华哥听到货没有丢后，松了一口气："好的，注意安全，尽快赶回来，我派人去接你。"

达子把手机挂断还给了摩托车夫，车夫看了眼手机。

"哎，两个电话啦，要 200 美元才行的。你第一个电话打的是民航的订票电话，这是要单收费的。"

达子心里咯噔一下，马上又递给他 100 美元，想尽快摆脱摩托车夫的纠缠。但龙岩却感觉到了什么。

"达哥，你怎么订票？订什么票呀？"

"没事，拨错了。"

达子轻描淡写地说，但心里却虚得很。龙岩疑惑地看着达子，突然用枪顶在摩托车夫头上："你打劫啊，一个电话一百美元。你信不信我毙了你！"

摩托车夫吓得叫了起来："不是我要的，是他主动给的。"

"一共给了你多少？"

"加这个三百，有一百是去城里的路费。"

摩托车夫干脆停了下来，辩解着。他预感到今天这钱不但挣不到，命都快保不住了，所以努力解释着。

果然，龙岩起了疑心，看着达子。

"去城里，你去城里干什么？"

"我怕回去路上有警察设伏，想先躲一躲。"

达子知道这理由根本就站不住脚，但没办法，只能硬着头皮往下编。爱信不信吧，达子心里想，既然已经这样了，干脆就破罐子破摔，剩下的事回头再说吧。

华哥坐在公馆里，他的眼睛直勾勾地看着那扇开着的门。他的手下，都大气不敢出地站在两侧。公馆里很静，只能听到雨水打在房顶的声音。突然一阵忙乱的脚步声自门外传了进来。一个手下慌张地跑了进来，他迈脚进门的同时，猛然间感觉气氛有些不对，一抬头，正好看到了华哥那双阴沉的眼睛在看着自己。他一时进也不是，退也不是，呆立在了那里。

"你知道，我们的货让人给端了吗？"

华哥面无表情地问那个手下。

"知道，华哥。"

手下的嘴唇在打着战。

"你觉得是谁出卖了我们？"

"不知道，华哥。"

手下摇头。

"你不知道？"

华哥瞪起眼睛，枪上了膛。

手下感觉不妙，紧张起来。

"好，我再给你一次机会。你回答我个问题，你觉得会不会是达子出卖了我们？"

手下不知道怎么回答了，说是也不对，不是也不对，一时愣在那里。

华哥子弹上膛："我给你三个数的时间，回答。"

手下汗都下来了，脸上雨水跟汗水混搭在一起，腿一软，扑通就跪在了雨地上。

"华哥饶命，我真的不知道啊，华哥！"

"一。"

"不是。"

手下方寸已乱，只得顺口说出。

"二。"

华哥手枪举了起来。

"是。"

随着手下"是"的声音出来，一声枪响，手下头一栽，血水混着雨水漫延开来流了一地。

其他手下人人自危，惊恐地站在雨中。

华哥站起身来："你们知道我为什么杀他吗？"

众人不知所措地看着华哥，没有人敢再接话。

"无论对错，做人都要坚定，不能摇摆不定。错了就是错了，我不会杀他，但一旦不负责任乱猜一气，我是坚决不会饶了他的，也包括你们。今后一旦让我从你们眼中读到那种摇摆不定，这就是你们的下场。"

华哥伸出手指着众人，众人赶紧摇头："不会的，我们永远是华哥的人。"

话音未落，又一个手下连跑带颠从门外跑了进来，人没到，声音已经传了过来。

"华哥，外面来了很多警察，把我们给包围了。"

"慌什么？"

华哥眼睛眯了起来，沉思了一会儿，命令手下："来得好，我正想找他们呢，让他们进来。"

华哥说完，带着手下迎了出去。

王警官带着手下刚冲进院内，就被华哥手下用枪顶住。王警官巡视着华哥虎视眈眈的手下。

"什么意思？一个一个的想械斗？"

正说着，华哥带人迎了出来："你这么晚带着人闯我公馆又是什么意思呢？"

王警官打量着华哥："既然你这么说话，我也不跟你绕弯子了。今晚江边有人进行大宗毒品交易，是上面的人来办的这个案子，交上火了，据说是国外的买家，想必这事儿华哥已经听说了吧？"

"事儿我倒是听说了，但我不知道这件事情跟我有什么关系。"

王警官看着华哥，加重了语气："好，既然这件事情跟你没有关系，我反倒放心了。因为有人反映说是你的人在做这桩生意，所以好意过来提醒你。"

华哥仍是不卑不亢的："这么说我还得谢谢你了！"

"那倒不必，我一直以为你是我的兄弟，所以想换种方式跟你解决，没想到你对我这么敌视，那我只能公事公办了。"

王警官一挥手，有警察展开一张搜查令。

"搜！"

王警官一声令下，众警察就要上楼，华哥手下的枪顶了上来。

"我看谁敢动！"华哥手里的枪也举了起来，"你们也太不拿我当回事儿了！"

王警官话虽硬，但语气却软了下来："我是奉上级命令来搜查毒品，华哥是个明白人，不会公然跟警察对着干吧？！"

华哥犹豫了一下，枪口垂了下来。王警官松了口气，刚想再次伸手，华哥的枪却又举了起来。

"我不敢跟警察对着干，但我敢这么对你。因为你们警察局的楼都是我捐钱盖的，你们的车都是我提供的。虽然你是新来的，但你吃的喝的都是我提供的。我花钱养着你们可你们却拿枪顶着我的头，这会让我感觉自己是个傻子！"

第11章

危机

那一枪是大陆开的。

此时，豪哥和大陆、东等一干手下兄弟埋伏在距离华哥公馆不远的山上，各种武器都上了膛，看着豪哥的眼色。大陆直到这时也不明白豪哥带他们来的目的，只隐隐感觉肯定跟华哥那边有关，但不明确具体要做什么。他们埋伏在树丛中，注视着山下的道路，直到看到一辆三轮摩托出现，向华哥公馆驶来。

豪哥这才转头看着大陆："现在就看你的了。"

大陆明白过来，将狙击步枪子弹推上膛："打谁？"

"谁给华仔制毒我打谁。我得不到的东西，别人也休想得到。"豪哥凶狠地说道。

豪哥一说完，大陆就愣住了。

他这才知道原来三轮车上坐着的是自己的战友，虽然大陆还没有见过他。

"哪个是？"

大陆几乎是下意识脱口说出这句话，他太渴望看到自己的战友了。

"那个叫达子的就是，那天华仔劫持老姜时，他也在现场。"

大陆按照东手指的方向仔细辨认着，这才对上号，认出了达子。

那天在密天路口见过他，达子劝他逃跑。当时他觉得这个人跟华哥的手下气质有点不太一样，哪儿不一样，大陆没想明白，现在就全明白了，他手上开始冒汗。

豪哥拿着望远镜，看到达子和龙岩坐在三轮车里，怀里抱着一个皮箱。

"我听说，达子去了湄公河，帮华仔谈交易，这样看来，达子怀里的皮箱八成就是那批货了。"

豪哥不禁喜上眉梢，拍了拍大陆的肩膀："机会来了，看你的了！"

大陆望着瞄准镜内达子的面孔，脑海中想着对策，他是无论如何也不可能朝自己的战友开枪的。

大陆枪口瞄了瞄，突然急中生智有了想法。

"对了，豪哥，打死他没问题，可你得想清楚了。老姜死了，达子可是唯一新型毒品的制毒师啊，打死他还不如把他给抢过来，可以为咱们所用。"

果不其然，这话说完豪哥愣了一下，随即眼前一亮，冲大陆伸出大拇指："看来你不仅枪法好，考虑事情也全面。大才啊！"

说话的工夫，达子的三轮车已经快开到华哥公馆门口，达子这才发现门口除了华哥的手下外，还站着几名持枪的警察。

他感觉到不妙，赶紧喝令司机："掉头。"

就在这时，不知从哪儿飞来一颗子弹，击中了三轮车夫。三轮车一失衡，一头撞到了树上。

达子和龙岩全被摔了出去，箱子也摔到了树丛里。

警察听到声音，围上来将达子和龙岩擒获，同时将摔落在林中的皮箱一同缴获。

达子和皮箱一起被带到了华哥公馆里，此时的华哥不再那么淡定了，头上冒出了汗。他示意手下随时做好与警察火并的准备。

王警官此时见到人赃俱获也来了兴致，命令达子打开箱子。他想机会来得太突然了，这样既可以对豪哥有个交代，又可以一雪刚才华哥对自己的欺压之恨。

达子在所有警察的监视下，只能硬着头皮慢慢地打开箱子，但同时也做好了与警察交火的准备。

"嗒。"

箱子开了一条缝，所有人都紧张起来，警察的枪也都上了栓，但是一股浓郁的海鲜味飘了出来。

达子有些奇怪，心想箱子密封得没问题，这么短时间不可能进水啊。

"啪。"

箱子打开，达子顿时傻愣在那里，包括华哥以及王警官在内的所有人，都愣在那里。

箱子里是几只螃蟹，而且还活着，其中的一只正努力试图从箱子里爬出来。

华哥马上松了一口气，淡定下来。

"王警官，还检查吗？"

王警官笑了一下，再次把华哥拉到一边。

"兄弟，我不知道你之前是如何跟我们的人合作的，可能他们都比较惯着你。但我跟他们不一样，你这么不给我留面子，对你对我都不是什么好事。本来就是一荣俱荣一毁俱毁的事，但你要一直这么嚣张，就只能是你死我活了。这次我可以放过你，但是既然上面有要求，你这边也必须有个态度，这一个月内不要有什么交易。如果华哥不听，我手下人就会阻止你。希望你仔细思量，别太意气用事。不查了，撤退。"

王警官手一挥，带着手下撤离，气坏了在外面等候多时的豪哥。

豪哥与大陆一直在华仔集团外面守着，豪哥知道达子逃了出来，他一定会带着毒品回到集团，这样等达子一回来，他就配合王警官，一举把华仔集团端掉。但此刻，王警官却带着一干兄弟灰溜溜撤了出来。设想的一切都没有发生，他憋着一肚子的火，给王警官打了电话。

王警官倒是马上接了电话："没办法，货没查到，没有证据就没法给人治罪，只能回头再找机会。"

王警官说话时情绪里带着气，豪哥知道他在华哥那碰了钉子，就不再继续给他施加压力，把肚子里的气硬生生地给憋了回去。

"收队！"

豪哥冲手下摆了下手，垂头丧气地先上了车。

大陆彻底松了一口气，总算是躲过了一场危机。此时的达子，在大陆的眼中，不再是华仔集团的制毒师，而是亲密的战友了。

这样一想，大陆那条一直趴在雨水中已经僵硬的腿，都变得轻松了许多。

警察走了，华哥佩服地拍着达子的肩膀。

"到底是怎么回事？"

"我也不知道啊，开始交易进行得比较顺利，本来都握手告别了，不知道警察怎么突然就冒了出来。幸亏他们掩护我，我反应也快，从水下潜泳逃了出来。"

华仔皱了皱眉头，又安慰达子道："好在你没事，货也没出事，货呢？"

"我也不知道啊，一直就在箱子里的。"达子一脸茫然地看着华哥。

华哥神情不对起来，看着达子，把达子看得一激灵。

"哥，我说的都是实话，箱子我一直拎在手里来着，怎么会突然变成螃蟹了呢？"

达子无辜地解释道，一副真诚的神情。这还真不是演的，此时达子也是一头雾水。

他想不明白箱子一直就在自己手里，怎么突然就变成了螃蟹。难道是在水里的时候，螃蟹把箱子给咬开了，毒品掉在河里，而螃蟹爬进去做窝了。那也不可能啊，就算螃蟹爬进去，它也不会自己又把箱子给合上，而且加了锁……

达子越想越觉得有些不可思议。

华仔见从达子这里找不到答案，就把脸转向了龙岩。

"你说说到底怎么回事？"

"华哥，达哥说的是实话，我也是跳到了水里才逃出来的。肯定是有人出卖了情报，否则不可能这么巧。"

龙岩紧张地说着。

"没问你这个事，问你货呢？"

华哥眼睛瞪了起来。

"我也不知道啊。"

"整个交易过程中有没有什么不寻常的地方？"

达子摇着头，看向龙岩，龙岩看着达子，突然感觉到什么。达子心里立即紧张起来，他预感到龙岩要对华哥说什么，这是他最担心的事情。

怎么办？他脑海中紧张地转着，想着该如何解除困境，但越着急脑子里越像塞了团糨糊，怎么理都理不出个头绪，更别说在瞬间想出解除困境的主意了。就在他犹豫间，龙岩果然开口了。

"交易中倒没什么，不过回来的时候……"

"对了华哥，我也想起点儿事来。我想跟龙岩单谈两句可以吗？"

这种情况下，达子只能迎难而上。能不能解决问题再说，至少先占有主动权。

华哥看着达子又看了眼龙岩："有什么话不能当我面说吗？"

"我想带龙岩到刚才翻车的地方实地证实一件事情，否则我担心误解龙岩。"

这句话完全是达子顺口胡诌出来的，他说这句话时根本没过脑子，只是因为华哥这么问了，他必须得找个理由，但什么理由他还没找到，所以就顺嘴胡说出来。

一方面占个先机，一方面腾出点儿时间来思考，但一直走到刚才翻车处他也没想出什么好主意。

一路上华哥都在看着他，虽然他还不知道发生了什么，但他能感觉到，离整个事件的真相一定不远了。

华哥及达子、龙岩等众手下站在翻车处。

"问吧！"

龙岩摆出一副心里没鬼不怕问的态势，看着达子。

他甚至准备在关键时刻给达子一个反击。现在他越来越觉得达子心里有鬼，说不定整件事情都是他一手策划的。

他倒要看看达子会说出什么骇人听闻的话来。

达子此时的神态已经流露出必败无疑的颓相。

达子此时内心很是焦灼："到底用什么理由来摆脱自己的嫌疑呢？龙岩已经怀疑我了，说不定下一刻他就会向华哥告发我！这样的话，我就没有退路了……大不了一死。"达子大脑飞快地转到这里，突然想到毛乐，"毛乐已经因为我牺牲了，我如果就这样死了，是不是太对不起毛乐了。"

达子左思右想，突然想出了一个置之死地而后生的办法……

第12章

你死我活

"问题应该就出在这里。"达子示范着,"我们当时正坐在三轮车上,突然,树林里有人开枪,打死了开三轮车的,我们都翻到了地上。之前箱子一直在我手里,但就在翻车这一刻,箱子不知道怎么到了龙岩手中。"

龙岩愣住了,他才明白过来达子想先发制人,于是下意识话从口出:"你胡说,我不可能动那个箱子。"

"怎么不可能,之前箱子一直在我手里,你要拎我没让你拎。这是你唯一有机会更换货物的时候,我说你怎么路上老要拎箱子呢。"

达子不惜一切代价将怀疑的方向往龙岩身上引。龙岩果然急了起来。

"胡说八道,我还没说你呢,你……"

龙岩说话有一个特点,一急就容易结巴,一结巴这个"你"字就半天也说不出来。达子赶紧把话给接了过来。

"你说我什么啊。对了,还有那一枪,一定是你们提前埋伏好了,里应外合趁此机会把华哥的货给换了。"

达子转身看着华哥，肯定着自己的判断。华哥眼里露出狐疑的目光，看着龙岩。龙岩更急了起来，辩解着。

"华哥，我对你忠心耿耿，你知道我不可能背叛你的。你别听他信口开河，这一切都是他做的……"

"我要有问题根本无须那么麻烦，在水里拎着箱子走了不就完了。你要不信跟我到树林里咱们证明给华哥看。"

"看就看。"

龙岩倔劲也上来了，跟着达子走进旁边的小树林。达子心下一喜，知道机会来了。刚才当着华哥的面他没法做手脚，只能想个辙把龙岩引开，让龙岩离开华哥的视线。然后激怒他，找机会把他干掉，这就是达子瞬间想到的主意。

达子走进树林，比画着，将箱子放到树丛后，然后装成龙岩的样子躺在箱子旁边，嘴里说着。

"当时箱子在这儿对吧，你躺在这儿，我和车夫躺在那儿。翻车后，车夫死了，我去看车夫，等我回头喊你时，看到一个人突然从旁边跑远，然后你拎着箱子走了过来。我现在明白了，我说你当时神情怎么那么慌张呢，原来是怕我看到……"

达子一个人在那儿演着独角戏，这边可把龙岩气坏了，想辩解但话又说不利索，气得只能上来跟达子动手。

"你胡说八道，我啥时候拎着箱子了，我还没说你打电话给……"

龙岩刚说到这儿，达子立即就做出被龙岩打到的样子，突然叫了一声，扑了上去，还击着。

"你诬蔑我，看华哥对我好你嫉妒，所以偷偷把货卖给了豪哥。"

达子说着话，瞬间就下了杀手，双手一搭，锁住龙岩的喉咙，然后使劲往怀里一带。龙岩一声闷哼，身体就软了下来。

达子从龙岩身体倒向自己怀里的重量判断，估计人差不多了。龙岩的脖子被锁断，就算不死也活不了多少时间了，达子这才松了口气，暗自庆幸在封闭训练时学的那么几招必杀技还是很有用的。

等大家都围上来拉开两人时，龙岩已经没有了呼吸。

达子这才做出失手打死龙岩的样子，惊慌失措地看着华哥。

"对不起华哥，他想掐死我。我一时失手……你处罚我吧！"

华哥看着达子，判断着达子说的话。

"哥我刚才说的都是实话，当时树丛里开了一枪，我一直觉得那一枪很怪异，如果没有人接应的话，货不可能丢，不信你问他们。"

那些在现场抢救龙岩的人，盲目地点着头，其实说的是开枪的事儿，但顺便把达子其他的话也给证实了。

华哥收起疑惑："你是我的兄弟，我当然相信你。这件事我会好好调查，你回来就好，先回去好好休息吧。"

说着让人把龙岩尸体埋了，大家散去。

达子看着手下抬起龙岩的尸体，这才彻底地松了口气。他抹了一把额头上的雨水，但只有他自己知道，这雨水其实都是紧张渗出的汗水。

同样顶着一头雾水的还有华哥，在刚才那种情况下，他只能顺水推舟先把事给平复下来。这一天发生的事太多了，让他有些应接不暇，他需要好好放松一下梳理梳理才行。

当蘸着水的鞭子落到华哥身上的时候，华哥才真切地体会到那种强力下释放的感觉。他知道自己的这种喜好有些变态，但没办法，他曾经尝试过很多种方式来缓解自己内心的压力，喝酒，吸毒，性爱，最后发现都不如自己被抽一顿来得彻底。

此刻，他正趴在床上，被邓敏一鞭子一鞭子抽着，这是他在检验过无数女人之后选定的，名义上是秘书，实际上就是帮他缓解压力的工具。但久而久之，他们已经彼此信任，仿佛成了在一起生活多年的夫妻。

随着鞭子的起落，华哥发出有节奏的呻吟声。看看抽得差不多了，邓敏赶紧扔下鞭子，细心地趴在他背上帮他缓解皮肉的疼痛感。看到华哥背上被抽的那一条条深红色的血印，邓敏心里一阵绞痛，她只能用手温柔地抚摸着那些隆起的血印。她手指滑过的地方，那些血印下面的肉，都在激烈地颤抖着。

华哥身体终于放松下来，他点了支烟，抽了一口，琢磨着这一天发生的事情。最后，他的回忆停留在达子身上。不知道为什么，达子那双眼睛总让他感到有一丝不安。

邓敏看出他的不安。

"你今天怎么心事重重的？"

"你不觉得达子很可疑吗？他说龙岩是豪哥的人，如果这样的话，龙岩为何不在回来的路上劫持达子或者干掉达子？反倒在门口跟人安排好换货？"

"现在已经成了这个结果，你就别想那么多了。就算达子说了谎，你也不能把他怎样，毕竟他现在是你唯一的制毒师。回头小心防备他点就是了。"

华哥琢磨着邓敏的话，觉得她说得有几分道理。水至清则无鱼，就算达子真的是有身份的人，我还能把他杀死吗？要想称霸金三角，现在离开了达子还真不行。

"目前最重要的是看住达子，让他安心制毒才是正事。不管他是谁的人，用你的魅力最后把他变成自己人，这才是王道。"

邓敏说着，继续抚摸着他背上的伤口。此时，华哥被邓敏的心胸和聪慧彻底折服，他翻过身来看着这个集美貌与智慧于一身的女人。

"你才是我最信任的人。"华哥由衷地说道。

雨终于停了。

回去的路上，大陆注意到豪哥坐在车内久久沉默不语，不知道在想些什么。经过石桥时，豪哥突然喊停车，说要透透气。

于是，大陆和东陪他下了车，三个人站在桥边，看着因连日降雨而水量渐涨的河水咆哮而过。豪哥好久没有说话，大陆也沉浸在这一天的变故中，原本就很阴鸷的东更像个无魂的躯壳戳在那里。三个人伫立在岸边像雕像一样，任凭风从身上吹过。

良久，豪哥的视线才收了回来，他转过头看着大陆。

"咱们亲眼看着达子把箱子提进去，王警官却说'一无所获'？这里只有两种可能：一种是王警官也收了华仔的钱，没和咱们说实话；另一种是达子偷换了箱内的东西，隐藏了毒品，使王警官抓不到证据。"

"这次他们的计划落空对我们也是个机会，他们停业整顿的时间，正好给我们提供了机会。"

"是呀，可是这么点儿时间有什么用啊，没有新型毒品，我们又能抢占回多少市场呢？"

豪哥摇了摇头，他对于老式毒品的市场，现在完全失去了信心。

"现在唯一的出路，就是干掉华仔，收编达子。要不然，他们早晚会成为咱们生意上的巨大障碍！"

豪哥向大陆说出了自己心中的想法。大陆一时没说话，眼睛看着脚下湍急的河流，心里琢磨着豪哥的主意将会给自己带来什么影响。

一艘船顺流驶了过来，豪哥突然指着那船。

"知道那里面装的都是什么吗？"

大陆看着那船，除了船头亮着微弱的灯光外，从外面什么也看不出来。他不明白豪哥指的是什么，只得摇了摇头。

"利益。"豪哥很果断地说，"里面除了利益就是利益。我们也一样，我们现在所有的努力都是为了利益，而达子就是那利益的核心。"

豪哥眼睛看着大陆和东，那一瞬间，大陆心里震颤了一下。他无论如何也想不到豪哥会说出这样的话，那么直接、深刻，让人不寒而栗。也就是在这一刻，他才突然觉得自己对豪哥并不完全了解。

他敏锐地意识到，自己将来要面对的不仅仅是杀个人或是被杀掉那么简单，他要面对的可能会比他之前所能想到的任何困难都要难得多。但是什么，他不知道。

"哥，你说得太深刻了，直指要害。服！"

大陆一脸真诚地对豪哥竖起大拇指。

豪哥却突然笑了起来："跟深刻没关系，实话而已。你这两天辛苦了，刚来我这儿几天，就显示出了过人的天赋。好几天没见女朋友了，去放松下吧。"

大陆愣了一下，心想："豪哥的思维确实有些跳跃，怎么会突然提到美娜，难道是豪哥对这件事有所侦查？"

大陆紧张起来："没事儿，我们本来也不常见。"

大陆尽量把这件事说得轻描淡写点儿，他不希望这么快就把火引到美娜身上。

"你知道跟女人在一起要有三个前提条件吗？"

豪哥仿佛在女朋友的问题上有了更高的兴致，他接着问大陆。

大陆再次摇头。

"一、要有钱；二、要有时间；三、要有个好身体。"

豪哥这句话说完，大陆还没反应过来，东率先笑了起来。东这一笑，让大陆心里更发毛，隐隐感觉这话的内涵肯定不止字面上那么简单。但他没往心里去，知道这句话没有什么实质的内容，只是开开玩笑。但没想到豪哥接下来说的话，让他后背彻底发凉。

"走吧，趁着今天好心情，带我和东看看你女朋友，我们正好也出去放松放松。"

"好啊豪哥，难得你今天好心情，那我打电话跟她交代一下，提早准备准备。"

"不用准备了，给她个意外惊喜她一定会高兴的。女人是离不开这些的。"

豪哥说这话时已经迈动脚步。大陆就更加紧张和不安起来，不知道这样贸然闯去会给曲经和美娜带来什么样的后果。想到这儿，他脚下仿佛灌了铅一样。

第13章

以毒攻毒

大陆带着豪哥和东突然出现在艳舞酒吧，一开始把美娜吓了一跳，但随即她就做出开心的样子扑进人陆怀中，给他来了一个热情的拥抱。大陆这才松了口气。看来自己把美娜和老曲他们想得也过于简单了点儿，毕竟在这里卧底了这么多年，这些小把戏还是很容易应付过去的。

想到这儿他心里一暖，把美娜推开，拉着她的手给豪哥和东做介绍。

"这是豪哥，这是东。"

美娜很懂事地拿出一副邻家小女人的样子跟豪哥打着招呼，豪哥打量着美娜，表情上却是一副和蔼可亲的样子跟美娜唠着家常。

"谢谢你对我弟弟这么好，哪儿人啊？"

"平凉的。"

美娜露出不好意思的神情，脸上微微一红，那一瞬间，大陆真是被电到了。

心中暗自嫉妒起曲经来："这么好的女孩怎么就落到他手里了。"

想到这儿他下意识朝楼上瞄了一眼，他知道曲经此刻一定躲在某个地方偷偷地注视着这边的情况，以便随时做出反应。

"父母做什么的？"

"哦，在当地种橡胶。"

美娜对答如流，让豪哥非常满意。豪哥微笑着看着美娜和大陆，不住地点着头，从东手中拿过一个红包递给美娜。

"你很有眼力，大陆是我们公司最出色的员工。初次见面，没有什么好送的，喜欢什么，自己去买点儿。"

"谢谢豪哥。"

美娜大方地接了过去，很珍惜地握在手中，另一只手被大陆牵着，一副幸福的样子看着豪哥。

"把你的好姐妹叫出来，今晚难得豪总有兴趣出来散散心，陪豪总好好玩玩。"

大陆赶紧对美娜说，而且在说话时他特别强调了叫豪哥为豪总。他已经发现，豪哥表面很善解人意，其实内心非常敏感。他不想在这些小细节处让豪哥抓到把柄，从而使自己的工作百密一疏。

"行了，让东陪你踏实玩吧，我先回去了。注意安全，今晚那边说不定会报复，所以，我给你们留两个人。"

豪哥说完，起身要离开。

东赶紧站了起来："哥，我也不想玩了，我陪你一起回去。"

大陆见状赶紧说："那我也回去了，明天还有那么多事呢！"

豪哥转身拦住大陆。

"好男人是不能让女人失望的，明白吗？你可是我们公司的门面，好好照顾弟妹。踏实玩，晚上回来小心点就行。"

大陆只得停住脚步："好吧，谢谢豪总的理解，放心，我会小心的。"

豪哥微笑着和美娜拥抱，告辞而去。

豪哥一走，大陆点了酒让两位手下去卡座，他和美娜互相拥抱着向楼上走去。

来到楼上，大陆看到曲经果然一直站在窗前看着刚才的情形，看到大陆进来，曲经转过头来。

"行了，差不多行了，还没抱够啊？"

大陆更使劲地抱了抱："我女朋友，我当然没抱够。是不是，美娜？"

美娜也不说话，笑着打开红包，里面是一小沓儿美元。

"你老板够大气的，看来你真成了他的红人。"

"看来他还没有完全相信你！"

曲经接过美娜的话，表情严肃了起来。

"嗯，这个豪哥面上看着笑呵呵，但城府却深得很，现在他几乎想把我的一切都掌握了，这对我们开展工作更加不利。"

大陆松开美娜，忧心忡忡地看着曲经。

"尤其今天这一来，我担心将来会对美娜造成麻烦。"

"既然已经这样了，只能加倍小心见机行事了。你抓紧时间说，今天到底怎么回事？"

大陆详细地汇报了行动的整个过程，并告诉曲经，自己亲眼看到了达子，不过现在达子已经成了华仔集团的首席制毒师，而且还成功地研制出了新型毒品。

曲经听完感到非常意外，他的手在桌上的玻璃杯把上摩挲着。

"毛乐生前曾经汇报过达子的情况，说老姜死了，华仔让达子制毒，若不成功，便杀了达子，所以我估计达子这么做是为了生存需要。当然这只是我们的猜测，现在首要问题是要搞清楚到底发生了什么，毛乐到底是怎么死的，达子又是怎么想的，必要的时候，还要设法拯救达子出来。"

"眼下倒是有个机会联系上达子。"

大陆也替达子着急，刚刚豪哥跟他说了要干掉华仔，收编达子的想法，他觉得正是一个极好的机会。

"什么机会？"

"豪哥正在谋划干掉华仔，同时收编达子，为自己制毒。不管计划能否成功，总之有接触达子的可能性。"

大陆看曲经对于这个方案还是有些犹豫不定，就掏出了一小袋毒品，在曲经面前晃了一晃。毒品在灯光的照射下，散发出晶莹的天蓝色。

"这就是达子制出的新型毒品。"

"成色不错，这小子跟了老姜这么短时间就能制出这样的货，的确是个天才！"

曲经夺过大陆手中的毒品，仔细地观察着，不停地点头。

"你从哪儿弄到的？"

"你先别管了，你看看这冰毒里面有什么门道？"

"我又不是毒贩，我怎么知道？"

曲经瞪了眼大陆。大陆笑道："那你刚才一本正经的，我以为你也懂呢。"

"快说，到底怎么回事，神神秘秘的！"

曲经催促着。

"明天你就知道了。"

曲经越急，大陆就越是神秘地说。

达子一晚上没敢合眼，因为他一闭上眼睛，毛乐死去时的情景以及昨天杀害龙岩的情景，还有这几天发生的所有事就像过电影似的在他脑海中闪现，搅得他一刻也不得安宁。

他们血流成河，他手中的枪，成了伸着血舌的蛇，越来越多的人倒在了他的枪口下。现在他分不清自己是一个缉毒警察，还是已经成了一个十恶不赦的毒枭。

他一方面渴望着跟组织取得联系，将这一切都上报组织，求得组织的谅解；一方面他又担心让组织知道这一切，因为到那时候他不知道还有没有勇气去解释。

他这样杀人是为了组织，为了缉毒吗？

不是的，他感觉，现在自己杀人，是为了自己，为了解脱。

"怎么了？"

第二天，当他带着疲惫而失神的目光出现在华哥面前时，华哥一眼就发现了问题。

"没怎么，"达子掩饰着，"昨晚没睡好。"

"兄弟，一次失败没有关系，不要自责。有什么话，跟华哥我说，不要闷在心里面。"

"华哥，你这么信任我，把这么大一笔生意交给我，但我没把握住。不但货没保住，还死了那么多弟兄……"

达子说着说着眼圈居然红了起来，他面上说的是一桩事，心里想的却还是自己那点儿委屈。华哥上前抱住他，安慰着他，这让他一直郁积在心中的那点委屈瞬间释放出来。

达子这一哭，把闯荡江湖多年的华哥内心深处的柔软给激活了，他抱着达子，突然感觉像抱着多年前被人打死的弟弟。在这一刻，不管之前对达子有多少怀疑，他都必须要将其转化成信任，至少是现阶段的必然信任。

在没有找到充分的证据来证明达子是他的敌人之前，他只能把他当成是自己的人，甚至是兄弟。从现在开始，他要坚定自己的这种认识，并不惜一切代价将其培养成自己的接班人。

如果真到了那一天，他之前是干什么的对他来说就已经不重要了，英雄不问出处，要学会顺势而为，化不利为有利，化被动为主动，这才是一个真正的大哥该有的格局。

所以，从现在起，华哥决定要全力把达子培养成一个最优秀的毒品贩子。这将是他未来事业发展中必不可少的兄弟。

华哥一遍遍在内心中告诫着自己，他使劲抱着达子，说着宽慰的话。这一刻，他是真心希望自己的兄弟能尽快从悲伤中站起来。

恰在此时，有人闯进来跟华哥报告。见到这情景不知道该说不该说，愣在那里。

"说。"华哥说。

"有人砸我们的场子！"

"好，你先回去休息，我去看看怎么回事？"

华哥对达子说，达子此时情绪已经平静了下来。

"哥，我已经没事了，我跟你一起去。"达子说道。

他们很快在艳舞酒吧门外的面包车里看到了那个被蒙了面的人。

面罩被拿下去，露出东的一张脸，有些惊慌地看着华哥和他的手下，但口气却很强硬。

"为什么抓我？"

华哥把那包新型毒品凑到了东的眼前。

"吃了，把它全部吃了。"

华哥打开毒品向东的嘴里塞去。东闭着嘴，不停地摇晃着脑袋，白色的粉末涂满了他的脸。

"吃呀，为什么不吃，你不是卖这个吗？"

华哥揪着东的头发，愤愤地把那包毒品扔在他脸上。

东吓得给华哥跪了下来，不停地磕着头。

"华哥，饶命呀，饶命！"

"说，为什么在毒品中掺毒？"

华哥听手下说，东在艳舞酒吧里出售华仔集团的新型毒品，买的人吸食后出现口吐白沫中毒的症状。

东向吸毒的人解释是新型毒品不稳定造成的，所以导致华仔集团的新型毒品的销量在两天之内陡降。手下人把那些毒品拿来分析后，确定是东在里面掺了毒。

"是你们的毒品有问题，不是我掺毒。"

东矢口否认。这句话惹恼了华哥，他把枪顶住了东的额头。

"说，不说我毙了你。"

东看到枪，身体不停地颤抖着。

华哥的手下又递过来一包毒品，华哥把枪放了下来，把毒品打开，用手指沾了一下，涂在东的嘴上。

"这包是纯的，你尝尝。"

手下过来，把东的嘴掰开。华哥把一些粉末倒进了他的嘴里。

东痛苦地张着嘴，不停地喘着粗气，伸出手使劲地抠喉咙，试图把毒品吐出来。

华哥又打开了更大的口，准备把所有毒品倒进他的嘴里。

"别，我说。"

东终于支持不住了，痛苦地捯着气儿，脸上、嘴角沾满了毒品的粉末。华哥停了下来，他等着东逐渐清醒过来。

"是豪哥，是他让我干的。"

第14章

接头

华哥点着头："湄公河的劫案是不是也是豪哥干的？"

东痛苦地抬起头，他看着华哥举起的黑洞洞的枪口，犹豫了一下，最终还是点了头。

"嗯。"

华哥沉吟着，该知道的都知道了，觉得留着东没有什么用了，就站起身，准备一枪结果了他。东一见紧张了起来，跪在地上不断哀求着。

"华哥，华哥，不要杀我，只要你想知道的，我全告诉你。"

东攥住了华哥的枪，满脸眼泪地求着华哥。

华哥听他这么一说，就知道还应该有什么憋在他心里。

想到这儿，华哥把枪放了下来，手下递过来纸巾，华哥帮东把脸上擦干净。

"说吧，还有什么重要的，都说出来，我再看看需不需要杀你。"

"豪哥已经策划好了劫持达子，路线和时间都定下来了。"

"噢？"

东的这话让华哥来了兴趣，他看了眼达子。

"说说看，是怎么计划的，说出来我就不杀你。"

劫后余生的东，就像竹筒倒豆般把豪哥策划好的详细方案一股脑都告诉了华哥。华哥判断着东说的话。

"你怎么会得到这么机密的消息？"

"实不相瞒，这计划是我跟豪哥一起制订的。今天要不是迫不得已，我是不会说的。"

东沮丧地说。华哥听到这个消息之后吸了一口凉气。这个赵龙豪真是欺人太甚，不但断了我的货，还要劫我的人，这让华哥怎么能善罢甘休。

"你把豪哥供了出来，豪哥不会饶了你的，现在，你只有一条路，就是和我们干。今天我先不杀你，但有一点，你回去后听我调遣，以后有什么情况，都要第一时间告诉我，明白吗？"

手下哗啦一下，把车门打开，华哥一脚把东踢下了车，东连滚带爬地逃走了。

豪哥和大陆在不远的地方，看着东被踢下了车。这一刻，豪哥的心踏实了下来，因为他知道，东已经把情报送给了华哥。他把脸看向大陆。

"现在看你的了，你去安排吧。"

大陆点头答应着，他知道这次豪哥是破釜沉舟，他是要对整个华仔集团来个釜底抽薪。

当他从曲经处回来后，他和豪哥全面策划了整个劫持过程，然后就把东派了出去，在华哥的地盘上，出售假毒品，引诱华哥上钩。

大陆现在暗喜，当面接触达子的机会终于来了。

"华仔的死期到了，这个任务就交给你了。"

"放心吧，豪哥，滴水之恩当涌泉相报，我这条命是你给的，我一定全力以赴。"

大陆说完，毅然转过身，看着跟随着豪哥的兄弟。

"豪哥够义气，是咱们效力的时候了。今天就是华仔集团覆灭之时。"

手下也纷纷举起了武器，准备誓死一战。

与此同时，在华仔集团内，华哥和达子以及几个得力的干将聚集在华哥的会客厅内，为这场即将到来的战斗谋划着。达子没有想到自己成了这场战斗的焦点，不禁感到有些荒唐。同时更加重了他生产出毒品之后的那种内疚和自责。

但是他知道，这场纠纷只是一个序幕，未来的一段时间内，不仅在金三角，甚至在世界范围内，会因为他研制出的这种新毒品而掀起一场血雨腥风。

华哥是广东人，每逢关键时刻都要燃香杀猪祭拜。会开完后，大家站在华哥身后，依次按照地位上香。看得出来华哥很看重达子，上香时故意让达子站在自己身旁，达子知道豪哥的绑架计划无形中又把自己的重要性往前推了一步。

葛四为华哥点燃三炷香，递给华哥。

华哥为首，达子为辅，葛四和手下分列两侧。华哥把香插在香炉中，带领众人向着香炉后的关公三叩头。

"武圣神明，保佑我华仔集团旗开得胜，一举干掉阿豪。"

达子知道，华哥这几名手下，都是常年和豪哥集团争夺市场的人，多年的相互争夺，他们之间的积怨很深。这次行动有可能是对豪哥集团致命的打击，所以个个都摩拳擦掌，喊着出征的誓言。

在这种气氛影响下，达子也不自觉地热血上涌，跟着一起喊了起来。他已经迫不及待想要见识一下第二天的那场恶战了。

华哥开始时不让他去，让他在家好好待着，等着他们凯旋。但达子强烈要求参战，华哥不好拒绝，就命令手下最信得过的兄弟葛四保护他。

"他要是有一点闪失，我拿你是问。"华哥很不客气地跟葛四说，"你知道吗，现在在金三角，他的命比我的命还重要。"

第二天，按照东提供的情报，华哥趴在山坡上，从望远镜里观察着脚下的山路。果不其然，豪哥和大陆的车队开始出现，十几辆车向山上驶来。一切都和东所提供的情报一模一样，华哥心里一块石头落了地。感谢上天给了他报一箭之仇的良机。

华哥命令手下将火箭筒瞄向了那辆奔驰房车。此刻，他有理由相信，只要轻轻一扣，豪哥就会烟消云散。

葛四趴在他的旁边，正在测算着打击那辆车的最佳距离。车子开得很快，已经完全进入了火箭筒的射程。达子听到了华哥强烈的呼吸声，他知道华哥马上就要下达命令了。葛四跟踪瞄准着那辆车，他仿佛已经看到豪哥在强烈的爆炸中，被一股气浪冲上了天空。

但还没等华哥发布射击的命令，就听到耳边"嗵"的一声，一枚火箭弹在达子和华哥的身边炸响了。几个手下被炸得血肉横飞，灰土撒了达子和华哥一身。达子被震蒙了，他不知道从哪儿飞来的炸弹，他回头看到华哥拿着手下的一只断手也呆在那里。

在第二枚火箭弹到来时，反应过来的葛四一把拽起华哥和达子，向山坡上跑去。达子回头看时，豪哥已经领着手下人向他们冲来。

此时山下的那个"豪哥"把假发一扔，和大陆一人一把枪，也向山坡冲了上来。华哥的手下和豪哥的人在山坡上展开激烈的交战，子弹嗖嗖地从达子身边飞过。豪哥的火力太猛，华哥的手下已经有很多被打落到山崖之下，坠崖的惨叫声以及各种枪支开火的声音，在达子的耳边响起。葛四一边掩护着华哥，一边向山下射击，整个现场乱作一团。

豪哥的火力越来越强，达子和华哥被逼上了山坡。山坡上树越来越多，在混乱中达子和华哥他们被冲散了。

达子和华哥向两个方向跑去，豪哥带着东等人拼命去追赶华哥，大陆则趁机向达子逃去的方向追赶。

这时候华哥已经意识到中了豪哥的反间计，气得热血上涌，准备带着手下跟豪哥死拼，被葛四等几个贴身保镖死命劝住。葛四等人利用手中重武器的优势，终于在另一条山道撕开了一个口子，保护着华哥向山下逃去。

等华哥回头时，发现没了达子的踪影。他再次急了起来，冲葛四扯开喉咙。

"去，把达子找回来。达子不回来，你也别回来了！"

葛四看到华哥愤怒的表情，一下想起了自己的任务。他扭头向原路杀了回去，他知道达子现在对于华仔集团的重要意义。达子在，这个集团的核心竞争力就在；达子不在了，华仔集团想东山再起，就太难了。

华哥冒着枪弹掩护着葛四向回寻找。看到葛四冲过了火线，华哥才带领其他的手下开出一条血路，杀下山去。

豪哥带人追下了山，找不到华哥的踪影，豪哥气得暴跳如雷。抓不到华哥，他又率手下沿着大陆追去的方向去追达子。

达子在混乱中与华哥分开后，就借着山势边打边向山上逃去。他后面的枪声越来越稀少，也越来越远，他知道后面有一个人一直在追赶着他，就在他不远的地方，死死地追着他。

达子是接受过苛刻的体能训练的人，他曾接受过七天没有粮食，没有水，在山林中快速穿越的生存训练。

那是常人无法克服的困难。在山路上行走，本来就消耗体力，何况还是那种口干舌燥、体内无物的亡命逃脱，可想而知，难度有多大。

当达子虚脱得将要倒下时，他终于到达了山林的尽头。

就是那次，达子看到了赵天义眼睛里流露出的欣赏的眼神。现在这条山路还不算陡峭，达子完全可以应付，但他的对手却像经过与他同样的训练，也丝毫没有落下。

快到山顶了，再跑就没有路了。

大陆知道马上就要抓到达子了，那种战友之间就要相逢的喜悦，远远胜过了抓获对手的胜利感。

在前面大片树叶遮挡的地方，达子绕了过去。大陆一鼓作气追了过去。绕过大片的树叶，前面却是只有几步宽度的山崖之顶，大陆一时没了主意。还没等他转过头，一支枪已经顶在了他的后脑勺上。

"把枪扔了。"

达子从身后把大陆的枪缴了下来。

"别开枪，自己人！"

"谁跟你是自己人？"

"与狼共舞。"

大陆说出了缉毒特警之间的暗语，达子就有些发愣。他一刹那有些恍惚，不确定这句话是不是从大陆口中说出的。

大陆看出了达子的疑惑，又跟着说了一遍，说完之后期盼地看着达子。达子不再恍惚，说出了暗号的后半句。

"向死而生。"

达子说出了这句话，但他仍不敢确定面前的这个人，到底是不是自己人。

"你是谁？"

达子的枪又端了起来。

大陆看到了缉毒特警惯有的警惕眼神，他知道达子在做最后的确认。他伸手把达子的枪挡在一边。

"我是大陆，在豪哥那边的。组织命令我设法跟你取得联系！"

大陆试探着从达子手上取回自己的枪，达子没有阻拦。

"为什么不和组织联系了，老赵非常想知道你的情况！"

说到老赵，达子终于放下枪，心里涌起了一股暖流。

"组织想知道毛乐是怎么死的。"

大陆这么一问，达子心里刚升起的那股暖流顿时又凉了下去。

第15章

达子中枪

大陆的话再次把达子推上了一个万劫不复的境地，他知道，这一刻他唯有保持沉默，因为他无法解释毛乐是怎么死的。他能说是自己把毛乐给杀死的吗？如果他这么回答的话，大陆会接着问为什么把毛乐杀了。他能说是为了保护自己吗？他怎么解释都是苍白的。

想到这儿，达子转身就走。

大陆本想利用两人相遇的短暂时间，把心中的猜想和赵局的猜测都弄清楚。可是达子什么都没有回答，向山下走去，他有些急了。

"什么情况，你倒是说话啊！组织迫切想知道这边的情况。"

达子仿佛没有听到一样越走越远。大陆把枪举了起来。

"站住！你再不站住我就有理由相信你叛离了组织。"

大陆试图用这样的方式来得到达子的解释，可是达子仍没有回头，他们之间的距离越来越远。

达子的离去是默认自己已然投敌了吗？

大陆艰难地做着选择，手中的枪变得无比沉重。达子每走一步，他已叛变的信息就在他的脑海中印证一次，他的手指在一点点地扣动着扳机。

"站住，你再不说话我就有理由相信你已经叛变投敌，我有权干掉你！"

大陆喊着，话音未落。

一声枪响，渐已走远的达子，身体一栽，滚落到山崖之下。

大陆愣住了，顺着枪声回过头。身后，豪哥带着东等人赶来了。

"大陆，你太犹豫了，眼瞅着就跑了！"豪哥说着，让手下赶紧去搜索，务必把人抓回来。东带着手下兄弟朝悬崖下奔了过去。

大陆内心紧张起来，感到后怕。

刚才他把全部注意力都放到了达子身上，完全忽略了身后来人。他脑海中飞快设想着他们的对话豪哥有没有听到，同时担心达子的安危。他刚才举枪并不是真想杀他，只是想用这样的方式弄明白毛乐到底发生了什么。现在非但没有了解到情况，还把达子也给搭进去了。

他此时一点没想自己的处境有多危险，全部身心都在考虑这一枪打在了达子什么部位，他会不会有危险。他陷入深深的自责中。

"豪哥，你真不应该开枪，他马上就要被我劝服了！"

"我是担心他跑远，打他腿了。"豪哥说，"我怎么会打死他呢，他现在是金三角最金贵的宝贝。"

豪哥说着，走到悬崖边，用期待的目光向下看去。

大陆不知道，刚才这一幕不仅豪哥看见了，还有另外一个人也看见了，这个人就是华哥派来找达子的葛四。

葛四找到这里的时候，恰巧看到达子拿枪对着大陆。但葛四不明白达子为什么没有杀大陆，而是两人叽叽咕咕聊了起来。

这让葛四多了个心眼，悄悄从树丛中跟了过来想弄明白他们说什么。但就在他听到大陆问达子毛乐是怎么死的时候，突然身后传来枪声，紧接着，他就看到达子掉下了悬崖。

他来不及犹豫，迅速利用草丛的掩护，依附着几棵树攀下悬崖，在东带人下悬崖前找到了挂在树杈上受伤的达子，将达子救了起来。

在一块宽阔地，两人都已累得筋疲力尽。葛四把达子扶到了一棵树下，两个人倚着树想暂时休息一会儿。山上已经没有了枪声，葛四感觉没有危险了，好奇地问达子。

"达哥，刚才你和那个人说什么？为什么不开枪打死他？"

葛四的一句问话，吓得达子一激灵，达子这才知道葛四已经看到了他和大陆交谈的全过程。如果葛四向华哥汇报了这个情况，自己的身份就彻底暴露了，不仅仅自己，还会牵连到大陆。

如果大陆再被发现，那么，他们在金三角的整个组织基本就形同虚设了，这个损失对他们来说将是不可估量的。而真到了那时，他就真成缉毒特警中最大的败类了。

达子一想到这儿，出了一身冷汗，当下就动了杀机，必须把葛四干掉，再不能留后患。

"哦，那是豪哥集团的大陆，他在逼问我配方！"

达子顺口编着应对的话，寻找着下手的有利时机。几次交往，他已经预感到这个葛四比龙岩要难对付许多。

"是这样。"

果然，葛四的眼神警惕起来，从达子的脸上跳开，眼睛看向别的地方，但心里已然多了几分怀疑。

快到山下时，他们在树林中看到山下公路上有两辆越野车慢慢地开了过来，车上似乎有很多人拿着枪，两个人迅速躲到了岩石后面观察着两辆车的动静。

车子渐行渐近，两人差不多同时看清了车里坐着的是华哥和他的手下。

"华哥，是华哥来救咱们了！"

葛四激动地站起来向他们招手，达子知道这是除掉葛四的最后机会。他在华哥还没有听到葛四喊叫声的时候，顺手抄起身边一块石头，狠命地向他的头上砸去。葛四愣了一下，还没来得及做出反应，达子第二下、第三下又连续砸了下来，葛四终于支持不住栽倒在草丛中。

达子看到葛四彻底没了反应，这才跟跄着跑了出去，向那两辆车拼命地招着手。

华哥第一个看到达子，他有些不敢相信地看着达子足足愣了有十几秒的时间，然后迅速命令停车，第一个冲下来紧紧抱住达子。在那一瞬间，达子能感觉到华哥使出了全身的力气，差一点把他的肋骨给挤碎了。

"达子，我的好兄弟，终于找到你了。"

"哥，我被冲散了，跑到山上去了。你没事吧？"

"我们中了埋伏，不过逃了出来。发现你没有回来，这可吓坏我了，只好又领着弟兄杀回来了。"

华哥说的是真的，他回去没看到达子，知道达子凶多吉少。达子虽然跟自己时间不长，但是毕竟制造出了新型毒品，就这一点也是功不可没。华哥想着无论如何也要把达子救回来，所以又领着人，冒着被豪哥发现的危险来找达子。

"达子，看到葛四了吗？我让他去救你。"

"哦，我看到他被豪哥的手下给打死了。"达子略带惋惜地说。

华哥听了有些难过，但随即又露出笑容。

"我会安抚好死去兄弟们的家属的。你回来了，是我最开心的。留得青山在，不怕没柴烧。"

华哥再次使劲抱住达子，一高兴还在他脸上亲了一下。这让达子心中瞬间升起了一股暖流。

华哥冒着生命危险来救他，达子在他的身上看到了江湖大哥的义气。他这时才相信，那天华哥拥抱他，以及刚才那一吻，都不是虚伪的，而是真实的情感流露。

一个大哥，为了兄弟不顾生命危险来相救，这样的举动让他感动。

而大陆在他身后开的那一枪，却让他伤透了心。大陆不问青红皂白，就向他开枪，这充分表明组织已经不信任他了，不再把他当成组织里的人，而是视他如华哥一样的贩毒分子。

今后自己的路向回走的可能性不大了，而华哥这里却向他敞开着大门。他此刻感到的是他曾经深恶痛绝的敌人的温暖；而曾经最温暖的组织，却向他射出了差点致命的一枪。究竟去向哪里，达子内心的天平已经失衡。

跟华哥和达子的兴奋相比，豪哥和大陆则显得失落许多，费了半天劲结果却竹篮打水一场空，不但没把达子抢过来，连即将到手的华哥也飞了。

这让豪哥深感沮丧，一路闷闷不乐。然而，这还不是最令他沮丧的，就在他们返回公馆没多久，达子没死的消息就传到了豪哥的耳朵里，豪哥当场就把茶杯给摔了。

他一肚子火，却发不出来，因为整个过程都是他在现场指挥的，他谁都埋怨不了，最后只能拿一个茶杯撒气了事。

大陆得知达子没死后，心情则好了许多，但同时另一个疑惑却涌上了心头，见豪哥火撒得差不多了，这才往上凑了凑。

"豪哥，我亲眼见到你一枪打在他身上，我们又那么多人找了半天，不会活蹦乱跳什么事儿都没有吧？是不是那边故意放出风来骗咱们的？"

豪哥叹口气，很不情愿地说道："是真的，消息是我们的人传出来的。"

大陆愣住了，豪哥在华哥那边有内线；如果这样的话，华哥那边就应该也有人埋伏在这边才对。两下一琢磨，大陆就发现，无论是豪哥还是华哥，都不是自己想的那么简单。

这个消息让他瞬间意识到情况远比自己想象的复杂得多。

"既然有我们的人，那就从内部把毒品配方偷过来不就得了，还至于这么费劲！"

大陆装作不明白地说着。这样一句貌似无心的话却让豪哥愣了一下，眼睛突然就亮了起来，手点着大陆：

"有道理，一语点醒梦中人！有了内线，就有机会得到配方。你说得太对了。"豪哥笑着说。

第16章

大陆中枪

达子被华哥救了回来，为了报答华哥救命之恩，开始加快配制新型毒品的进度。

达子和助手在制毒工厂紧张地忙碌着。

达子将配料放在天平上，助手用量杯倒上合水，两个人配合默契。达子全神贯注地工作着，看着更多的新型毒品被刻上"华"字。

快收工的时候，达子不小心把一个量杯碰到了地上，助手马上弯腰去捡。就在助手弯腰的时候，达子看到一张纸条从助手的衣服里掉了出来，助手瞬间脸色发白，伸手去捡，但被达子眼疾手快先捡了起来。助手愣在那里，头上的汗瞬间就流了下来。

达子便隐隐感觉这张纸条肯定跟他进行的实验有关。纸条展开，上面是一组简单的阿拉伯数字，但是达子却知道这几个数字意味着什么。这是那些配料的比例，也就是说按照这几个数字，就完全可以配制出华仔集团的新型毒品。这是核心机密。

达子看着助手，助手还有些青涩的脸颊已经变成了一张白纸，上面布满了汗水。他一下子跪在达子的面前，祈求达子饶过他。

达子犹豫了一下，点着打火机，将纸条烧掉。

"起来吧。"达子说道。

达子说完这句话之后没再说一句话，就当什么事都没发生过一样。渐渐地，助手的脸上恢复了平静，接下来的工作比之前更努力和规矩了许多。一直到黄昏，两个人就像什么都没有发生似的走出了制毒车间。

华哥手捧着洋酒，一如既往地在门口迎接他们。按照以往程序，他热情地拥抱完达子，会象征性地拥抱一下助手，然后道一声辛苦。之后达子坐上华哥的车，助手则坐上另一辆车，一前一后回到公馆。

今天也不例外，华哥一如既往拥抱了助手，达子能感觉到助手彻底松了口气，坐到了另外一辆车上。但他没有想到的是，助手坐上车后没多久，身后就伸过来一根绳索，牢牢地套在助手的脖子上，一直把他送到了另外一个世界。

这个消息是华哥亲自告诉达子的，华哥接到一个信息，然后跟达子说："明天我会给你再找个助手。"

"为什么？"

达子诧异地愣住了，看着华哥。

华哥笑了一下："弟弟，你哪儿都好，就是太善良了。有些人必须为他的行为付出代价。"

达子就知道是怎么回事了，车间里到处都是监控器。他以为自己做得很隐秘，实际上，他们在制毒车间的一举一动都一览无遗地落在了华哥的眼中。

他不禁感到有些后怕，心下暗暗对自己多了一些提醒："以后做什么一定要小心才行，否则，不知道会带来什么样的严重后果。"

晚上回到公馆内，达子洗了澡换了身衣服，跟华哥一起吃了晚饭。吃完饭后，华哥要请达子去喝酒，达子说有点累就谢绝了华哥的邀请，回到自己房间。

正准备静一会儿，沉思一下接下来自己该何去何从，就在这时，手机突然收到一条信息，是条广告信息，达子扫了一眼。

自从做卧底以后，达子再不会像原来一样，把没用的广告屏蔽掉，或是看也不看就删掉，因为这其中说不定哪一条就是组织传递出的情报，他在受训时曾经专门学习过这方面的知识。

他不能放过哪怕一条房屋中介，或是银行贷款的垃圾广告，他必须从每天上百条甚至上千条信息中分辨过滤出有价值的情报出来。

现在就是，他在仔细辨认随着广告发来的那一组数字，看着看着他心跳就加快起来。

因为这串数字对于达子来说再熟悉不过了，这是毛乐以前与他联系时所用的密码。内容是让他想方设法出来接头，地点是在离他很近的地方。

"不会是毛乐发的，他已经死了。那么，会是谁呢？是组织来人了，还是华哥有意在试探自己？"

他脑海中飞快运转着，做出判断，最后他决定无论如何要去一趟。他有种直觉，应该是自己人发的。他甚至已经隐隐把这件事跟大陆联系到了一起。

"如果是大陆的话，我应该怎么办？"

达子在犹豫着对大陆的态度。

"大陆在后面打了我一枪，这就说明大陆已经把自己看成了敌人。如果是大陆约我，他会干什么呢？代表组织结果我，还是继续以敌人的姿态来和我谈判，打听毛乐是怎么死的？"

达子脑海中瞬间再次转了起来，转到后来，他决定把所有的烦恼，都扔到见面时再说。

"见机行事。"

他在心里暗暗给自己定下了这次见面的行动方针。如果是大陆的话，他一定要问问大陆凭什么朝自己开那一枪。

达子到接头地点的时候，大陆已在树林里等了多时。曲经则在不远的地方用狙击枪瞄准着达子。

下午曲经找到大陆，表情沉痛。

"你知道毛乐是怎么死的吗？"

曲经看着大陆，眼睛通红地说。

大陆立即就感觉到某种不祥。

"怎么死的？"

"是被达子开枪打死的。"

"什么?!"

大陆吓了一跳，蹦了起来。他无论如何也想象不到毛乐居然是被自己的战友打死的。那一瞬间，大陆才明白达子面对自己的质疑为什么会出现那种闪烁的表情了。他找到了答案，同时激起了要除掉达子为战友报仇的决心。

"必须找到达子当面质问，到底是怎么回事？如果达子已经投敌了，就把他当即击毙。"曲经说道。

他迅速用广告的方式发出信息给达子，没想到很快就收到了确认见面的信息。

两个人再次相遇，四目相对，这神情中就多出太多东西了。本来是两个可以相互信任的战友，现在却彼此拉远了距离。相互之间戒备地看着对方，两个人的心情复杂而无奈。

"毛乐是你杀的，为什么要杀了他？"

大陆直视着达子，再次追问着答案。

"不要谈这个，好吗，我不想谈。"

达子觉得大陆是故意在找他麻烦，上次在山上，他已经明确告诉大陆，他不想谈这件事，他想忘掉这件事，但大陆却死抓着这件事不放。

"你有什么好怕的，毛乐不能就这么牺牲了，他到底是怎么牺牲的，组织有权利知道，你也有义务向组织汇报。"大陆说道。

"那好，我也有个问题问你，在没有弄清楚事情真相前，你为什么要在后面打我黑枪？"

达子同样责问大陆，两个人怒目相视。

"那枪不是我开的，是豪哥他们赶过来开的。但是，如果你现在是我们的敌人，我随时也可以开枪解决你！"

达子听出了大陆口气中的那种坚决。他知道今天无论如何必须给组织一个交代。挑明了也好，总归是要面对的。

"那好，你说得没错，毛乐是我开枪打死的。"

达子冲口而出，看着大陆。

"你说什么？"

大陆愣住了。

"当时我要暴露了，毛乐为了掩护我，枪杀了怀疑我的华哥手下。华哥打伤了毛乐，一直在折磨逼问毛乐同伙是谁，我当时看到毛乐的眼睛一直看着我，我知道他是想让我帮他解脱，所以……"

达子一口气把心里的话倒了出来，心里突然轻松了许多。

不远处的曲经耳机中听着他们的谈话，跟自己了解到的情况对着答案。

他是用自己的方式调查到毛乐死时的那一幕，他不明白毛乐为什么会用那样的方式暴露自己——冲华哥手下开枪。现在，听着达子的回答，他解开了心中的疑团。

他把狙击步枪的准星对准达子，判断着达子反应情况的真伪性，突然看到不远处几个人偷偷靠了过来。他迅速调转枪口指向来人，发现是豪哥和东等人，这让他顿时紧张起来。

他迅速用耳机通知大陆快速转移，大陆接收到信息瞬间紧张起来，这表情落入达子眼中，达子这才知道隐蔽处还有人。借着月光反射出的光线，他迅速判断出了隐藏在不远处的曲经，以及那杆漆黑的枪。

这让他心里顿时感到发凉。

几乎与此同时，大陆已经迅速拔出枪，他是想掩护达子先走。可达子却误解了大陆的意思，以为大陆又要开枪打他，于是他先于大陆拔出枪，并迅速扣动了扳机。

大陆中弹，倒了下去。

曲经看到达子开枪了，断定达子一定是叛徒，也朝达子扣动了扳机。此时豪哥也看到大陆倒在地上，率领东等人冲了过来，一时间子弹都射向了达子。达子慌忙向树林深处逃去。

第17章

秘方被偷

深夜的华哥公馆内，达子拿着一卷黄表纸，来到了院内，一张张点燃着投入到火盆中。黄表纸猛烈地燃烧着，达子一边烧着，心里一边滴着血。

但是表面看不出他有任何表情。只有他自己知道，他的眼泪和血都滴在了心里。

他这样做是想跟自己的过去告别，这一张张黄表纸，就是他的过去，这团火正在不断地把他的过去吞噬掉，他的青春，他的热血，他的战友，甚至他的誓言。

他当时举着右手发誓的样子在他脑海中历历在目。

"我是一名中华人民共和国武警战士，忠于祖国，忠于人民，在任何情况下都不叛离武警部队！"

但是他现在想要做的就是要叛离他的武警部队，他想把自己的过去全部都烧掉。想把自己的身份从曾经的记忆中抹掉。从这团火中将诞生另一个达子，一个准备死心塌地追随华哥的达子，一个在毒品事业上不断有建树的达子。现在组织上不要他了，他已经不再是一个合格的缉毒战士了，他的手上沾着战友的血，他的身上流淌着含着毒素的血。是现实在逼着他往一条他曾经最不耻也不愿踏足的路上走。

"我真的要叛离武警部队，成为一名真正的毒枭吗？"

达子低着头，看着那一团团火燃烧到渐渐熄灭，沉浸在他内心的矛盾争斗中。

不知何时，华哥已经悄然站在了他的身后。在他最需要帮助，被豪哥追杀时，是华哥突然的出现救了达子。

"达子，你去哪儿了？"华哥问道。

达子实话实说："我去见了豪哥的人，豪哥派人来收买我。"

华哥："那你为什么又回来了？"

达子："我怕我说实话你不相信我。"

华哥："你说吧。"

达子说："你的仗义感动了我。我跟你说实话吧，华哥，豪哥给我出了个天价，但我不需要这个，我更需要你对我的信任和认可。那天你抱住我跟我说的那番话全进了我心里，从那天开始，在我心里，你就是我唯一的大哥了。"

华哥被感动，紧紧抱住达子，拉着达子跪倒在地。

华哥说："金三角的天做证，从现在起你就是我兄弟。以后哥有的你都会有，哥的命就是你的命，你的命也是哥的命。从此以后，我们永远在一起不分开。"

达子受到影响，叫道："哥。"

华哥也动情道："弟。"

疤痕眼盯着两人，转身走了。

华哥紧紧把达子抱在怀里，生怕他再次跑掉，那一瞬间，达子被深深地感动了。他是一名武警卧底战士，但却被自己人生生推离到了一名毒枭的怀抱。

这是一种怎样的滑稽和错位。但现实就是这样，不以人的意志为转移地发生了。

看到满面泪痕的达子，华哥以为他在为那两名死去的手下而祈祷。他蹲了下来，帮着达子把纸陆续投入火盆中。

"弟弟，别难过了，你放心，他们的家人我会安排好的，但他们必须为自己的失责付出代价。别怪我残忍，兄弟，人在江湖，由不得自己！"

华哥使劲拍了拍达子，把他扶起来，两个人坐到了公馆外的藤椅上。华哥泡了一壶生普，倒了一杯，递给达子。

"再说做咱们这行的，死个人是正常的。想当年，我刚出道那会儿，别说杀人了，杀只鸡我都吓得要死。当年，我在香港卖榴梿，每天做着规矩的生意，只想一点点挣钱养活我老婆孩子，可是没想到老天看准了我，不让我那么规矩地活。

"我记得那是一个夏天，我跟收保护费的发生冲突，结果那帮人把我的老婆和孩子都给打了，我一气之下拎着水果刀砍了他们一个。结果，三十多人拎着西瓜刀来砍我，我老婆孩子都吓得跪在地上跟他们求饶，结果他们还是把我老婆给砍死了。

"我当时真的是拼了，抢过一把砍刀，不管三七二十一就奔那个砍我老婆的人砍去，一共剁了他二十多刀，最后连脖子都快砍断了，而我自己也成了一个血葫芦。你猜怎么着，最后他手下的那帮人都被我给吓傻了，再不敢动手了。

"当时，我就明白了，要想不被欺负，你只有比他们还狠。以恶制恶，才能在这个社会生存下来。这件事情之后，我就带着孩子逃离了香港，先是到了内地，然后又去了泰国，但一直过的都是穷人的日子。

直到我接触毒品，才逐渐有了钱，有了弟兄，最后才来到这里。就这样，我成为一名毒枭，这一路走下来，死伤的弟兄，不计其数。

"起初我还会愧疚，自认为亏待了他们，后来想开了，一个人有多大的福，都有他们的定数。所以和我在一起的时候，我都不亏待他们；他们走了，我会安抚好他们的家人，这样就平衡了很多。"

华哥边喝边说，一口气说了这些，其间没有激动也没有眼泪，就仿佛在说别人的事情一样。达子一句话没插，就这样静静地听他讲，但心里是沸腾的，因为华哥在讲述他经历的时候，让达子联想到了自己的处境，现在的他也和华哥一样，是被人逼着走向了这条不归路。

华哥能成就自己，他达子同样也能成就自己。达子的心不再挣扎，他似乎看到了自己的未来。

两人边喝边聊着，就在达子困了准备要去睡觉时，华哥的手机突然响了起来。华哥接完电话，表情有些遗憾，叹了口气告诉达子，现在可能得和他一起去制毒车间一趟。

"怎么了？"

达子有些意外，这个点了，肯定是制毒车间出了什么意外。但会出什么事儿呢，难道是毒品实验发生了爆炸？

达子脑海里联想着。

"有人偷了我们的制毒配方。"

华哥轻描淡写地说着，人已经朝屋外走去。

此时已是午夜，一辆皮卡车风驰电掣地行驶在从华哥制毒工厂到豪哥公馆的路上，开车的是一个眼睛有些疤痕的人。这人是华哥制毒工厂的一名小主管，但真实身份是豪哥埋伏在华仔集团的卧底。

路面几乎没有车，疤痕眼不断地闯着路上的红灯，路口一辆拉甘蔗的货车差点儿被他撞到，对方一脚刹车停住，吃惊地看着他从眼前飞过。疤痕眼一面开着车，一面紧张地向后面张望着，他怕华哥会派人追上来，同时，还不断瞅向他副驾驶座上放着的一盘录像带。

这是他刚从华哥的制毒车间拷出来的，这里有达子制毒的全过程。他是花了好几个晚上才一点点弄到这个录像带的。监控室的罗仔是一个毒瘾很大的人，但是他享受不了华仔集团新型的毒品，所以他就到处去购买老式毒品。

疤痕眼正好借这个机会，供了他一段时间的老式毒品，让罗仔渐渐对疤痕眼有了依赖性，到了时间就会张嘴管疤痕眼要。

供了一段时间，疤痕眼觉得时机成熟了，就开始往毒品里掺安眠药。罗仔看监控时间长了，就想睡觉，就会找疤痕眼看一会儿。一次、两次，逐渐地罗仔对疤痕眼就放松了警惕。

终于等到今天华仔集团比较安静的时候，达子和华哥都回了公馆。他下了大剂量的安眠药，罗仔吸完后，就沉沉地睡去了。

疤痕眼利索地拿出硬盘接上数据线，边注意着外面的动静，边拷贝达子制毒的录像。拷贝完后，他唤醒罗仔，装着尿急的样子，走了出去。然后跳上车，飞奔而去。他每向前行驶一公里，就向幸福迈近了一步。

豪哥已经往他私人卡号里打了五百万美元，只要见到东西，就会再打五百万进去。这样的话，他就可以换个身份找个没人知道的地方幸福地生活了。

疤痕眼是豪哥埋藏得很深的一名卧底，他为了获取华哥制毒情报可谓是下了血本，有付出必有回报。上次湄公河的交易就是疤痕眼报的信，本来疤痕眼指望着那一次就把能华哥彻底击垮，那样的话他就不用像现在这样活在惶恐中了。没想到最后功亏一篑让华哥起死回生，不但元气没伤到，还让他自己的处境更加艰难起来。

每一次华哥血洗手下的时候，他都提心吊胆，生怕那一枪是冲自己来的。有那么一段时间，他甚至悲观地认为，再不逃走，说不定哪天就会成为华哥的枪下之鬼。

他庆幸今天终于逃出来了，他回到豪哥集团就是功臣，将会过上平步青云的生活。

他想着，心里不禁笑了。为了更快地赶回去，他拐进了一条小路。车子开得飞快，从两边倒车镜中可以清晰地看到他把路边两侧地面的废纸都卷了起来。

正开着，他看到前面有辆小车在他不远的地方。车子开得不快，他很快就撵上了，但是要超过它，却不可能。因为这个小路只能单向过去一辆车，前面的车开得慢，他就得减速，疤痕眼因为着急不停地按着喇叭。

前车司机似乎故意跟疤痕眼作对，他越按，车开得越慢。

疤痕眼急了，不停地按着喇叭，伸出头大声骂着，就差把枪掏出来了。

好不容易到了前面的分岔路口，疤痕眼一脚油门冲了出去，他想从旁边超过去，可是一道强光却迎面穿透了车玻璃。

他感觉自己瞬间就飞了起来，在飞起来的刹那，他看到了两侧的树叶，以及隐藏在树叶后的皎洁的月亮。

他已经很久没有看过月亮了，就在他想再多看两眼时，车门被人拉开，疤痕眼被人给拽了出来，扔上了后面一辆车，开回了华仔集团。

第18章

达子的计谋

疤痕眼醒来的时候，被关在了一个漆黑的屋子里。他什么都看不到，只能闻到一股股腥臊和血腥的味道。他刚动一下身体，黑暗中就传来猛烈的狗吠声。他能听到几条狗围绕在他的周围，不断地嗅着，相互之间还撕咬着。

"哗啦"一声，一扇门在他不远的地方打开了，强烈的光线射了进来。疤痕眼闭了一下眼，等他再睁开时，一条猪腿被扔了进来。那些狗都蜂拥着去抢夺那条猪腿，它们相互间用力地撕扯着，很快，只剩下一截白骨，门也随之关上了。但是这短暂的时间，疤痕眼看清了，他和狗之间是有一道铁栅栏的，要不然，狗早已经把他四分五裂了。他哆嗦着下意识躲到离狗最远的地方。

达子在镜头里看得一清二楚，此时的疤痕眼心理防线已然崩溃了。他让手下人把疤痕眼带到他和华哥待着的的房间里来。

疤痕眼是被拖着进来的，他的下身已经湿了很大的一片。

"说吧，谁让你偷录像带的？"

华哥边说边吃着宵夜，此时天已经快亮了，房间里也有几条狼狗，在疤痕眼带进来的时候，就一直围绕着他转，不断地嗅着他身上的味道。疤痕眼的下面又湿了一大摊。识时务者为俊杰，他扑通趴到地上，乞求着华哥。

"我说，我说，是豪哥！"

达子看了眼华哥，他们路上没有猜错，疤痕眼就是豪哥的内线。华哥吃完嘴里的小排，抓过张纸擦了擦手，这才转过来看着疤痕眼。

"上次，湄公河是不是你报的信？"

"饶命，那是豪哥逼我干的！"

疤痕眼说完这话，华哥把枪掏了出来，看着周围的兄弟。

"现在知道了，那些兄弟的命，都记在他的账上。"

华哥说完，一枪打在了疤痕眼的腿上。随着枪响，疤痕眼一个跟头栽倒在地，双手抓着中枪的部位，发出痛苦的呻吟声。

几条狗迅速围了上来，奔着疤痕眼受伤的部位扑了上去。达子看着疤痕眼，有些不忍心他再继续遭罪，想帮他一把，一枪结果了他。但枪拔出来的瞬间，他突然灵光闪现，想出一个计策来，以其人之道还治其人之身。这样想时，他不禁孩子一样生出了一丝快意。

他把那些狗撵走，让手下的人先把疤痕眼押下去。华哥开始不明所以，莫名其妙地看着他，但当达子在他耳边私语了几句后，华哥不禁兴奋起来，忍不住叫起了好。那一瞬间，他完全有理由相信，达子不仅会制毒，将来在管理整个毒品公司上，都不失为一把好手。

第二天一大早，豪哥的公馆内，被人从外面扔进来一个神秘的包裹。外面的遮光塑料袋已经被撕开，露出一个同样被打开的纸盒。

手下人都紧张起来，担心是被人扔了炸弹进来，谁都不敢轻举妄动，通知了豪哥。豪哥看到这件包裹，莫名地兴奋起来，命人马上送到自己的桌上来。

　　大陆也在，达子那一枪打在了大陆的肩膀上。好在当时大陆反应快，达子开枪的时候，他身体下意识侧了一下，结果子弹斜擦着大陆的肩膀穿了过去。虽然骨头被打碎了一块，但好在子弹没有留在体内，也没发烧。做了下外伤处置，打了个肩托，剩下就是时间了。估计等全好，得一百天以后了。

　　当天晚上，大陆处理好伤口，就主动跟豪哥讲起了自己见达子的事儿。这次大陆见达子是跟豪哥汇报过的，他想在豪哥的眼皮底下跟达子接头。靠私下行动完全是不可能的，他必须利用豪哥对达子的觊觎去开展自己的工作才行。谎言只是在紧急关头不得已而为之，太多的谎言对一个人毫无益处，即便对一名卧底来说。一个真正成熟的卧底要真真假假，虚虚实实。

　　所以，基于大陆对豪哥的了解，他把想见达子的想法一五一十告诉豪哥。说他想到了一石二鸟之计，想办法直接跟达子联系，约达子出来，跟他谈条件，把他争取过来。

　　豪哥一听眼睛果然放出光来，同意大陆的做法，只是怀疑达子会不会来。

　　大陆认为来不来我至少得努力一次。他觉得达子是有可能被收买的人，只不过要给他点时间，别逼得太紧。而且他有理由相信达子不会把他们见面的事汇报给华哥。所以，这次最好直接谈条件，谈得成最好，谈不成再见机行事。

　　豪哥表面答应了大陆的建议，但暗地里带着东及手下就摸了上来，准备不那么费事儿了，只要达子出来，上手就把达子绑了再说。所以，就有了后来的事情，但没想到此举却导致大陆中了一枪。

　　"本来我们谈得差不多了，他正在犹豫，却发现你们躲在树林里，所以觉得我欺骗了他，拔枪就给了我一枪。"

这一来弄得豪哥对大陆更是多了一丝愧疚，所以让人熬了鸡汤，吃饭时把大陆给请了过来，跟自己一起吃。

"他都跟你说什么了？"

豪哥睁着那双羊一样的眼睛边给大陆盛汤边装作若无其事地问道。

"我开出条件，说豪哥是个光明磊落、有情有义的人，只要你开出条件，豪哥都会答应你。不仅仅是钱的问题，更是情义，会把你当成真正的兄弟，跟你一起努力，共同发展，在金三角做大做强。"

豪哥点头："达子当时什么反应？"

"他是个城府挺深的人，不太像个年轻人。我跟他说了那么多话，他不说同意也不说不同意，就那么阴着个脸不知道想些什么。"

"嗯。"豪哥点着头，认可了大陆这个判断，"一般有非凡成就的人都有点性格上的怪癖，尤其是科学家，基本都不是正常人。"

大陆顺着豪哥的话，想象着达子那张忧郁的脸，琢磨他像个科学家吗？

这时，豪哥再次开口："以你的判断，他有什么弱点？"

"现在还没看出来。"

豪哥若有所思，大陆见状索性提出自己的建议。

"豪哥，恕我直言，他毕竟是个年轻人，有一长必有一短。虽然说现在我们还不了解他，但我相信一定会找到他的漏洞或短板。这样我们施以手段或计谋，就不愁他不为我们效力了。"

豪哥却叹了口气："他现在已经是惊弓之鸟，想了解他估计不会有这个机会了。"

包裹就是在豪哥和大陆商谈无果，两个人垂头丧气的时候被送进来的。豪哥像抓到了救命稻草一样，迫不及待地把包裹打开。

那个包裹散发着一股浓浓的刺鼻气味，大陆下意识地拿手挡住，豪哥把他的手拨开。

"没事，大陆，我们内线的东西，不会有问题。"

大陆这才任由豪哥接着把包裹打开。纸盒拆开，是一大堆用过的泡沫塑料，在泡沫塑料里面，又夹着几团废纸，豪哥把废纸挨个打开。就在其中揉得最乱、最不起眼的纸团中，豪哥找到了一块别人几乎注意不到，比手指盖还要小的黑色的东西。豪哥如获至宝地拿了起来，放在他的右眼前仔细地端详。

大陆看清了，这是一个内存卡，是那种特别小的，但是容量却很庞大的专业记录卡。大陆记得在特训课上，曾经看到过它的介绍，却没有想到在金三角亲眼看到了它。大陆觉得他把豪哥看得太简单了，豪哥组织的严密，现在他只是接触一小部分，集团高精尖的东西，他还有很多不了解。

豪哥兴奋起来，说疤痕眼还真是说话算话，之前说过要在摄像头上想办法，现在看来是得逞了。

大陆这才知道疤痕眼是安插在华仔集团的内线，每次消息传递都是通过华仔集团的制毒垃圾传出，所以这个包裹上面有着刺鼻的气味。

豪哥让手下马上把卡里的内容整理出来。在电脑画面中，豪哥和大陆看到了达子在用心地制造着新型毒品，每一个步骤都录得很清楚。

豪哥越来越难以抑制地大喜起来，一面称赞着疤痕眼，一面赶紧叫来了集团的制毒师，让他们赶紧按照录像提供的资料，在第一时间把新型毒品制造出来。

大陆看到达子专心制毒的录像，心里非常不是滋味。达子已经变成了技术成熟的专业制毒师，当年组织上让他们卧底金三角，不是让他们制毒贩毒，而是缉毒。

可现在这个达子，不仅违背了组织的初衷，而且已经彻头彻尾地沦落成了贩毒集团的核心人物。

从各种行为看，达子叛变的可能性非常大。他忧心忡忡，豪哥看出大陆眉头紧锁，问："大陆你为什么不高兴？"

大陆说："我担心不会这么容易就把新型毒品制造出来。"

豪哥说："困难总归会有的，但有了配方，新型毒品研制出来是早晚的事儿。"

制毒车间内，制毒师严格按照录像上的操作在进行着，大陆也暗暗在心里记录着每一个过程，豪哥则满怀希望地观看着。

正在这时，大陆的手机突然收到了一条短信。他打开来看，才发现，这是一串用密码发出的联络信息。

第19章

怀疑

是达子发给大陆的信息，内容是有事需要他马上跟自己联系。

达子居然用密码给自己发来信息，这让大陆心头一暖。虽然这只是战友之间的正常信息交流，但此时，大陆把它看成了他们之间的情感纽带，那是自己人之间才会有的记忆纽带。

"他有什么事要跟自己联系呢，会不会是打伤了自己，心里内疚，要跟自己道歉；或是跟他解释毛乐之死的事情真相，设法让组织原谅他。"

不管怎么样，这个信息都让大陆心里轻松了许多。即便达子开枪击伤了他，他心里仍不希望也不相信达子是因为背叛组织而打死毛乐，以及开枪击伤了自己。

"他一定有难言之隐。"

大陆心里想着，跟豪哥撒了个谎，声称肩膀换药要离开一会儿。豪哥很大度地叮嘱他好好养伤，挥了下手，示意他快走。

大陆从制毒车间匆匆走出，一路上想着要第一时间把这个消息告诉曲经，他必须取得曲经同意才能跟达子接触。

大陆琢磨着，刚走出制毒车间没多远，突然听到身后车间内传来了一声沉闷的爆炸声，随后一股浓烟冲出了车间。

大陆愣了一下，迅速返身跑了回去。自己刚刚离开的地方此刻已经笼罩在一片烟雾中，那里面传来豪哥杀猪般变了调的痛苦哀号声。

豪哥被炸了。

大陆不顾伤痛，跟几名手下将血肉模糊的豪哥从浓烟中抢救出来。豪哥双手紧紧捂着自己的左眼，哀号不止。

豪哥的制毒间没有发生爆炸之前，华哥已经开始让老虎准备华仔集团的庆功宴了。因为达子这一招，太狠了，谁也不会想到。

达子特意把疤痕眼也拖到庆功宴上，让他亲眼看一下华仔集团的完胜。

当爆炸的消息传来时，华哥仔细打听了爆炸的结果。当他得知豪哥的一只眼睛被炸瞎，还有些小遗憾，遗憾没有当场炸死豪哥。

但随即他还是开怀大笑，不管怎么说，总算报了山顶之仇，现在他不再担忧与豪哥集团的毒品生意竞争了。

他现在准备加大产量，继续为南美销售渠道供货。在湄公河上丢失的那批货，他让达子赶了出来。南美那帮大草帽们对于湄公河发生的事非常不满意，要求华哥弥补他们人和货的损失，如果拿不出来，就会大开杀戒。

南美的买主跟当地政府军有勾结，要人有人，要枪有枪，势力很大，所以华哥和豪哥都将他们视为自己的上帝。

起初是两个人平分这块蛋糕，现在华哥把新型毒品制造了出来，大块蛋糕就落到了华哥的手上。而豪哥则是暗中作梗才使得湄公河上的交易失败，蛋糕险些又落回豪哥的手中。现在豪哥被炸得半死，华哥自然开心。

达子反而有些后怕，如果不是自己及时发了那条信息，大陆现在恐怕也是性命难保。当时达子为华哥出招的时候，是一时气愤，觉得豪哥那边真的是欺人太甚，做事有些太绝了，不讲江湖道义，所以才出了个损招，准备把豪哥一窝端掉。

等出完主意之后，他又冷静下来，想起了还有大陆在里面，这个事可不能疏忽。如果再把大陆炸死，自己就相当于杀了两个战友，这样他的罪责会越来越大。他想到这里，不顾自己暴露的可能，马上给大陆发了一条信息。但是，这件事做完之后，他又有些担心了。那就是爆炸中，只有大陆安然无恙，这件事，一定会让大陆处于被豪哥怀疑的危险之中。

华哥开心完了，想起了还在旁边吓得直哆嗦的疤痕眼。他也知道了豪哥被炸伤眼睛的事，这相当于彻底断送了他的发财之路。

华哥命令手下把疤痕眼押上来，当着所有手下的面，把疤痕眼的头按在桌子上。

"就是他，出卖了我们，让我们在湄公河死了那么多弟兄。他还想出卖我们给赵龙豪。现在我把他交给你们处理，你们说怎么办？"

手下人群情激愤起来。

"杀了他！"

"喂狗！"

"不能便宜了他……"

达子看着已经瘫成一团肉泥的疤痕眼，一种说不出来的感觉涌上心头。当时毛乐死时，也是被华哥折磨得不成人样，现在这个人同样连狗都不如。虽然他是贩毒分子，可以说十恶不赦，但是自己又在做什么呢，是帮凶，每次看着活生生的生命在自己面前死去，自己反而推波助澜。

"难道这真的是我想要的生活吗？我真的就这样一步步走上毒枭之路吗？"他不停地在心里自问着。

那一瞬间，他才发现，一旦脱离了组织，他有种失控了的孤独感，一种无能无力，甚至厌恶自己的感觉。这种感觉像海浪，一波比一波上扬，冲击着他本就感到虚无的心。

曲经把头仰向椅子后面，他一直在思考着大陆和他说的话。

大陆把豪哥制毒车间爆炸的事情，和曲经说了一遍，并且重点强调了达子是怎么利用短信把他引开，而避免了他被炸到的可能。曲经不认同大陆的想法，因为这次偶然不能代表什么，也许是达子想做些别的事情，也许是达子想引诱大陆进入华仔集团的圈套。

因为现在很多件事，都在表明达子已经是敌人的同伙了，他不再是他们所需要的武警战士了。

因为他不和组织联系，也不再提供任何华仔集团的内部消息。

还有，达子参与了华仔集团的毒品交易活动。这个，是他自愿的，还是被迫的？缉毒特警不光制毒，还去贩毒，这些都是犯罪行为。

而大陆还一再为他袒护，他真担心大陆会被达子害死。

他坐直了身体，语重心长地和大陆说。

"把达子干掉吧，要不然，你我都会有危险。特别是你，会死在豪哥的前面。"

"不行，达子没有变，我能感觉到！"

大陆坚持着自己的看法。

"上级已经命令了，达子的叛变基本也确定了，你不要再被他蒙骗了。"

"不，达子绝对没有叛变，我可以拿我的人格担保。"

大陆站了起来，不想再和曲经争辩了，毕竟曲经的资历比他老。

"好，你不去，我去。达子我来解决。"

曲经此时下定了决心。留下达子，就会像一颗定时炸弹，随时都会爆炸，这对于上级精心布下的网会造成很大的威胁。

大陆刚想要说话的时候，手机响了起来。

"好，我马上回去。"大陆接完电话，"豪哥找我，我先走了。"

他是以出来换药的名义来跟曲经接头的，现在他得走了。

曲经目送着大陆，突然想到什么。

"等等，那么多人都炸伤了，就你没炸伤，豪哥没有怀疑你吗？"

大陆愣住了，他开始回想豪哥看他的眼神。自从豪哥左眼受伤以后，他就总是喜欢用另外一只眼睛看着他。

他心里顿时紧张起来。

大陆回到豪哥的公馆，看到眼睛上缠着纱布的豪哥。只剩下一只眼睛的豪哥像只鹰一样盯着走进来的大陆，让大陆感到有些不寒而栗。

"好些了吗？"

"嗯，好多了，谢谢豪哥。"

此时房间里只有豪哥一个人，大陆觉得奇怪。每天东都是不离豪哥左右的，今天东却不见了踪影。如果没有非常重要的事，东是不会离开豪哥的，到底是什么重要的事呢？

大陆尽量装作若无其事地看着豪哥："东呢？"

"他出去了，去看亲戚。"

"亲戚？"

大陆愣了一下，他曾记得东说，自己只身一人来闯金三角，哪里来的亲戚。他看了眼豪哥，豪哥的一只独眼此时也看着他，似乎要盯进他的心里。

大陆心里"咯噔"一下，立即就想起曲经提醒过他的话。

豪哥怀疑他了。在那个敏感时间，达子给他发来了信息，那里面一定有问题。

但大陆装作不动声色。

"好的，豪哥，那我带人到周围看一看，别让他们再趁机钻了空子。这两天正是关键的时候。"

大陆说完，转身走了出去。他不用回头也能感受到豪哥那只独眼在身后盯着自己的样子。

大陆走出门后，后背已经被一层冷汗给湿透了。他开始心急如焚起来，想着怎么能迅速抽身去掌握东的行踪，但想了半天，也没有想出更好的办法，只好启动紧急情况联络机制，将情况报告给了曲经。

第20章

恶作剧

曲经到了电话局，正好看到东拿着一个牛皮纸袋回到车上，上车向豪哥集团开去。

曲经马上开车跟了上去，如果他猜测的没错的话，东的牛皮纸袋里装的，一定是大陆的通话记录，因为他已经判断到了这一点。而豪哥在爆炸后清醒过来的时候，也一定会意识到为什么大陆一个人跑了出去而没有被炸伤这个事实。现在的关键，就是怎样把这个东西劫下来，不要让豪哥得到它。

在一个窄巷子里，曲经故意加大油门，撞向了东的汽车。东那辆车的后保险杠稀里哗啦碎了一地。

曲经看着东把车门打开，向他走了过来。他下车的时候，把那个牛皮纸袋死死地握在手中。

东那双死鱼一样的眼睛放出凶光，皱着眉头看着一脸无辜的曲经。曲经赶紧下车，装出一副紧张的样子："对不起，没掌握好，刚开车，你看，这个挡，很死的。"

东的眼睛紧紧盯着曲经，曲经虽然已经化过妆又戴着墨镜，但还是被东的目光给盯得紧张起来。他赶紧装成新手的样子，钻进驾驶室，用力地掰着自己的车挡，示意给东看。

他这样做的目的一方面是要麻痹东，让他相信这只是一起追尾事故；另外一方面是想拖延时间，因为美娜就在暗处藏着，等着机会去把那份通话记录换过来。但现在看来，他和美娜商量好的计划实现不了了。

东下车后，并没有把牛皮纸袋留在车上，藏在巷口的美娜也就失去了到车里把通话记录调包的可能性。曲经现在在想着新的对策，在新的对策没有想到前，他想最大限度地拖延东回去的时间。

但东此时已经拔出枪来，指向了曲经的脑袋："你到底是谁，想干什么？"

曲经看到枪，装作很害怕的样子，把手举了起来。

巷子口的美娜看到东把枪拿了出来，也紧张起来。她以为东认出了曲经，也把枪拿了出来，瞄准了东。

"大哥，别冲动，我真的是不会开车，撞坏的我陪，你要多少都行。"

曲经颤抖地钻进了驾驶室，把自己的包拿了出来，从里面把所有钱都掏了出来递给东。

东冷冷地看着曲经："滚！"

曲经还想拖延时间寻找机会，东警惕地一把将曲经推倒在地。曲经忙乱地捡着地上掉的钱，东用脚踩住了曲经捡钱的手。

"听到没有，快滚！"

东碾着曲经的手，然后松开脚，把曲经从地上薅了起来，扔进了驾驶室。枪始终顶在曲经的头上。

"听见没有，想活命就赶紧滚！"

曲经知道，不能再纠缠下去了，只好颤抖地说："好，好，大哥，只要你不介意，我马上走。谢谢你不追究我的责任！"

曲经扭动车钥匙，车发动起来。曲经向后面倒去，东的枪一直对着曲经，他不知道这个人到底是什么人，他为什么撞他，常年的风险让他对每一个试图靠近他的人都提高着警惕。直到曲经把车倒出巷子口，然后掉头开远了，东才把枪收了起来，向自己的车子走去。

美娜把枪收了起来，恨恨地看着东把牛皮纸袋扔进了车里扬长而去，自己则转出巷口去和曲经会合。

调包失败，曲经只好给大陆发去密电码。

大陆在等待着曲经的好消息，不承想收到的却是失败的信息。东正驾着车向集团驶来，危险在一步步地逼近他。这期间，他和豪哥一直在讨论着这次爆炸的原因，详细地分析着各种可能。

曲经的信息就是这时候进来的。他装作是垃圾信息，看了一眼就删掉了，继续和豪哥谈事情，但他的内心却更加不平静了。豪哥说的话，就像被屏蔽了一样，没有进耳朵，大陆的头脑中掀起了层层的波澜。

怎么办，东正在赶回公馆，自己的身份很有可能马上就会被揭穿，怎么办？

正在大陆心急如焚的时候，东走了进来。东盯着大陆，把牛皮纸袋直接递给了豪哥。大陆知道那里面装的就是爆炸那天的通话记录，其中一条就是达子发给自己的短信记录。

这个信息马上就要被豪哥知道，自己的所有，达子、曲经、美娜都会被翻出来，甚至还会牵出赵天义。那样组织上在金三角设计的一盘棋就将被彻底毁掉，之前那些同事的牺牲，也变得毫无意义。这个通话记录说什么也不能到他们手中。

他还在寻找机会，但这个机会太渺茫了。大陆一边和东打着招呼，一边脑子里飞速旋转着。如果没有机会，那么大陆就只有硬攻了。现在豪哥已经接过牛皮纸袋，正在把它打开。他把自己的枪向外拉了拉，思索着如果自己暴露，他要把豪哥跟东消灭掉吗？似乎有些不妥，但不这样又能怎么样呢？

东把通话记录拿回来的时候，就一直盯着大陆。因为，他心中对大陆已经有了很深的怀疑。为什么爆炸那天，他会不在场，是巧合吗？这说不通。只能有一种解释，就是大陆进入集团，是别有用心的。

至于大陆到底是什么人，他也期盼着豪哥打开口袋，早一些揭晓答案。他一面看着豪哥拆口袋，一面看到大陆在摸枪。他也暗暗把手放在了枪把上，准备如果大陆被查出是内奸，他就第一时间结果大陆。

豪哥这时已经把口袋拆开，把通话记录拿了出来。大陆的心提到了嗓子眼儿，他已经绝望了。但就在他准备动手的时候，屋子里的灯突然灭了，房间里霎时一片漆黑。大陆的心脏瞬间跳到了嗓子眼儿，他直觉这是一个天赐良机，这黑暗就像是光明一样，让他找到了一条生路。他在黑暗中趁机扑向了豪哥。

"有刺客，东，快保护老大！"

他把豪哥按倒的一瞬间，随手将豪哥那份通话记录换了下来。在黑暗中把那张纸塞进嘴中嚼碎咽进肚里，然后快速冲了出去。

整个集团都笼罩在黑暗中，院子里有多束手电光在晃动着，到处都能听到狗叫的声音。集团内的手下因为早有准备，都把枪上了栓，每个角落挨个搜索着。

集团内一无所获。正当大陆疑惑着，想派人向集团外搜查的时候。手下跑了过来，报告说集团的总闸被人为地拉了下来。

大陆来到总闸那里，看护电闸的人说，没有听到狗叫声呀，如果电闸被拉下来，只能是集团内的熟人。大陆把电闸推上去，他疑惑地看着那个电闸，心里在想，是什么人把它拉下来的，他是什么目的。

这个拉电闸的人真是他的福星，在最危难的关头救了他一命，会是曲经吗？只有他知道大陆将面临危险。可是不像，狗都没有叫，曲经又不是集团里的人，怎么可能？他突然意识到，是另有人要刺杀豪哥。他刚冲到楼上之际，突然黑暗中一把枪顶在自己头上，同时传来一个女人的声音。

"不许动！"

女人的声音未落，大陆已经在黑暗中迅速做出夺枪动作，随着女人一声惊呼，枪已经到了大陆手中。

这时房间里的灯突然全亮了，大陆这才看到自己手中的枪顶在一个美丽的女人的头上。

豪哥看到女人，立即发出惊呼："大陆，不要开枪！"

大陆赶紧把枪从女人头上拿开，跳开一步，警惕地看着女人。此刻，他已经意识到这个女人跟豪哥有着什么样的关系。但女人被松开后却立即转身朝大陆扑来，嘴里边骂着边去抢大陆手中的枪。

"你把我的手弄痛了！把枪给我！"

大陆不敢再动，硬生生挨了女人两拳，打在胸口，但枪始终还控制在大陆手中。女人见抢不下来枪有些恼羞成怒，再次扑上来打大陆。

豪哥终于控制不住发出笑声："行了艾米，别闹了，这是我手下大陆。这是我妹妹艾米。你把枪给她吧。"

大陆只得把枪递还给女人，女人接过枪朝豪哥扣动扳机，豪哥立即配合着装成中弹的样子，瘫倒在沙发上，嘴里还发出呻吟声。

艾米这才笑着扑了上去，兄妹俩使劲抱在了一起。豪哥边抱着边心疼地埋怨着妹妹："你怎么回来也不说一声，多危险！"

"告诉你多没意思，派人去接我，见面抱抱，说两声你回来了。这多有意思……"

艾米说着话，转头看着大陆："谢谢你，虽然把我弄得很疼，但这样才真实，就不用你跟我说对不起了！"

大陆此时已经恍然大悟，这就是豪哥在美国的妹妹艾米。前段时间，有一次豪哥请大陆抽雪茄，豪哥曾经提到过自己的妹妹，说他抽的雪茄都是从美国空运过来的，是她妹妹从美国的黑市花高价买来的极品雪茄。

妹妹艾米，生活在美国上流社会，认识很多政府要员，所以豪哥提起妹妹总是很自豪。

大陆这时才仔细地看了一下眼前这个女人。艾米像一个女大学生，身材健美挺拔，胖瘦适中，穿着短裤，露着一双健康的长腿，看人时目光带着一种骨子里的高傲，喜欢从上往下看。看到大陆在观察自己，艾米眼睛一瞪。

"你们是怎么做的工作，电闸这么轻易地就被人拉了下来？有人从房顶上，就能溜进房间，这些你怎么解释？如果真有人来伤害我哥哥，现在他已经倒在血泊中了，你知道吗？"

艾米毫不客气地数落着大陆。大陆知道了艾米就是停电的始作俑者，他不但没有生气，反而对艾米有着些许的感激。所以，只是微笑地看着她，没想到这反倒引来艾米的不满。

"你什么意思，批评你还这么厚脸皮。难道不觉得脸红吗？居然还笑！"

艾米越说越生气，一副颐指气使的样子冲着大陆。大陆却依旧笑着，因为那一瞬间，他仿佛透过艾米看到了另外一个女人。

第21章

阿芒

训完大陆后，艾米又把枪口对准了豪哥："哥，你也应该收手了，再这样下去，早完连你自己都栽进去。以前你听我的，到美国多好，我在那儿有贸易的渠道，你可以去做正经生意，不用像现在这样打打杀杀，提心吊胆。现在弄成这样，谁都不怨，只能怨你自己，对不对？"

艾米说完，一向强硬的豪哥非但没有生气，反而乐了。那一刹那，大陆从豪哥仅剩的那只独眼中，看到了从没流露过的温暖的神情。

大陆从豪哥房间出来，就一直想着这个让他下不来台的艾米。不管这个女人如何训他，他还是在心里很感激她，因为她使大陆把通话记录成功地换了过来。

她虽然从黑暗中而来，却给他带来了光明。由此，大陆从心里对这个女人生出一种特殊的情怀。关键是，艾米的一举一动和她咄咄逼人的气质，太像一个人了，那个人就是他在警校时的女友阿芒。虽然事情过去那么长时间了，但大陆到现在都没想明白的一件事儿就是，阿芒为什么会喜欢上自己？

阿芒是他警校的师妹，外表虽然白皙漂亮，但骨子里却像个男孩，争强好胜，处处不落人后。刚一进警校，很多性格张扬的男同学就自动围绕在阿芒身边，替她打饭，请她看电影，轮番献媚。

大陆那时性格特别腼腆，虽然也喜欢阿芒，却因为性格原因，只是远远躲在人群后，看着那些各方面条件比他出色的男同学花一样围了上去，又纷纷落败沮丧而去，看戏一样地体会着那种风云变幻。直到有一天阿芒突然走到他面前说："你为什么不追我？"

大陆傻了，半天没有反应过来，脸色通红地一连说了好几个我，后面就不知道该说什么了。

最后还是阿芒主动跟他说："你做我男朋友吧？"

后来大陆跟阿芒好了以后，有一天问阿芒："你为什么会喜欢我？"

阿芒的回答让大陆差点儿背过气去："因为我更像个男孩，而你更像个女孩。所以，以后我罩着你！"

但后来阿芒发现自己判断有误，因为大陆的性格根本就不是阿芒想象的那样。别看他表面腼腆，偶尔说话会脸红，但骨子里却有那么一股不服输的劲儿，所以很快，大陆就显示出了作为警察的很多过人天赋。

无论是格斗还是射击，都是全班第一。阿芒死活不服，死死咬住大陆，但大陆始终把阿芒甩在身后。直到毕业考试成绩出来后，大陆全年级第一，而阿芒则是第二。

大陆终于舒了口气，逗阿芒说："现在知道咱俩谁是男生谁是女生了吧？以后还是我罩着你吧。"

令大陆没有想到的是，他这句玩笑一出，阿芒就跟他分了手。阿芒的出现和离开就像两个巨大的问号留在了大陆的心里，成为他最难解的两个谜。直到后来他似乎找到了答案，想找个机会去找阿芒验证时却已经失去了这个机会，因为这时他已经做了卧底。

　　大陆一毕业就被赵天义调入了缉毒特警行列，而且又被选到了金三角特训队中。而阿芒则因为成绩出色如愿以偿进了刑警队，去了一线。就这样，大陆远离了阿芒，那个曾经像男孩一样罩着他、喜欢教训他的女孩。

　　那么长时间在一起相处，其实大陆已经感觉到表面要强的阿芒内心其实特别脆弱，因为有一次大陆在训练中受了伤，阿芒给他上药，看到了骨头白茬，当时脸色就白了，眼圈红了起来。

　　那是大陆第一次看到阿芒脆弱的一面。也就是在那一瞬间，他真正爱上了表面刚强内心脆弱的阿芒，并隐隐感觉到有朝一日阿芒一定会受到伤害，而当那一天来临的时候，他一定要出现在她的身旁。

　　可是，组织却选择他做了卧底，生生把他跟阿芒的爱情剪断了，他只能把这一切埋在心底，等待着有朝一日再见到阿芒。他已经在心里想好了，如果等任务完成，他们重逢，阿芒还没有男朋友的话，他一定要娶她。

　　今天，艾米的出现，让他再一次想起了阿芒，他不明白这是什么原因。

　　"难道是上天知道我心里的秘密，就突然将另外一个相似的女孩打发到我的生活中来了吗？"

　　达子这些天突然闲了下来，每天，华哥都要拉上他坐在私家游艇上，一边喝着这里独有的蛇酒，一边欣赏湄公河的风光。沿途的乡野村庄，硕果累累的香蕉树、杧果树、莲雾，热情奔放的三角梅，热带雨林那独有的景致尽收眼底。

　　每逢下雨天，两个人就坐在伞下边喝酒边欣赏着雨景。华哥边喝边跟达子聊着金三角的风土人情和自己的人生经历，而达子的内心却是五味杂陈。他看着外面旖旎的风光，心里却想着这几天的经历，越发地感到迷茫起来。

他知道这种宁静绝对不会是常态的，华哥这几天不去忙集团的事，而专门来陪他，他觉得很不正常。他的内心深处，总有一种山雨欲来风满楼的预感。而这种"山雨"什么时候来，他不清楚，只能期待着它慢一些到来。

华哥也看出来他有些恍惚，以为他还在自责湄公河上的失利，把他桌前的酒杯倒满说：

"来，达子，过去的就让它过去吧，好好享受今天才是最重要的。来，哥给你朗诵一首诗。"

华哥说着，端着酒杯站了起来："是酒就说明白，让我豪饮开怀，别让我偷偷地喝。如果能公开，人生就是酒醉一场又一场，循规蹈矩岂能得到欢快。哪一个酒徒不似新月当空，周围美女如群星大放光彩！"

华哥说完，哈哈大笑着，一饮而尽。

这几天的朝夕相伴，让达子越来越多地对华哥有了更深的了解。而每当华哥真情流露时，达子都会从心底生发出一种愧疚之情。达子幼年父母离异，他跟随母亲长大，在他成长的过程中，没有一个男人一直陪伴在他身边。他遇到事情时，都是自己想办法，没有人会像父亲一样给他指点出正确的方向。

这么多年，他一直渴望着能有一个男人走入他的生活，像父亲一样陪伴在他的身边，在他的人生中，与他一起前行。所以当那个大学导师进入他的生活后，他真的把那个人当作了自己的父亲，是那个人教会了他更多的化学知识，使他在专业领域中，取得了别人所没法取得的成绩。

　　他在那个时候，真正地感受到了一个男人在他的生活中带给他的帮助，他觉得这就应该是父亲所能给予子辈的东西。那段时间，他就是把导师看成了父亲，用一颗爱父之心，在帮导师做事。然而，他的导师却骗了他，把他送进了监狱。他开始恨他的导师，觉得他伤害了自己对他的感情。

　　直到导师被枪毙以后很长时间，他都没法原谅他。他不明白导师为什么会骗他，他在寻找答案。

　　直到后来的某一天，他在监狱中才恍然大悟，自己受的欺骗，不是因为毒品，而是因为父爱。那是一种痛苦的失落。现在，自己又陷入了毒巢之中，眼前的这个男人无微不至地关怀着自己，而且还和他讲着人生的道理，他恍惚间又觉得有了父爱的感觉。但这个真的是父爱吗？他从没有体会过，也不懂。他只是觉得华哥在贩毒分子那层外表的笼罩下，有着一个真男人的性情。

　　"今天，咱们就好好地轻松一下，达子，你知道我每天有多么不安吗？我有好久没有过这种不被打扰的生活了。"

　　华哥再次把二人的酒杯倒满。

　　"我这辈子，可能注定就不可能过上安定的生活，每一天，我都处在紧张的气氛中，因为太多的危险在等待着我。就连睡觉，我也是带着枪的。"

　　华哥抿了一口酒，望向河岸接着说：

　　"做这行做久了，人都要做疯了。没有办法，谁让咱们是提着脑袋过生活的人。所以我刚才说享受当下才是真的，不知道在下一刻的什么时候，我就消失了。"

　　华哥说到这里不免有些感伤，他的眼眶已经有些湿润。他看着达子，想着自己打拼的岁月。当年，他也像达子一样年富力强，可是岁月催人老，他已然步入了暮年。

达子听华哥对自己说出了这么一番话，他能感觉到华哥是把真心托付给了自己。他为华哥的这份真情而感动，他举起了酒杯。

"华哥，要我做什么，你随时吩咐。"

华哥的电话响了起来，华哥看着电话号，欣喜地接了起来，态度也谦卑了许多，最后说着："好，就这么定了。"

华哥把电话挂断，高兴地对达子说："来，弟弟，干了这杯。现在该是你大显身手的时候了。"

虽然达子不知道华哥具体指的是什么，但那一瞬间，他知道，真正的"山雨"来了。

第22章

山雨欲来

"山雨"是跟一辆军用装甲车一起来的，虽然来之前达子听说过金三角的毒枭卧虎藏龙，从 AK47（突击步枪）到美制最新式的武器 M4（卡宾枪）应有尽有，但真正看到毒枭配备这种军用的装甲车还是第一次。

装甲车直接开到了华仔集团的门口，几个大兵簇拥着一个穿着标准军服的中年男人从装甲车里下来，走进了华仔集团。刚一进门华哥的手下就赶了出来，试图把他们挡住，但还没有等他们说什么，大兵就把 M4 顶在了他们的脑袋上。

M4 是美军现役士兵的标配武器，和华仔集团的手下拿着的各种规格型号不等的枪支相比，简直就是大巫见小巫，没有可比性。华哥的手下看着这个阵势，心里先矮了几分，乖乖地就放下了武器。

中年军官径直走进集团，达子从华哥的办公室里出来，看到来人以及那些华哥手下的反应，立即就判断出了大概。他毫不示弱地拔出枪来顶在来人的头上，嘴里说着："站住！"

中年军官停住脚步，欣赏地看着达子，摆手喝退那些持枪涌上来的武装手下。

"看来你是那不怕死的！"

达子毫不示弱："别拿我们的家伙不当家伙！如果是朋友，报上名来；如果是敌人，大不了就是你死我活！"

话音未落，那些 M4 举了起来，顶在达子的脑袋上。

达子毫不手软，食指搭在扳机上："你们非要这样，那就一起死。"

话音未落，身后传来华哥的声音："把枪放下，都是自己人！"

华哥话到人到，满面春风地笑着朝中年军官迎来。达子的枪这才离开军官的头，看着华哥。

"来，达子，我给你介绍下，这位是王参谋。这位是达子，我弟弟，你们上次看到的新货就是我弟弟研制出来的。"

华哥给双方进行了引见。

果然，那名军官听说达子就是新型毒品的制毒师后，态度立即变得和蔼了许多。嘴里说着怪不得敢这样对我呢，原来有恃无恐，看来不但技术硬胆子也够硬。

说着，主动向达子伸出手。达子犹豫了一下，跟他的手握在一起。军官的手有些湿冷滑腻，这让他很不舒服，本来就不好的印象分彻底归为零。

华哥将王参谋热情地招呼进客厅，同时要求达子作陪。两人寒暄了几句，王参谋从文件夹中拿出一张纸，拍在了办公桌上。

"咱们就不客气了，直接谈正题，我今天是为这份合同来的。"

华哥高兴地从桌上拿起合同，达子从旁扫了一眼，见合同上写着 500 千克毒品的字样，禁不住有些意外。

华哥同样不敢相信他看到的是真的。500 千克，相当于整个金三角半年的毒品交易量了，比他华仔集团从贩毒开始到现在，所销售的总和还要多，这是让他没有想到的。

前几天他已经接到了王参谋的电话，知道东南亚军看中了新型毒品的市场，并提出了合作的意向。可是这么大的量，是华哥没想到的。

今天，华哥看到这个真是乐坏了。但是，再往下看时，他又发了愁。合同上写得很清楚，一个月内交货。这么大的量，又这么短的时间，他华仔集团怎么也不可能做到的。

达子刚刚掌握了生产新型毒品的核心技术，现在要说一下子接这么大量的买卖，他也怕达子会吃不消，毕竟达子还不是那么熟练。

这几天，他知道这批货会有难度，所以特意把达子拉到湄公河上去闲游，一方面是增进彼此的感情，另一方面则是在等待着东南亚军的最后消息，现在终于等到了。

在湄公河上做毒品交易的听到东南亚军都是避之唯恐不及。它是一个独立的部队，他们倚仗着政府的背景，干着贩卖毒品的勾当。而且，他们在交易中从来不讲规矩，凡是在湄公河上运送毒品的船只，只要被他们碰到了，全部收缴一空。船上的人高兴时就放掉，不高兴就直接沉到水里。所以做毒品这个行当，谁碰到了东南亚军都会发抖的。

这次华哥接这个单子，也是剑走偏锋，是东南亚军主动找到他，而且还提出了签合同的要求。再者东南亚军的毒品交易辐射非常广，如果这单成功，那么新型毒品，就会牢牢站稳市场。到那时，他华哥就不是现在这个样子了，而应该是金三角乃至全亚洲最有势力的大毒枭了。

一想到这样的远景，他禁不住飘飘然起来。即使再有困难，这笔生意也得做，他咬着牙决定下来。至于交货时间，他想再做个周旋。

"这个，交货能不能晚一些？"

"晚一些？"

王参谋乐了，从包里又摸出一张卡推到华哥面前："这里是两千万美元定金，密码是你的生日，合同签订，这钱就是你的了。但是时间不能变！"

华哥心跳加速，之前他拿过各种各样的定金，但一次性拿到两千万美元这么大数额的定金却从来没有过。而且居然是从东南亚军手中接过的这笔定金。这不仅仅是钱的问题，更是一种信任和实力的体现。

华哥不再犹豫，拿起了笔，熟练地把自己的名字签在了合同上。不管有多大风险，他都赌了。在签字的那瞬间，他这么对自己说。

多年的实践告诉他，不敢赌的人是做不了大事的。

"这就对了，我们走，华老板告辞。事成之后，你知道该怎么办。"

王参谋把合同拿走一份，留下一份放在桌上。再次主动跟达子握手，告别而去。装甲车重新开动，冒出了浓浓的黑烟，示威一样的，将华哥和达子等甩在身后，很快消失在视线之内。

达子回到华哥的办公室，华哥把合同递给他。达子被合同上的要求惊呆了。

"这么大的量，这么短的时间，华哥，这个很难办到呀。"

"是呀，没办法，为了咱们集团，也只能按期交货了。"

华哥踌躇满志地坐了下来。达子看到合同上的东南亚军，他曾听毛乐说起过东南亚军的厉害，知道东南亚军在贩毒市场中的地位，没有想到自己刚刚制出了毒品，就引来了如此强势的买家。而且一开口就是 500 千克，还签了合同。这个不是东南亚军的作风，直接来抢不就行了，为什么还要签合同？他们明知 500 千克的新型毒品，对于刚刚摸清门道的他，要按期完成，是有一定难度的。

还有就是自己真的制出 500 千克毒品，那自己不就真成了罪恶深重的毒品贩子了？ 500 千克，会使多少人走上不归路，他心里非常清楚。

想当初自己被判刑关进监狱时，接受过警方的教育，亲眼看见只有几克的毒品，给那些瘾君子带来的痛苦。现在 500 千克毒品，相当于在金三角投了一颗当量巨大的原子弹，整个毒品市场会迅速地向境内蔓延。到那个时候，组织上，不可能再原谅他的所作所为。

"华哥，太难了，咱们怎么做得到呀？"

达子试探着华哥的想法。华哥很满意这份订单，但对于如何按时交货，他也想不出什么好办法，他摇了摇头。

"现在只能靠你了，你看怎么做，我全力支持。"

华哥说着话，把那张卡推到了达子面前。

"达子，哥给不了你什么，这 2000 万，你先拿去。需要什么，你再和我说。"

达子惊呆了，他没有想到华哥会把所有的钱都推到他面前，这种举动不是一般人所能做得出来的，这让他顿时感到一种从没有过的巨大压力。想到这儿，他把卡推了回去。

"华哥，你的心意我领了，在这里，吃喝都是华哥你的，我要这钱也没有用。华哥，我能做的，一定帮你。"

"好兄弟，我就看中了你这一点。好，这次就全靠你了。钱，你收着，这只是个开始，以后我有的，都有你一半。"

达子现在没了主见，不知道自己该怎么做。他推说自己回去想想，先回到了自己的房间。

达子明白，如果自己制出了毒品，就相当于罪加一等；如果不制毒品，自己又无法生存。他现在只有两条路：一条是给华哥制毒，从此成为毒品贩子，成为国家的公敌。这样做，不仅自己不想，母亲那里，他也得不到原谅。

另一条是把这个消息告诉组织。可是现在组织只有大陆一个人了，他还打伤了他，大陆还会帮他吗？他思来想去，没有别的办法，最后还是给大陆发了一个密电码。

第23章

黄雀计划

大陆收到达子的信息后，以最快的速度把这条信息转发给了曲经。曲经接到达子的信息后先是有些不敢相信，因为他亲眼见证了达子朝大陆扣动扳机的一刻。所以，一开始他对达子提供的情报表示怀疑，分析达子为什么会传递出这样一份情报，是有什么企图吗？

但很快他根据之前自己对金三角毒品交易的掌握，判断出达子传递的情报应该是真的。于是，他立即将自己的结论第一时间汇报给了赵天义。

赵天义收到情报后兴奋地从椅子上站了起来，他的兴奋不仅仅因为这份情报，而是因为这份情报是达子传递出来的，这充分说明达子没有叛变。

他还是我们的人，这个结果对赵天义来说是最高兴的。他亲手选送的卧底并没有成为叛徒，他还在为我们工作。而且更重要的是，那个在金三角传说已久的"东南亚军"终于出现在他们的视野中。

多年的经验告诉他，一条大鱼就要浮出水面。所以，他立即召开会议，讨论下一步的工作计划。最后，请示上级，将新的任务传达给曲经。

　　这个任务就是"螳螂扑蝉，黄雀在后"的计划。简单地说，就是组织上同意达子利用这次制毒交易，接近并打入东南亚军。等时机成熟，把金三角的制毒贩毒网络一网打尽，铲除金三角的制毒贩毒基地，完成金三角的重建工作。

　　组织上的命令很快通过曲经的口传达到了大陆那里。大陆接到命令后，快速做出部署，决定这个计划一定要把豪哥带进来，这是整个计划中重要的一个环节，他必须把华哥获得大单生意的消息告诉豪哥。

　　但豪哥居然不在房间，不但不在房间，整个公馆找遍了也没有豪哥的影子。大陆问遍了手下人，甚至连打扫房间的保姆都问过了，都不知豪哥的去向。

　　最奇怪的是，不但豪哥不见了，连她妹妹艾米的影子也没有看到。大陆觉得豪哥一定是出事了，他的伤还没好，不应该出屋的。

　　他开始满公馆一个角落一个角落地找了起来。

　　公馆中通往房顶的门是开着的，强烈的阳光打在了大陆的脸上。大陆突然想起艾米曾经训斥过他保卫没有做好的事情。屋顶他还没有找过，然后就急步走了上去。

　　令他没有想到的是，屋顶上竟然有一个美丽的花园，阳光暖暖地照在屋顶的小花园里。花园是沿着房顶四周的耳墙围起来的，四周爬满了绿色的藤蔓，几株东南亚特有的花卉点缀在花园的角落，花园中央是一个圆桌和几把藤椅，下面铺着花色地毯。

　　艾米挨着豪哥正坐在圆桌旁，看着远处的风景。在房屋的一侧还有个开口，从这个开口能看到公馆院内那清澈见底的游泳池。

　　艾米穿着睡衣，正拿着一个小碗，在喂豪哥水果沙拉。豪哥穿着家居服，一面张开嘴吃着，一面眯着一只眼睛享受着温暖的阳光。

这个温暖的画面留在了大陆眼中,一瞬间觉得自己成了这幅画面中多余的人,他立即止住脚步,准备退回去。但艾米这时已经看到了大陆,她悄悄用手指放在嘴前做了个嘘声的动作,大陆只好悄悄走了过来。

豪哥似乎已经听到了大陆的呼吸声,眼睛连睁也没睁就说:"大陆,是你吧,找我?"

艾米埋怨地看了大陆一眼,大陆只好硬着头皮开口:"豪哥,我来向你说件事。"

"说吧,这里阳光很好,你也晒会儿太阳吧。"华哥睁开那只眼睛,招呼大陆坐下。"豪哥……"大陆欲言又止,看了一眼旁边的艾米。"说吧,没事,艾米也不是外人。"

豪哥把艾米的手推开。艾米生气地把碗放在了桌上:"哥,又是那些毒品的事吧,你那天怎么和我说的,你别忘了。"

艾米转过头狠狠地瞅着大陆。

"你不要再害我哥了,连个保卫都做不好,我哥和你在一起,早晚会被你们害死。"

看到艾米又把矛头指向了大陆,豪哥赶紧推着艾米离开:"好了,艾米你先下去吧,我和大陆说点事。"

艾米听到这句话后,生气地站了起来,把睡衣脱下来,露出了里面穿的三点式泳衣。她的身躯展现在大陆眼前的时候,大陆有些看呆了。还没等大陆缓过神,艾米已经走到了花园的那个开口,轻轻地舒展双臂,纵身一跃,跳向下面的泳池。大陆看到水中的艾米泳姿优雅而美丽,不仅有些浮想联翩。

他的脑海里一瞬间又浮现出了女友阿芒的形象,他和阿芒曾经在一起上过游泳课,当时阿芒也是这样,站在三米跳台上,当着他的面,如美人鱼一样划出一条炫目的曲线,然后跃入水中。

豪哥把这一切都看在了眼里，他知道大陆在想什么。大陆跟在他身边，总是忙于琐事，所以自己个人的问题，解决的机会不是很多。

一个成熟的男人，豪哥知道他最需要什么。一个女人如果陪在他身边，他就不会这样烦躁。

豪哥注意到大陆这段时间没有再和女朋友联系，也许他们之间关系并没有大家想象中那么好，也许还有什么，他不知道。

他现在心里对大陆其实挺矛盾的，一方面信任，一方面怀疑。尤其是爆炸事件发生后，更加重了他这种怀疑。毕竟，一个如此有能力的人凭空就出现在他的团队中，而且迅速显露出了过人的天赋，这不能不让他产生怀疑。但他又找不到什么证据来证明自己的怀疑。

上次，通话记录也查了，没有发现大陆有什么问题。但说不上为什么，他就是对他有一种异样的感觉。也许换一种方式会更了解一个人，这样想着，他张口说道：

"大陆，你不要被我妹妹吓到，她从小就这样。小时候，父母没了就剩我们两个，所以就相互扶持走到今天。妹妹是好妹妹，就是脾气暴了些。"

豪哥旁敲侧击地说，想试试大陆是什么样的反应。

"豪哥，艾米是个好女孩，心直口快。关键是很善良，让人心里很舒服，我觉得这挺好的。"

大陆没有听出豪哥的意思，只是把心里的真实感受表达出来。这就是大陆的聪明之处，在不了解一件事情之前，最好的方式就是实话实说，不要轻易撒谎或是敷衍。

果然，豪哥笑了一下，转开话题："什么事儿找我，你说吧。"

"豪哥，我听到消息，说东南亚军找华仔集团要货了，而且要的还很多，据说有 500 千克。"

豪哥听到这个消息，本来有些慵懒的身体，一下坐直了。

"你怎么知道的？"

"很多人都知道了，今天早晨发生的事儿，东南亚军是开着装甲车来的，气势贼大。已经传开了！"

"多少？那么多，他华仔集团怎么吃得下？"

"所以，我赶紧把这个消息告诉你。"

"哦，这么说他的新型毒品在东南亚军那里已经得到认可了？"

"豪哥，怎么办？再这样下去，一旦华仔集团完成订单，那他可就是金三角的老大了！"

大陆的这几句话，一下子就点到了豪哥的痛处。这几次的交手，豪哥可谓机关算尽，但结果非但没有危及华哥的要害，反而让他凭借着新型毒品，越来越快地占领市场。而自己却弄得一团狼狈，不但被炸瞎了一只眼睛，还丢掉了市场。

现在东南亚军这么大一宗订单，跑到了对方的手里面。这让他更是觉得失败和难过。

因为东南亚军起初是他的客户，当时向他购买毒品，只是为了黑洗黑，把自己手里的黑钱，通过这个渠道洗出去。可是好景不长，华仔集团研制出新型毒品，老式毒品渐渐没了市场，东南亚军现在也开始青睐于新型毒品，并主动与华仔集团合作交易。

这说明豪哥的老式毒品市场，真的是一去不回头了。他知道不管自己如何阻止，也挡不住老式毒品衰败的趋势，现在所能做的，就是如何阻止华仔集团按时交货。

如果让华仔集团交不上货，他知道东南亚军会对华哥采取什么措施。他想到这里，不禁露出了笑容。

"虽然华仔掌握了新型毒品的配方，但光靠他一个制毒师，恐怕没有能力完成这些货吧。到时看东南亚军怎么收拾他，咱们只要等着看热闹就行了！"

说完，豪哥又躺了下去，再次闭上眼睛。

"豪哥，按理说不能，但是华仔集团已经联络数家毒品制造商，看来，还是准备一搏！"

果然，豪哥听了这话，又坐了起来，他睁着那只像鹰一样的眼睛，不断地转着眼珠。他怕这个事真像大陆所言，那么华哥就有可能一步登天。不怕一万，就怕万一，他觉得还得想一个应对之策。

"大陆，这个事容我考虑一下。"

大陆知道，豪哥由于上几次的失利，已经不太注重自己的意见了。可是这次不行，如果豪哥不按自己的计划去做这件事，那么达子就会在这里面越陷越深。而真到了那时，虽然组织交给的任务完成了，但达子也完了。

所以，大陆想一石二鸟，一方面完成组织交给的任务，一方面不让达子在制毒这件事里越陷越深。想到这儿，他再次给豪哥扎针。

"豪哥，这事不能拖，华仔集团已经扬言，三个月之内把金三角铺满新型毒品！"

豪哥听了这话，一只独眼果然亮出了狠毒的目光："好吧，既然这样，不惜一切代价也要把达子抓来。我要断了他的手，到时交不出货我看他怎么办？"

大陆听着豪哥的话，心里终于松了口气。现在，他只有借豪哥的手去阻止达子参与制毒了。至于老赵的最后收网，到时候他再跟达子一起联手。他相信以他二人之力，一定能把这件事情做好。

但其实，赵天义的真实用意，大陆并没有完全参透。

第24章

围堵达子

这边大陆按照豪哥的命令紧张地筹划着绑架，那边达子为了完成计划，也在和几个制毒师抓紧忙碌着。这些制毒师，都是华哥从别的贩毒集团请到的，他们不懂得新型毒品的制造，但是他们知道毒品制造的基本过程，达子只要做最后一道工序就行。这样，既不会把配方泄露出去，又加快了整个生产进度。不过现在要求的生产量是原来的5倍还要多，连日连夜地干，制毒师们都累得筋疲力尽。

达子的上下眼皮相互打着架，他看量杯的刻度也变得模糊。其余制毒师也不断地出着问题，毒品生产的进度，明显不如开始时快了。

华哥透过监视器看着制毒车间里的一切，他也很心急。再这样下去，不光人会受不了，交货的时间怕也保证不了。最后，还是邓敏想出了一个两全其美的方法，那就是，把其他集团的老式毒品成品买回来，然后再进行二次加工，这样就省去了从原料到成品的很多步骤，产品生产的时间可以缩短三分之二。这样算下来，现在干一天的活儿，相当于从前干三天的活儿。就算以这样的效率，要在一个月完成500千克，还是有一定难度的。他和达子测算过，不出意外的话，30

天内刚好能完成，但是中间不能有任何耽搁。

为了交易的绝对安全，华哥在制毒车间安排了十余名警卫，把车间围了个水泄不通。特别是这些警卫还要负责达子与其他制毒师每天路途中的安全。他们的武器，都可谓武装到了牙齿。华哥对这样的安排非常满意，他就等着 500 千克新型毒品顺利制造出来，以便按时交货。

达子完成今天的产量后，感到有些累了，便和其他制毒师换了衣服，从制毒车间里走了出来。他在出门前从警卫手中接过当天的人皮面具，仔细地戴在了脸上，然后上了外面加了防弹玻璃的越野车。这是华哥为保证达子的安全想到的办法。虽然这种举动让达子感到有些滑稽，但没办法，也只能这样。

越野车关好了门，呼啸着向华仔集团驶去。

大陆从望远镜里看到那辆车在一个小路口拐了进去，这已经是大陆和东连续三天躲在这里观察了。他们一直没有认出车里坐的哪个是达子，更绝的是，这个车每天走的路线还不一样。这让他和豪哥想出的绑架达子的计划，完全没有实施的可能。

大陆想不出什么好的办法，只好跟东吩咐手下先撤了回去。苦恼中，他想到了一个新的主意，这个主意虽然有些冒险，但为了完成任务，他也只能硬着头皮将这个想法透露给了曲经。

曲经把大陆要绑架达子的计划告诉了赵天义。赵天义经过慎重考虑后，同意了这个计划，同时对计划做出了具体指导，以便最后进行大规模的围捕。

赵天义按照大陆的要求，找到了达子母亲的地址，告诉了曲经。曲经则伪装成快递员给达子打了个电话，告诉达子，他有一份来自中国沈阳的快递，因为投递地址不详，所以需要他自己到快递公司去取。曲经打完电话，大陆笑了，他相信达子一定会来取这个假的包裹。

达子是在制毒车间里接的电话，当他听到沈阳的地址时，他的汗一下子就出来了。

这个地址就是母亲的地址，而母亲不会知道他的电话，也不知道他在什么地方，在干什么。这个包裹是哪里来的？是不是华哥设的计在诈他？

华哥这几天见到他，都是用那种鼓励的眼神看着他工作。他能看出华哥对于自己的工作是非常满意的。在自己的努力下，现在几个配合的制毒师已经完全掌握了各自负责的工作。这样就使得制毒过程变得轻松了，制造出的毒品数量在不断增加。按这个进度来看，按时交货是有可能的，所有的事情都在向好的方面发展。在这个时候，华哥如果用这招来试探他，那就是自讨苦吃。自己每浪费一个小时的时间，就会损失掉几千克的毒品产量。那样，他华哥最后是要挨枪子的。

所以达子判断不会是华哥。那会是谁呢？达子百思不得其解。他感到一直有股无形的力量在左右着他，如同湄公河上的毒品不翼而飞一样。这次也是无解。他越想越想不明白，本来正吃着饭呢，一不留神把牙签当作菜夹进了嘴里，直到牙签扎得他大叫了一声，他才把牙签吐了出来。引得旁边的几个制毒师，都笑得喷出了饭。

"达哥，想什么呢，这么入迷，不会是哪个妞吧？"

"唉，没办法，谁让她那么爽，弄得我更舒服，刚才又打电话来催我。"

达子趁机把刚才的那个电话掩饰过去。吃过饭后，达子故意把母亲给的护身符落在了房间里。

上了车，走到半路，他忙喊停车，手下一脚刹车停了下来，逼得后面的几辆车都熄了火。

"快，回去，我的护身符落下了。"

达子一边翻着自己的衣服，一边着急地说。

"达哥，一个护身符，不至于吧。"

旁边护卫觉得他有些小题大做，不满地说。

"什么，那是最重要的。我今天眼皮就跳，要是制毒出了事，你负责？"

那个手下一听这话，不敢怠慢，掉头就往回开。

"停下！"

手下又一脚刹车踩了下去，后面的车刚起动，又被憋停了。

"又怎么了，达哥，不是往回开吗？"

"开什么开呀，让他们先去，进度不能耽误。你和我单独回去。"

手下这才明白了达子的用意，拿好武器，和他下了车，又从另一辆车叫上一个人，两个人跟着达子上了一辆车。其余制毒师乘坐的车，继续向车间开去。

达子坐在车里，焦虑地看着外面，他在寻找机会，寻找一个能摆脱这两个手下的机会，然后去弄清那份从沈阳来的快递是怎么回事。

大陆接到线报，说华仔集团的制毒师车队，在半路停了下来，两个守卫护送着一个人正在往回开。大陆觉得那个人不用问一定是达子，如此严密的保护只有达子才有这样的价值。他马上召集手下，拿上武器，分乘三部车向那部往回开的车迎头赶去。

艾米看到大陆领着人驾车出了集团，她猜大陆一定是去给豪哥报仇了。她马上打电话给大陆想劝阻他回来，可是大陆的电话一直接不通。这个大陆对于豪哥的真情义，艾米能够看得出来，但是大陆这种鱼死网破的做法，却让艾米非常担心他的安全。为了阻止大陆去冒险，她也马上开车跟了上去。

豪哥此时也被大陆这个计划给调动了起来，他摩拳擦掌跃跃欲试，现在的达子在他的眼里就是笼子里的小动物，只要时机成熟随时可以抓过来，那样华哥 500 千克的交易就会泡汤。

那样的话，东南亚军就会消灭华仔，他豪哥集团就可以顺理成章、名正言顺接过华仔的地盘，然后利用达子的能力，为东南亚军独家供货，那时的豪哥集团就将是金三角地区的老大了。

他越想就越觉得大陆真是自己的一个好帮手，但现在看到艾米居然为了大陆不管不顾冲了出去，让他有点不舒服。他恍惚感觉到他俩之间似乎有了点什么，虽然这不是他所期望的，让他心里有点恼火，但他心里不得不承认，无论从哪个角度看去，他们俩倒挺般配的。

达子和两个手下开着车狂奔回来，在前面的路口突然有个车蹿了出来，直接向这辆车开了过来。手下以为这辆车一定是开错了道，临时逆行回来，他咒骂着，猛打方向盘，把这辆车躲了过去。还没等他开稳，又一辆车从后面超了上来，又险些刮到他们的车，他又往回打方向，试图再驶回原来的道。

手下不停地按着喇叭，第三辆车随后又跟了上来，直接向达子坐的车的后面撞来。"咣"一声巨响，震得达子感觉好像地动山摇一般。达子和手下被逼停在了路上，前后机器盖都冒出了浓浓的黑烟。他看到三辆车上都下来了人，拿着武器向他们走来。

领头的人，他认出来就是大陆。大陆抬起枪，向驾驶室里打来，两个手下，还没来得及反击，就已经双双中弹。

几个人很快就来到达子的车前，达子费力地去撞变形的车门。一排子弹射了过来，达子的风挡整个碎裂开来。达子能听到子弹射穿车体时猛烈的穿透声，达子如困兽一样，被大陆的人包围了。

第25章

达子被抓

达子看着大陆拎着枪向他走来，他不知道这个人现在到底是敌人还是战友。他等待着大陆举起枪来顶在自己的脑袋上，因为那一刻他没有别的选择，反倒希望早一些被大陆打死。那样，他至少是被自己人打死的，而没有在贩毒过程中，被哪个买家乱枪打死。那样，他也不用再纠结于毛乐的死，500千克毒品的制造如何解释等，所有的这些，都将会随着自己的死亡而烟消云散。他不需要再去跟赵天义解释什么，也不需要接受组织的审查，死后，他还可以见到毛乐，可以亲口跟他说声对不起，告诉他自己来陪他了。他透过那打碎的风挡，向大陆露出了信任的笑容。

但突然，随着一声尖厉的刹车声，随之而来的是微型冲锋枪开火的声音，大陆的几个手下，随着那音符一样声音的响起应声倒地。

大陆迅速领着手下躲在车后，观察着身后的突变。子弹是从一辆越野车内射出来的，那辆越野车边开枪边飞似的向大陆等撞了过来。

达子认出那是华哥改造的那辆防弹越野车，华哥的几名手下利用防弹的优势，把微型冲锋枪探出车窗外，疯狂地向外扫射。一时间，大陆和东被压得抬不起头。达子看到双方打得火热，趁着混战的机会，把车门弄开，向路边的一户民宅跑了过去。

大陆看到达子趁乱跑出车外，朝路边跑去，他想冲过去，但无奈两只微型冲锋枪的子弹太密。好不容易等到微型冲锋枪换弹夹的机会，大陆还没等说话，却发现东已经迅速朝达子逃跑的方向追了过去。

大陆想起身追时，再次被华哥方面的子弹拦住。大陆见达子已经逃远，没有了达子的顾忌，他命令手下全力反击。于是，两边的人迅速竹筒倒豆子般打了起来，车玻璃稀里哗啦地碎了一地，车轮一个个被打爆了，瘪了下去。两方阵营不断有人倒下，战场上一片狼藉，到处是血迹，惨不忍睹。艾米就是在两边打得最热闹的时候，开着车追过来的。

她看到了大陆被打得有些抬不起头来，一着急，直接开车朝防弹越野撞去，同时迅速朝大陆招手，示意他快上车。大陆看到艾米，心霎时提到了嗓子眼儿，他意识到艾米随时会有危险，于是不顾一切朝艾米这边移动。但没想到华哥已经从越野车内跳下，抢先一步向艾米走去。

大陆一时心跳加快，他扑向华哥，没有想到华哥的几名手下在后面包围了他。大陆不顾自己的安危，扯着嗓子喊艾米，让她开车快走。

艾米被大陆的吼声吓坏了，下意识一脚踩下油门，在华哥扑到车前瞬间，车蹿了出去。等华哥站定举枪射击时，艾米的车已经蹿出去了老远。而大陆却失去了逃跑的机会，被华哥的手下扑上来死死按住。

达子顺着草丛跑进了公路旁一座民宅，屋里没有人，院子里也没有人，只有几头黑猪和几只鸡，见到有人闯进来满院乱跑。达子躲到吊脚楼下面的支架后，外面传来乱哄哄的脚步声，达子知道有人追来了。他拔出枪紧张地盯着被他虚掩的院门，准备随时做出反击，没想到一支枪突然顶在了他的腰间。他下意识刚想要转头看清来人以便做出反应，那人却举起枪托砸向他的额头，达子晕倒在地。

东见达子彻底失去反抗能力，这才命令冲进来的手下，将达子拖走。

达子再醒过来时双手已经被人反绑在身后，脸上蒙着毛巾，水流不断透过毛巾灌进他的口腔，进入他的胃里。他忍住胃部的灼烧打量着折磨他的人，认出了东，他这才知道自己已经落入了豪哥的手中。

大陆被华哥的人抓走，而东把达子带了回来，他一方面是为了给大陆报仇，另一方面是要逼问出毒品的配方。达子挣扎着从湿毛巾仅有的空隙中呼吸着。湿毛巾满含着水分，就像一个塑料袋一样，让人呼吸困难，同时又把更多的水呛进身体中，让人有一种被扔进深海中呛水后孤立无助的感觉。他已经不知道晕过去多少次了。

眼前这个瘦弱却阴险的人一直在逼问毒品的配方。达子知道自己不能说，一旦他说了出来，他就失去了价值；那样，他想往下进行的事情，就没有希望了。所以他缄口不语。这样的做法，激怒了东，他不断地换着方式折磨着达子。

就是他利用疤痕眼供出的方法，传递了假制毒方法，才会发生爆炸，让豪哥失去了一只眼睛。

这些都是爆炸后，东从华仔集团打听到的消息。他痛恨眼前这个被他折磨的人，他想把豪哥和那些弟兄所受到的苦，包括那个可恶的华哥折磨他的苦，全部都还给他。他要让达子知道什么叫作痛苦。

东卖力地抽打着达子，看着他无力地挣扎着，痛苦地呻吟着，他内心有着一种快感。

达子一昏迷过去，东就用水泼上去，达子瞬间就会被激醒。东不想让达子闭上眼睛，他想让达子在被折磨到没有力气时，选择投降。达子手脚被捆着，任由东不断在自己身上发泄着。

东打得有些累了，可是心中的愤怒还是没有全部消除，就扔下了鞭子，把棒球棒抽了出来，想给达子一些更痛的打击。他抡起了棒子，发着力向达子的大腿打了过去。这一棒下去，达子的腿注定是保不住了。

他的棒子还没有举起来，就听到耳边一声大喝。

"住手！"

一个浑厚而严厉的声音传了过来，屋子里面的人都呆住了，东的棒子停在了半空中。

达子听到了这个声音，他努力地睁开了血水模糊的眼睛。豪哥和手下一起走了进来。

豪哥愤怒地看着东："这是我的座上宾，谁让你们打他的？"

东没说话，判断着豪哥是真生气了还是在演戏，他做这一切都是为了豪哥，豪哥应该知道。

其他人见状更是连个屁都不敢放，看看东又看看豪哥。

豪哥伸出手："棒子给我！"

东恭敬地把棒球棒递给了豪哥，豪哥接过了棒球棒，走向了达子。

刚才东的折磨，达子并没有害怕，因为那只是一种体力的消耗。现在不同了，棒子被眼前这个瞎了一只眼的人拿在手里，而那只受伤的眼睛，就是自己那次杰作的标记。

那只独眼中透露出的凶狠眼神，让他毛骨悚然。他仿佛看到了那种强烈的复仇意图，那个棒子渐渐地移到了他的面前。这个棒子马上就会带着满腔的仇恨和内心的恶毒打在自己的身上。达子不想再看了，他只想默默地忍受着那种极端的痛苦。

"刚才他怎么打你的，现在你就去打他。"

棒子没有落在达子身上，而是被豪哥恭敬地送到了自己的面前。达子睁开了眼，豪哥走到他的身后，把绳索解开，做了个请的手势。

达子感觉自己听差了，疑惑地看着豪哥，不知道这个毒枭心里头在想什么。他犹疑地看着递到面前的棒球棒，不知道是不是应该接过来打向那个人。

此时的东面如白纸，他紧张倒不是因为害怕，而是不知道豪哥这么做到底是什么意思，是演戏还是真的要这么做。他盯着达子的表情，考虑着他将会采取什么样的举动。而达子同样以疑惑的神情看着东，他从东的反应中没有看出任何做戏的成分。

"啪啦"一声，达子把棒球棒扔在了地上，嘴里说着谢谢，但表情却是极度痛苦的神情。这同样不是做戏，刚才一连串的折磨让他感到骨头跟自己的身体已经脱离，他貌似对身体已经失去了控制。

豪哥点了点头，命令手下赶紧搀扶着达子去贵宾室休息，同时命令手下请最好的医生过来给达子诊治。安排完这一切，他才转过头一步步地走向东。

东现在是真紧张了起来，他已经感觉到某种压力正向自己袭来，全身哆嗦着向后退着。

豪哥的眼神中冒着凛冽的杀气，那是他在豪哥身后布满尸体的时候，才能看到的那种独有的眼神。今天，这个眼神正在看向他，他的心跳都要停止了。他不敢再去直视这样的眼神，他一直向后退着，直到后面的墙壁挡住了他的退路。他惊恐的双手在墙上摸索着，他不知道，今天的豪哥怎么了，他是豪哥亲自从血流成河的械斗中捞出来的，从此死心塌地地跟着豪哥一起打拼，做豪哥的心腹兄弟。今天，他折磨达子，也是为了替豪哥报那一眼之仇，没想到豪哥反而把棒子给了仇人，让他教训自己的兄弟。制毒师达子在一眨眼的工夫就把他在豪哥心中的地位替代了，这让东感到凄凉。

东看到豪哥伸手抽出一把刀来。"东，哥想借你一样东西。"

豪哥用冰冷的眼神看着东。

"哥，你说，我的命都是你给的，还有什么不能借的。"

东硬着头皮说。

豪哥把刀逼到了东的胸口："那好，我就借你的命用用。"

豪哥举起刀，东绝望地闭上眼睛。

第26章

折磨

华哥气急败坏地回到了公馆，手下人把大陆押了进来。

华哥听到去制毒车间的手下汇报，达子自己带着人回来取东西，他就感觉到事情不好。

现在是非常时期，达子不能有一点儿闪失，他马上带着人向制毒车间的方向迎了上去，果不其然，达子遭到了暗算，虽是自己奋力去救，还是没有救回达子。华哥只是把大陆押了回来，就想着满腔的仇恨都要发在他的身上。

在公馆里焦急地等着消息的邓敏，看到华哥进来，急步迎了上去。

华哥后面跟进来的不是达子，而是被几个手下押进来的一名很帅气体格健壮的男人。"达子呢，怎么没有跟你回来，这个人是谁？"她不问倒还可以，这一问倒是引爆了炸药桶。华哥一回身，把那两个负责保护达子的手下像提小鸡一样，抓了过来。

"我不是让你们保护好达哥的吗，你们干什么去了？"

两个手下，不敢说话，扑通一下都跪在了他的面前。华哥拔出了枪。手下还没等求饶，枪声就响了，两具尸体瘫在了华哥的脚下。

大陆听说过，华哥性情残暴，今天，真是亲眼领略了他的暴虐，他眼见着那两摊血水流到自己的脚下，想象着他该如何对待自己。

"走，抄家伙，跟我打回豪哥集团，把达哥救出来！"

华哥却仿佛根本没有看见他，而是让手下抄家伙，叫嚣着集合集团内的所有力量，马上打回豪哥集团去救达子。

邓敏犹豫了一下，拦住华哥："华哥，你现在去，就是去送死。"

"怕什么，不是他死就是我活。"

"不是怕，你想过没有，现在他们肯定早就埋伏好等我们去复仇呢，现在去，不是正中他们的圈套吗？"

邓敏这么一说，华哥冷静了下来，把迈出的脚收了回来。他知道自己这一去，豪哥集团也会做充分的准备。刚才双方都是势均力敌，彼此打个平手，现在去，他也占不了多大的便宜，想到这儿，他沮丧地把枪往桌上一扔，告诉手下先撤回来。

他胸口憋了一肚子的火发不出来，正好目光跟大陆对上，他突然找到了宣泄出口，站起身走向大陆，他要把一肚子的火都发出来，好让眼前的这个俘虏尝尝什么叫生不如死的滋味。

大陆不知道被华哥弄进这个屋子多长时间了，他的手勒得很疼，绳子已经被用力地勒进了他的肉里，他感觉被绑在椅子上已经很久了，一束强光打在他的脸上。他什么都看不清楚，只知道这是一个密闭的屋子。强光的灼热加上空气的凝固让他的呼吸越来越急促。

他现在最想喝口水，哪怕只有一滴。他的喉咙就像开裂似的疼。没有人进来，他也听不到任何声音，只能想象外面是白天还是黑天。他闭着眼，那光穿透他的眼皮，让他仿佛进入另外一个世界。被押来后，他一直被这么照着，他感觉自己的头脑都变得迟钝了，已经分不清自己是在梦中还是在现实中。

他恍惚中看到几个人走了进来，在他的脚下放上了什么东西，他感觉应该是冰块，他站在上面，脚底拔心地凉，整个身体都像僵住了一样。强光在上，两台大功率暖风机在两边。他的脖子上套了一个大的绳套，所有的风机被打开，冰块在强光和风机的作用下，迅速地融化。大陆脖子上的绳套不断地被勒紧，大陆渐渐呼吸困难，他努力地踮着脚，试图减缓绳套对喉咙的压力。

华哥喝着茶水，扇着扇子，悠闲地看着在生死边缘挣扎的大陆。湄公河被劫，他就想到了是豪哥干的，王警官的到来，再一次证实了他的猜测。豪哥和王警官的私交，他是有耳闻的，王警官的到来，一定也是豪哥指使的。

再有就是上次山坡上的失利，那也是中了豪哥的计，才令他华仔集团在元气没有恢复的状态下雪上加霜，又给他以重创。而此人是豪哥的人，那对不起，这些账就都算到他一个人的身上。

大陆越痛苦，华哥就越高兴，他把大陆完全看成了豪哥的替身。

冰块被人撤掉，大陆暂时有机会喘口气，还没等他彻底把气调匀，就有人把带着导线的夹子夹在了他的手脚上。大陆知道，这是极其痛苦的电刑，美军虐待俘虏用过这个，没想到他华哥也喜欢这个东西。

华哥把茶杯放到桌上，起身到电源开关那里，轻松地把闸合上。电流瞬间从手腕通到全身，大陆遭受着电的刺激，不由自主地痉挛着，大陆全身在沸腾，随着电流的逐渐加大，大陆能感觉到自己的下体在膨胀，有一些东西已经聚集在了下体，即将喷涌而出。

大陆想忍住这个痛苦，不要叫出来，可是，这种东西不是他的意识所能控制的。就在电流在他的身体上发热时，他再也忍不住了，疯狂地喊叫起来。

一边的华哥知道，这个状态已经差不多了。他把电流降了下来，看着全身无力的大陆，瘫倒下去。

华哥在接下来的十几个小时，反复用着冰和电。大陆也几次从冰火两重天中醒过来，又晕回去。大陆感觉自己的身体已经变得轻飘飘，大陆知道再这样下去，不用几次，他的命就真的不保了。到了华哥的地盘，想逃出这个魔窟，想摆脱华哥的掌控，是不太可能了。

就在他心灰意冷的时候，华哥停止了折磨，大陆不知道，华哥并不想让他死，他还想着拿他去换回达子。

大陆受着什么样的折磨，艾米不知道，但是大陆被华仔集团抓去，却是因为自己的鲁莽，艾米想到这里，内心就充满了悔恨。她下定决心要让哥哥救出大陆来，她觉得如果拿达子去换大陆，大陆就一定会回来的，她把自己的想法告诉豪哥，却没有想到，哥哥一口拒绝了她的请求。

"哥，大陆是因为救我才被抓的！"艾米摇着哥哥的手，她想用自己的温柔来唤醒哥哥那颗如今越发坚硬的心。

"艾米，达子是华仔集团的首席制毒师，他正是我现在最需要的人。大陆现在被抓，我作为大哥，内心要比你疼痛，可是达子，我是绝对不能放他走的！"

豪哥不为所动，坚持着自己的想法，他正在和东一起策划着接下来的苦肉计，这个时候，怎么可能把达子放回去？艾米知道哥哥认准的事，一时半会儿是劝不过来的，就暂且把大陆放在了一边，换种方式跟豪哥谈起自己要带他出国的事情。

"哥，别干这个行业了，每天提心吊胆的，没有安全感，你跟我回美国吧，什么达子、大陆都不重要了，只要我们在一起我就满足了。哥，从小就是你一直在供我，你也老了，不要再这么拼了，和我一起回去，到了那边，你什么都不用做，我来养你。"

艾米的一席话，说得豪哥心里暖暖的，艾米一直是在自己的拉扯下长大的，自己当年的想法就是把妹妹送到国外，让她远离毒品，远离金三角，去过一种全新的生活，现在妹妹做到了，可是他却在这个行业中越陷越深。他也曾想过洗手不做，但是说不上为什么，这东西让人上瘾，让他放不下，倒不是完全因为利益，而是一种说不清楚的生活方式吸引着他，他喜欢手下一干人围着他，听他的，吃他的，喝他的，他来供养着他们，带着他们一起去拼搏。

现在集团正处在生死关头，只有达子能让这个集团起死回生，也只有这样，他才能让这帮手下更相信自己，才能给他们更好的生活，那是支撑他活下去的重要依托，他不可能舍弃这些。

艾米已经劝了他很多次，豪哥也跟艾米解释过自己的想法，试图让她明白这是两种不一样的人生目标，但艾米不理解，只是一味替豪哥担心。

今天她看到了大陆被华仔集团抓去的情景，就能想到以后自己的哥哥，也会被对手那么抓了去，到那时会受尽各种苦痛，而且还不知道命丧何处。她怕自己真的失去了哥哥，就再也找不回了，她知道自己劝说已经没有用了，她一下跪在了豪哥的面前。

"哥，你一定要答应我，我不想再看到你受到任何伤害！"

艾米哭着抱紧了哥哥，她心中已经下定了决心，不管怎么做，也要让哥哥和她一起回去。

华哥狂虐着大陆，在他的身后有一台摄像机记录着大陆受苦的全过程。华哥狂笑着看着有些昏迷的大陆。

"怎么样，爽吧？今天我要让你尝尝老姜临死时的痛苦！"

华哥咆哮着，他恨透了眼前的这个人，如果不是他的那一枪，老姜也不能死，那样，他华仔集团就不会有这么多波折，他把心中多时的愤恨都要发泄出来。

"再来点刺激的，让你感受下什么叫真正的痛苦！"

华哥揪着大陆的头发，不断地向墙上撞去。

"前段时间，杀我兄弟的那个人，知道我怎么招待他的吗？"

"我告诉你，如果不是达子一枪结果了他，他所受的痛苦要比你多出一倍，哈哈，算你命好，你就慢慢享受吧！"

大陆又被人接上了电夹子，华哥重新把电流调大。

大陆的头脑中再次卷起了风暴，不光是电流的作用，还有刚才华哥的那句话，那句话在他的脑海中迅速地盘旋着，像飓风一样，冲来荡去。

"达子一枪结果了他，达子一枪结果了他，达子一枪结果了他。"

他明白了，毛乐并不是自己和曲经推测的因达子叛变而死，而是达子为了减轻他的痛苦杀了他。大陆在痛苦中又昏死过去。

华仔的手机响了起来，刚才还在开怀大笑的他，看到手机屏幕突然间僵住了。

他的手指颤抖着接通了电话。

"听说，你们的制毒师没了，我们这批货，要按时交呀！"

对方说得风轻云淡，可是华仔听得却是震耳欲聋，可怕的东南亚军来催货了。500千克的毒品还没有做出多少，达子就被抓了，按原有进度，已经是很难完成供货。现在看来，就算达子回来，按时供货也是不可能。华仔从刚才暴虐的快感中又回到了现实中。

"说话呀，能不能按时？"对方的语气开始变得焦躁而生硬。

"合同可写了，到时交不了货，华仔集团会灰飞烟灭的。"

对方不想等了，直接挂了电话，留下了大张着嘴的华哥站在那里，他的汗一直湿到了脚底，东南亚军的每句话，他都听得真真切切。他能想象到集团在军队炮火中消失时的情景。他现在唯一的办法，就是尽快救出达子。

第27章

豪哥让位

医务室内达子躺在病床上，医生在仔细地包扎他身上的伤口。豪哥走了进来，静静地在旁边等着医生处置完。医生出去后，他坐到了达子的身旁，关切地问着他的伤势，虽然豪哥只有一只眼睛，但达子还是从豪哥的那只独眼中看到了一种关爱的神情。

这让达子反而感到一种恐怖，不知道他要做什么，他躲避着这股炙热的目光，在想着这种目光背后的目的，豪哥浑厚的声音却已经在身后响了起来。

"你知道吗，我等这一天，已经等了好久了，自从你做了华仔集团的首席制毒师，我就知道，你有朝一日一定会来到我这里。现在好了，你来了，华仔以前怎么对你我不管，但是在我这里，你就是老大，这里现在所有的一切都是你的。我自己老了，金三角的毒品生意还要做下去，我一直在寻找着一个接班人，一个能帮我挑起担子的人，你就是最佳人选。我的集团从今天起就是你的，你现在就是集团的老大。"

达子听了豪哥的这番话，不敢相信地转过头看着他。他刚到这一天，就成了集团老大，他感觉眼前这个因为他而被夺去一只眼睛的人有些不可思议，让人捉摸不透。

豪哥却像看穿他一样，也不过多解释："这样，你先休息，明天我叫人过来接你，到时你就知道这一切是做梦还是真的了！"

说完，豪哥很从容地走了出去。虽然如此，达子还是不相信豪哥的话，他觉得这个世界上真正靠谱的人只有自己，所以，第二天达子趁医生换药的时候，偷偷把一把手术刀藏在了自己口袋里。他决定找个机会逃出去。

第二天一早，果然如豪哥所说，吃过丰盛的早饭以后，几个手下进了门，说请达哥到集团的大堂去，达子悄悄地把手术刀藏在了袖筒中，跟随着豪哥的手下来到了大堂。

豪哥集团的大堂是按照最高档的设计装修的。当时，豪哥特意从澳洲买回来全套的西洋家具，整个大堂布置起来富丽堂皇，大堂中间一把鎏金交椅，两侧的窗和大堂的门也是镀了金的，再有大堂里放置的博古架，都塞满了非金即银的古董，还有各地的玉器。现在新型毒品对市场的冲击，已使得豪哥的排场不再那么大了。博古架上已经寥若晨星，那些值钱的，这段时间集团运转失灵，多半都拿去变卖了。还有门也被换了，变成了檀色的木门，窗户也被换掉了，唯一被保留的，就是那把金交椅，这是他多年打拼而来的。

豪哥看着现在想着曾经，不由伤感异常。他现在心中盘算着昨天说的话和今天要做的事情，能不能把达子留下来，如果达子留了下来，他豪哥集团就能制造出新型毒品了，而一旦毒品制成，他就可以扭转乾坤，迅速扭转这种不利局面，那个时候，整个金三角就是他豪哥的天下了。

他这样想着，所以当看到手下把达子带过来时，脸上表情像看到金子一样，迅速展露笑脸，迎了过去。

豪哥一把抓住达子的手，直接领他向大堂正中的金交椅走去。到了椅子前，豪哥做了一个请坐的手势。

"弟弟，请上座，今天，你就是我们集团的老大了！来，让我们一起拜见老大！"

豪哥大声说完，退了一步，领着众手下，呼啦啦跪了下来，一起叩首，高呼老大。

这场面彻底把达子给弄蒙了，不明白到底发生了什么，这个豪哥怎么说话做事跟想象中的大毒枭不一样，昨天说他是老大，今天就做仪式了。他一时竟然不知该如何面对是好。

豪哥带领着手下站了起来，要达哥为他们训话，达子也从椅子上站了起来，他走到了豪哥的身边，假意是想与豪哥亲近一下，实际上他已经暗中握好了手术刀，准备乘这个机会胁持豪哥，冲出集团。

他刚一走近，豪哥先伸出了手："弟弟，哥哥有什么做得不周到的地方，你就直说。"

豪哥说着话，顺势把他手中的手术刀拿了过去。动作迅速而又轻柔，甚至让达子来不及做出任何反应。这让达子深感后怕，他这才知道，自己的一举一动都在豪哥的监视之下。

"噢，我知道了，是昨天我手下打伤了你，所以你才对我如此防备，好，今天我一定要给你一个交代，带上来。"

豪哥一声令下，几个手下推搡着一个全身赤裸，被绑在一根木头上的人走了进来。那个人全身涂抹着灰土，头发也跟爆炸了一样，达子没有认出这个人，直到走近了，才看出来，原来是折磨他的东。

"达哥，他就是得罪你的人，今天，你是豪哥集团的老大了，这个人怎么处置，就交给你了。"

豪哥把手枪递给了达子。

东早已面如白纸，在木头上不断地扭动着身体，请求达子原谅他。

达子从豪哥手中接过枪，掂量着手中的分量，以他的经验，手枪中是应该有子弹的。

"有子弹的枪递给我，那说明豪哥对我还是非常信任的，豪哥不担心我逃跑，还让我杀了这个人……"

达子琢磨着，脑海中做着判断。要不要真把眼前的人给杀了，虽然这个人折磨得他生不如死，但还罪不至死，自己手上已经沾了太多鲜血，自己人，敌人，不，其实都是跟他差不多年龄的怀揣着梦想的年轻人，只不过误入歧途而已，他没有权力杀掉他们，他之前那么做只不过是迫不得已。从他的内心中，他是不愿意杀人的。

豪哥似乎看出了达子的犹豫，从他手中又把枪接了过去。

"达哥仁慈我不能仁慈，从今天起，得罪达哥的下场，就是死！"

豪哥说着话，手中枪已经顶在了东的头上，马上就要扣动扳机的一刻，达子把枪给拦了下来。

"何必呢，各为其主，他也不是有意要这样做的。"

达子说着，露出宽容的神情，豪哥立即顺杆爬，将枪丢给手下，再一次把达子拉向金交椅，似乎很激动地说。

"达哥大量，果然没有让我看走眼，你就是做大事的人，不要再谦让了，集团的老大非你莫属！"

豪哥一再地请求，达子一再地推托。当老大这个事也就不了了之。豪哥让手下先散了，等以后再做仪式。

从大厅出来，豪哥和达子一起进了房间，达子对于豪哥的热情，还是半信半疑。豪哥再不说当老大的事，只是和他聊起了自己的过往。达子这才知道，豪哥也曾有过许多辛酸的往事。豪哥说起少年时代，父亲过早离去，就只有母亲拉扯着他和艾米一起长大。母亲每天要做多份工，用来支持他们俩上学的费用。母亲每天天还没有亮就起来给旅店里的人洗衣服，豪哥和艾米起来的时候，每天都只能看到炕边放的两个干瘪的馒头和一碟咸菜。兄妹俩各自吃了，然后去上学。等回到家，母亲还没有回来，兄妹两个都饿得不行了，中午，他们两个都没有饭可吃。两个孩子饿着肚子，等着母亲回来。母亲回来，就带回了晚餐。说是晚餐，其实就是饭店内的剩菜。在老板不注意的时候，母亲藏着带了回来。兄妹俩狼吞虎咽地吃下后就困得不行了，很快就都睡下了。母亲则在昏暗的灯光下糊纸盒，很晚才会睡去。母亲就是这样，日复一日，年复一年地工作。

说到这里，达子看到了豪哥眼中的泪水，他不禁也想起了自己的母亲，在上次通完电话后，母亲就一直没有消息。他想如果有机会，他一定要联系上母亲，和她多说会儿话。

豪哥接着跟他说起他兄妹俩最难忘的事。那是一个下雪天，母亲一直没有回来，兄妹俩都饿得不行了。艾米一直依偎在他的身边，有气无力地问着，母亲什么时候回来。最后，艾米饿着睡着了。豪哥觉得不能再这么等了，要给妹妹找点吃的。他开了门冲进了风雪中，他想去寻找一些食物，他向着母亲工作的饭馆走去，他一路找寻过去，没有找到母亲，只是在风雪中看到有个烤地瓜的人，还生着火，在一个歌吧旁边，等着从里面走出来的人。烤地瓜的人也困了，在炉边打着盹。豪哥闻着那烟煳的地瓜味，觉得如此诱人，他忍不住烤地瓜的诱惑，也为了妹妹，就偷偷地来到地瓜炉边，趁着那个人不注意，抓起两个地瓜就往回跑，那个人也被惊醒了。豪哥一时慌了神，一个地瓜掉在了地上。那个人疯了一样地起来追赶他。他手里握着地瓜，跑得飞快，那个人因为岁数大了，渐渐有些追不上了。豪哥拐进了一个胡同，暂时听不到那个人的脚步声，他就慢了下来，却一下子被脚下的东西绊倒了。

风雪中，他看不清，但是摸到了一个人，一个女人。他吓坏了，那个人追了过来，他拿着手电，在手电的光亮中，豪哥认出了地上的女人，就是他的母亲。他扔了在手里已经握得稀碎的地瓜大哭起来，用手使劲地推着母亲。母亲一动也不动，那个男人见状消了气，帮着豪哥把冻僵的母亲抬回家。母亲就这样，离开了他们。

从此，豪哥兄妹就由卖地瓜的男人资助生活，豪哥开始找活儿干，他想用自己的劳动去支持艾米的学业。就这样，兄妹俩与男人相互依靠着生活。艾米学得很好，豪哥也有了自己的生意，艾米一直不认同豪哥的事情，认为这是害人的。男人死后，兄妹俩就一直相依为命。豪哥恳求着达子，一定要帮帮他，帮豪哥集团制造出新型毒品，这样他才能解决现在的困境，也让一直跟随着他的弟兄们能过上好日子，他保证做完这一次就收山，和妹妹到国外去。达子如果想继续做，这些弟兄就跟着他了。

达子初次和豪哥接触，从这几天豪哥的所作所为来讲，这个人不是那种只为了钱财的毒贩，他也知道豪哥是真心想留下他。但是达子知道，一个做到老大的人，能这么费尽心思地来求他，他背后的所思所想，一定不会是那么简单。再有达子现在只有一个想法，就是离开豪哥集团，回到华仔集团那里。豪哥煞费苦心地说了这么多话，达子也很感动，但是他觉得待在这里完成不了组织交给的使命。

豪哥说了半天，看达子不为所动，一时间也没了办法，他只好使出他的最后一招。"达哥，如果你一意要走，我也不再强留，我这个庙小，留不下你这个神。"豪哥一招手，手下走向了达子。

达子以为要把他再押起来，手下却递过来一把车钥匙。

"达哥，车送你了，也算咱们相识一回，以后，如果偶有冒犯，还希望达哥高抬贵手。"豪哥说完一扬手，手下人让出了一条路，大门被推开，灿烂的阳光直铺进来。

第28章

达子入伙

　　达子不知道豪哥这是唱的哪出戏，先是极力挽留，又是豪爽放行，他觉得豪哥这个人有些太难猜透。他犹疑着这个钥匙接不接，他又看了一眼豪哥，他的那只独眼，现在满溢着笑容地看着他。豪哥现在没有敌意，那么，这次就是他最后一次可以走掉的机会，必须回到华仔集团，他接过了钥匙，一拱手向车子走去。

　　"对了，在你走之前哥有个东西想给你看看。"

　　豪哥轻描淡写地说完，从抽屉里拿出个纸袋。

　　达子转过身，他知道豪哥不会轻易把他放走的，但是豪哥会做什么，他不知道，他下定了决心，不妨陪他玩上一会儿，总之去意已决，谁也拦不住。

　　豪哥从口袋中抽出张纸递给了达子，达子从容地接了过来，这是一张什么纸，豪哥为什么要让他看，他现在不清楚，但是当他看到上面的内容，他一下子呆住了。

　　这张纸给他的打击不亚于他忍受的酷刑，那是一张写着达子从小学到初中的档案页面。这只是档案袋中的一张而已，达子明白了，豪哥手里的那份材料，是他的一份完整的档案，那里面藏着他的多少秘密，他不知道。

"自己在武警学校接受培训的记录会在里面吗？"

他不禁紧张起来，那个档案袋仿佛有一股巨大的吸力，吸住了他。

如果他走出豪哥集团，豪哥就有可能将这里面的材料公布出去，到了那时，自己不但完不成任务，而且还会得不偿失。豪哥为什么要这么做呢？他不知道，他现在唯一知道的就是，豪哥想留他。

他看向豪哥，豪哥的眼神依然是那么友好，从那只眼睛中，他看不到任何信息。他现在只有选择留下来。

达子回到了房间，这时，手下走进来递给豪哥一张光盘，说是华仔集团送来的，豪哥让把它放出来，屏幕上显示着大陆受折磨的痛苦表情。

豪哥看着，笑了起来，让手下把碟扔掉，他笑是因为他清清楚楚知道华哥这么做的目的，但他不可能上这个套。

大陆再次醒来的时候，华哥正在用手拍着他的脸，一盆冷水泼在了脸上，大陆彻底地清醒了，然后，华哥把电话贴到了他的脸上："告诉赵龙豪，我要拿你换回达子。"

拿自己换回达子，自己就能回到豪哥身边，而达子也能脱离危险，这样既保证了达子的安全，也使自己摆脱了华哥的控制。豪哥现在如此看重自己，这个电话打过去，豪哥一定会爽快地答应的，大陆从痛苦中彻底解脱出来，期待电话里忙音的结束。

当豪哥浑厚的声音从话筒里传出来时，大陆像听到了亲哥的声音一样，激动地向话筒里喊。

"豪哥，我是大陆，快来救我！"

华哥狞笑着看着大陆："说完了吗？"

大陆点了点头。

华哥接着拿过了电话："豪哥，你听到你兄弟的呼唤了吗？现在你兄弟在我手里，我兄弟也在你手里，怎么样，来个公平交换。"

话音未落，豪哥那边就笑了起来："好啊，我没意见。就是不知道你兄弟愿不愿意？"

豪哥说完，将话筒递给达子。华哥没想到豪哥这么痛快就答应了，简直有些出乎意料，他还在反应着，话筒那边传来达子的声音。

"华哥，我是达子。"

达子的声音从电话里传了出来，华哥急忙对着话筒喊着："弟弟你没事儿吧，你别着急，我马上救你回来。"

"对不起，华哥，我要在这儿待一段时间，先不回去了。"

达子艰难地回答着，他说这话时脑袋里一片空白，只有那个档案袋。但这话说完他反倒感到一阵轻松，因为那 500 千克的毒品已经压得他喘不过气来。

电话这头的大陆和华哥都愣住了。华哥怎么也没想到，达子会这么对待他的付出，只一转眼，就变了，比泥鳅还快，这让他心里一阵失落、绞痛。

他满怀希望想着不惜一切代价也要把达子给救回来，达子却表达了不想回来的意思，这是怎么回事，是赵龙豪在电话后面威逼着他，一定是，一定是赵龙豪。华哥气得咬牙切齿，他想让达子说出实情来。

"达子，你实话告诉我，是不是赵龙豪威胁了你，你别怕，哥会给你报仇的。"

"华哥，豪哥没有威胁我，是我不回去了。"

达子硬着头皮说。华哥眼里果然冒起了火，盯着电话屏幕，他刚要再问什么的时候，达子那边已经挂了电话，话筒里传来"嘟嘟"的声音。华哥内心很受伤，他愤怒地把电话摔在了地上。大陆看到，华哥眼中的火焰向他喷射过来。

豪哥完整地听完达子跟华哥的对话，心里简直已经乐开了花，他知道达子肯定会选择留下才敢让达子直接跟华哥通话，但他没想到达子能把话说得这么坚决，这让他备感意外，他欣喜地搂过达子。

"弟弟，从现在开始你就是老大了！"

达子赶紧摆手："豪哥，我虽然答应留下来，但老大还得是你做。"

豪哥喜出望外，热情地拥抱着达子。放开他后，高兴地告诉手下，通知集团人员，要宣布达哥入职集团的消息。

艾米听说哥哥和达子在一起，她匆匆地赶了过来，她要让她哥用达子换回大陆。

"让我进去，我有事找哥哥。"

艾米推门就要进去，被手下拦了下来。

"艾米小姐，你不能进去，豪哥正在与达哥商谈事情。"

听到门外的争吵声，豪哥走了出来，迎面遇到正在发着脾气的艾米。

"哥，你让我见见达子，我想和他说句话。"

艾米看到哥哥出来，奔过去，焦急地说。

达子刚刚表了态，要留在豪哥集团，这时艾米来分明是要劝说他去换回大陆，那是坚决不可以的，豪哥不想让她在这里再纠缠下去，吩咐手下把妹妹先领回去。

"艾米，你先回去吧，哥这还有事。"

豪哥向手下示意一下，转身就要回办公室。

"我今天才知道，原来你之前说爱我都是假象，你就是个只知道利益，不讲感情的动物。"

　　艾米一时间伤透了心，把心中的怨气全部化成了咒骂，不顾一切地向办公室冲去，手下用力地阻拦着，艾米推不动，就一口咬了下去，手下一松手，她闯了过去，但还是被哥哥的身体挡在了门外。

　　这句话激怒了豪哥，豪哥辛苦地把艾米养大，她不但不感激居然还骂自己，自己这么做为什么，不都是为了艾米吗？但是艾米却越来越不了解自己，如此误解自己，在这儿胡搅蛮缠，最重要的，如果任她在公司里搅和，很有可能会坏了他的大事，他不想再让妹妹这么闹下去了，于是，狠着心抡起巴掌打向了艾米。

　　艾米没想到豪哥会打她，这让她同样深感意外，眼泪"哗"地一下就流了出来，她知道，这句话刺痛了哥哥的心。但是，哥哥也让她伤透了心，她算是看清了哥哥那只为利益的嘴脸，这个时候，连亲情都无法感动的豪哥，不再是他的哥哥，而是一个毒枭，她愤怒地扭头跑开了。

　　她这一跑，豪哥的心立即就软了下来。入夜，豪哥愧疚地推开了艾米的房门，看着已经熟睡的妹妹，他走到妹妹的床边，轻手帮艾米掖好被角。小时候，他就这样一点一滴地呵护着妹妹的生活。他没有离开，他来就是想向妹妹倾诉自己心中的苦闷。

　　这些话，如果面对面地和妹妹说，他怕讲不出口，现在妹妹正好睡了，他也就自言自语地把心里话说了出来。像小时候哄她睡觉一样，他拉着艾米的手，温柔地说："艾米，哥对不住你，其实我并不想打你，但你让我下不来台，所以，哥只能忍痛打你了，但这一巴掌打完哥心里比你还难受。我知道你看不惯哥现在做的事儿，我跟你说你也理解不了，你说你要带我去美国，哥不是不想和你走，但我到了那里就仿佛进了监狱一样，什么事儿都干不了，哥不快乐，哥只有回到这里才感觉到活着的真正意义，我喜欢跟我的兄弟们待在一起，那让我有一种成就感。所以，你要原谅我不同意拿达子换大陆，那是因为达子对我很重要……另外哥想跟你说的是，这里太危险了，不适合你，你忙完这段时间就回去吧，你跟我不一样，那里才是你生活的地方，哥希望你在那边快乐地生活，将来找个好老公，如果哥能平安退休了，就过去找你，那时我会忘掉这边的一切，在你身边过平静的生活。但现在，我不能陪你回去，你相信我，只要集团恢复正常运转，我就离开这里，和你一起走，咱们兄妹生活在一起，我做你的哥哥，再也不会让你伤心。"

豪哥说完这些轻轻站起身，给艾米掖掖被子，在转身时，他忍不住轻轻地在艾米脸颊亲了一下，但突然，他发现艾米眼睛是湿润的，他这才知道原来艾米是在装睡。这让他有些慌乱，转身想离开，却被艾米一把抓住，艾米坐了起来，满脸泪痕地抱住了哥哥："哥对不起，是我不懂事，我相信你。"

艾米深情地拥抱着哥哥，当哥哥说完这些话时，她知道自己误解了哥哥，哥哥还是那个好哥哥，艾米一直没有睡，从豪哥进来，她就一直睁着眼睛。她的泪水早已湿透了枕巾，她咬着嘴唇强忍着，不让自己的身体抽动，在哥哥说完最后一句话的时候，她再也忍不住了，不过，在她的心里，已经有了一个新的计划。

"哥，我懂了，我帮你留住达子。"

第29章

艾米的计谋

艾米穿着一件真丝睡衣，推着一辆早餐车，来到了达子的房间前。

精心打扮过的艾米焕发着成熟女人的气质，特别是那微露的酥胸，让在达子门前站岗的手下也看直了眼。直到艾米要推门进去，他们才想起了自己的职责，伸手拦住了她。

监控里，豪哥看到了艾米，晚上艾米答应了他留住达子，他知道艾米是来规劝达子，他给手下打了电话，让艾米进去。

艾米推车走了进去，豪哥的摄像头在后面一直紧紧地跟拍着。

"达哥，你的早餐。"

艾米将早餐车推进房间，达子看着艾米，以为她是普通的用人，心里只是暗自诧异了一下："用人都这么漂亮。"

但也没往心里想，听凭艾米把东西一样样摆好，跟他打着招呼，达子有一搭无一搭地敷衍着，觉得这个女佣有点奇怪。艾米把东西摆好后并没有出去，而是站在达子身边，眉头紧皱，表情冷峻地看着他。

达子就愣住了："你还有事儿吗？"

艾米再次开口说话："达哥，我是豪哥的妹妹，叫艾米，现在你只要听我说，表现出非常高兴的表情，上面的摄像头一直在看着我们，你想回去，就照我说的做。"

艾米说完故意弄着头发，摆动着身姿。女人突然的换脸，确实令达子没有提防，但达子下意识按照艾米的吩咐照办，他想看看这个女人到底要做什么。这种感觉有点像玩游戏、过家家的感觉。

"达哥，大陆是因为我才被你们抓的，所以我想让你去换回他。"

艾米一面帮达子把牛奶倒进杯中，一面和他说着自己的计划。

"这是你唯一的选择，你现在要记住我的话，如果，你不回去换回大陆，你会像这只苹果一样，现在你把嘴张开，装作很满足地看着我。"

艾米用力地用刀把一只苹果剁成了两块，然后切下一小块，用叉子挑起，送到了达子嘴边。

达子张着嘴，把苹果咬住，女人的手软酥可人，他看得有些呆了。

他配合着这个女人，达子从心里同意这个计划，有了这个女人的帮助，自己要走出豪哥集团，就会大有希望。

他这样想着，把苹果三口两口咽到了肚里："我同意，只要你帮我办一件事，来拥抱我一下，这才显得真实！"

艾米听到达子竟然让她拥抱一下，她愤怒地看着他，这一瞬间她才发现这个男人表面老实，其实骨子里有些坏意。

但她还是照着达子说的拥抱了他，拥抱完之后，艾米特意把脸转向了摄像头，露出灿烂笑容。

一直监视着的豪哥，看到这里终于放下了心。

大陆被人押上了卡车，车子摇摇晃晃地向后山开去。华哥带着十几个手下，上了卡车。曲经在不远不近的地方跟着，他弄不清华哥这是要把大陆拉到哪里。

自从大陆告诉他要劫持达子，曲经就早已做好了自己直接处置达子的一切准备。他已经想好了，必须找个机会直接面对达子，将毛乐之死的来龙去脉调查个清清楚楚。但他没想到，精心设计的一个局，突然就发生了变故，达子落到豪哥手里，而大陆又被华仔集团抓了去。

一夜之间，他嘴上起了两个溃疡，他在金三角混了将近五年时间，但两个卧底同时陷入危难中是他之前从来没有经历的。

慌乱过后，他第一时间把这里的情况汇报给了赵天义。赵天义认为达子是制毒师，两个集团都需要，应该不会有生命危险，而大陆就危险了，因为华哥是一个比较狂暴的人，他什么事都能做出来，大陆落入他的手中，生命就会受到威胁。所以，赵天义指示，曲经要全力确保大陆的绝对安全。

但怎么确保呢？他犯了难，硬打是不可能的，想办法混进去，短时间内也无法完成。他只能拎着一支狙击步枪埋伏在华哥的公馆附近，昼夜不停地观察着里面的动静，只要一有风吹草动他就翻身坐起，架起枪瞄准任何可疑的地方。

但曲经在华仔集团附近转了两天，里面也没有任何动静，大陆到底是什么状况，他一点儿也不知道。就在他急得已经快上了房时，突然，他等到了大陆的出现。大陆戴着手铐被几名手下押上了一辆车，那辆车出了集团向后山开去，他不知道他们要干什么，就一直尾随着。

到了后山，车停在了一个新挖好的大坑的旁边，华哥让手下把大陆拉了下来。

"别怪我，豪哥不要你，你在我这里也就没有了价值，今天，我要把你埋了，也算是为我那些死去的弟兄报仇，让他们九泉下得以瞑目。"

华哥说完，看着大陆的反应。

大陆这时已经做好了最坏的打算。作为一名武警战士，他在出发之前已经对着国旗宣过誓，并且已经提前写好了遗书，就放在赵天义那里。这是每一个卧底在进入工作之前必须要做的事情。当他从武警部队被挑选的那一天起，他就做好了各种牺牲的准备，国家把自己培养出来，就是为了冲锋陷阵的，有多少无名的烈士都把自己的生命奉献在了这片土地上。

他环顾着群山，那里埋葬着更多的英灵，他们无名，但是他们做出的贡献却保证了国家的安全。他现在也不怨达子，他知道毛乐的死，是达子为了让他减少痛苦不得已而为之。达子不回华仔集团，也是应该另有深意，他庆幸自己的战友还活着，他将继续为缉毒事业而战斗着。他一点儿不害怕，只是有点难过，难过自己的工作还没有完成就要早走一步了。

出师未捷身先死……

他刚想到了那句著名的诗句就被推进了坑里，紧接着一锹土就砸到了他的脸上、身上，他想挣扎，但手脚被捆绑着，动弹不得，他只能绝望地任凭土不断地向他的身体落了下来。

曲经将子弹上膛，瞄准那个干得最欢的一名华哥的手下，正要扣动扳机。他此时已经什么都不顾了，只想着以最快的速度一枪一个把眼前的十几个人全部撂倒，把大陆救出来，至于这之后怎么样都再说吧，大不了退出金三角，派其他同志再进来。他想着，瞄准镜已经对准那个手下，但突然，一辆越野车出现在他的视野中，开越野车的是一名女人，大声喊着："住手！"

曲经就愣了，注视着女人的举动，他似乎有一种预感，大陆要绝境逢生，他把所有的希望都投到这个女人身上。

这个女人就是邓敏，果然，华哥看到邓敏飞快驶来，就冲那些手下招了招手。邓敏驶到，将车停好，以最快的速度从车上跳下，摘下墨镜，快步地走到华哥身边。

"华哥，把这个人留着，他能帮咱们把达子救出来。"

华哥没有听懂，他不解地看着邓敏。

"只有他知道怎么从豪哥集团救出达子，他死了，达子就更难救了。"

邓敏向华哥耳语了几句，显然，邓敏的话起了作用，华哥犹豫了一下，赶紧让手下把达子又从泥土中拉了出来。

曲经呆呆地看着，突然眼泪就流了出来，抑制不住地流，连他自己都想不明白大陆暂时逃过了劫难，他为什么还要难过。但他不打算控制自己，他知道如果心里有什么的话，让眼泪肆意流淌出来要比压在心里好些。

入夜时分，艾米和达子悄悄从房间走了出来，两人像要约会一样走过长廊，在经过豪哥书房时，两人似乎有话要说停了下来。艾米掩护达子用事先准备好的钥匙打开房门，走了进去。而艾米则像什么都没有发生过似的，守在门口，掩护着达子。原来这是达子趁着跟艾米拥抱时交流达成的协议，达子答应配合艾米，而艾米则帮达子到书房取一个东西，取什么，达子没说，艾米也没问，只要他能答应帮自己救出大陆就好，至于达子取什么东西都已经不重要了。哪怕他是个贼，把她哥的家产偷走她都不会在乎，她潜意识里希望整个豪哥公馆都被偷光才好，这样她就可以带着豪哥回到美国过一种平静的生活了。

所以，她答应了达子，此时，她感觉自己就像玩探险游戏一样，警惕地观察着四周，掩护着达子。达子走进书房，趁着月色拉开豪哥的抽屉，他的那份档案资料就放在里面，那是一本厚厚的卷宗，这是达子的档案。达子惊诧于豪哥的本领这么大，自己的底细他查得一清二楚。

第30章

艾米被抓

达子快速地翻看着档案，他想知道豪哥会不会已经知道了他是卧底。小学，中学，高中，大学，然后是，达子以为会是监狱，警校……

很奇怪，档案到了这里之后就变成了空白。

达子蒙了，瞬间他松了一口气，虚惊一场！

原来豪哥掌握的资料就是被赵天义洗过的档案，自己的真实身份豪哥并不知道。达子迅速将档案原封不动又放了回去，走出书房，把门带上。两人往外走的时候，达子可能是因为一身轻松了，就又开始犯坏。伸出手，递给艾米。

"唉，咱俩得拉手才像吧，否则人家一看就是假的。"

达子一脸真诚地看着艾米说，艾米只好把手递到了达子手中。

"手真软！"

达子和艾米自以为做得神不知鬼不觉，殊不知这一切都通过监视器传到了豪哥的手机上。豪哥看着达子溜出房间，皱起眉头，但他什么都没说，只是暗自叹了口气，余下的那只眼睛里放出一股寒光。

第二天，艾米再次送来早餐，但这次她明显沉默了许多，甚至有些刻意与达子保持着某种距离，达子有些失落，就问她为什么执意要救大陆，甚至为了救他答应一个陌生人的任何要求。

达子本以为她会说些别的，比如喜欢他，或是可怜他。但他怎么也没有想到艾米直说了一句话："他是个好人，所以我要救他。"

"那我是坏人喽？"艾米的回答让达子更加失落起来。"我不知道，但他比你好。"艾米说，"现在你的忙我帮完了，现在该帮我了吧。"

"好吧。"

达子彻底泄了气，借着吃早餐的机会，跟艾米做起她的计划，这计划是艾米出的，主要意图是帮助达子逃出豪哥这里。

"要想从这里出去，咱们只能在制毒车间上想办法。"

艾米说，她边说边用水果和刀叉模拟着集团的平面布置图，并向达子说出了自己心里的计划。

"等我拿到监控室的钥匙，你就可以开始行动了。"

艾米把水果递给达子，达子会意地点了点头。

华哥把大陆从泥土中扒出来，是有代价的，这个代价就是要大陆带着华仔集团的马仔们潜入豪哥集团救出达子。因为豪哥集团戒备重重，不熟悉的人一旦擅自闯入，都会中了埋伏，成为瓮中之鳖。现在既然换不了人，就只有从豪哥集团里把达子抢出来，这是邓敏对华哥说的想法。大陆被当作了一把开启豪哥集团大门的钥匙留了下来。

大陆表面答应下来，哪怕是缓兵之计也好，他好趁这个机会，恢复一下自己的体力，这样才有可能利用这次机会潜入豪哥集团救出达子，同时又逃脱华哥的控制。

大陆在桌子上画着草图，整个豪哥集团的警戒布防尽收眼底。华哥与手下围在桌子旁，看到如此严密的防备，不禁看得傻了眼。作为毒品生意中的老大级人物，华哥还是第一次见识了什么叫鸟都飞不出来的监控，与豪哥集团的布防比起来，他华仔集团的人手安排简直就不堪一击，而且漏洞百出。华哥不禁冒出了一身冷汗。

"这里，是监控录像的总控室，这些都是分布在各个角落的摄像头，可以完全达到360度无死角、全天候的效果。"

大陆尽量把豪哥集团的布防说得神秘而难于攻破，华哥的几个手下听得也是胆战心惊，他们觉得现在只有大陆是最合适的人选，既能把他们带进去，也能把他们带出来。

"你说，我们需要带多少枪？"

华哥听着，感觉大陆有些啰唆，他不耐烦地问。

"不需要，因为咱们进不去，就是进去了，咱们也一定会死在里面。因为豪哥集团的防御布控不是一个人掌握的，而是几个人一起掌握，各分管一部分，所以在里面，只有豪哥一个人知道整个情况，而我们下面都只知道一部分。所以，你们跟我进去，不见得就能跟我出来。"

"大陆，你是要我们吗？"

华哥听了他的话非常生气，从手下手里抄过枪，就要打死大陆。这时一个手下跑了进来，在邓敏的耳朵边小声地做着汇报。

邓敏的眼前突然一亮，她抓着华哥激动地说："艾米，咱们把艾米绑了，用大陆和艾米一起换达子，豪哥一定会同意的。"

邓敏刚才在一旁听着，她也觉得自己的计划好像不是很成功，现在换人不行，攻进去也做不到，那应该怎么办？现在只有掌握了豪哥最需要的东西，才有可能把达子换回来。那会是什么样的东西呢？让他不得不把能够当他印钞机的人心甘情愿地交出来。那应该是什么呢？正在她百思不解时，手下的情报却让她马上有了主意。有人看到豪哥的妹妹艾米自己一个人出了集团，没有带警卫。这真是一个绝好的机会，她让华哥立刻派人去抓。

　　她说完，大陆的心一下提了起来，他为艾米捏了一把汗，虽然是豪哥的妹妹，但是大陆这几天发现，她就像一个女大学生一样，单纯，美丽，他不希望艾米卷入这场纷争中。可是，现在自己是阶下囚说了不算，只能看着华哥和邓敏离去干着急。

　　艾米是在出来配钥匙的时候被华哥手下给盯上的。按道理艾米绝没有可能逃脱豪哥的监控一个人跑出公馆，她在监控室拿到了钥匙的胶模，然后正好看到一个花匠在清理花园，旁边停着一辆皮卡车，车上麻袋装的全是清理出来的杂草，她就灵机一动藏到了杂草中。她本来是想以出来散心为由，找机会配钥匙的，现在既然有这个千载难逢的机会是再好不过了，关键是还刺激。

　　结果，她就这样藏在杂草中出了豪哥集团，然后又跳下车跑到市场，找了一家摊位去配钥匙，准备成功后交给达子实施他们的逃跑计划。

　　钥匙配得很顺利，当她拿着钥匙，上了车，准备回去的时候，一个黑色头罩罩在了她的脸上。

　　艾米被摘下头罩的时候，华哥的心就已经有了歪念，这个标致的女人长得太漂亮了，不愧为豪哥的妹妹，要身材有身材，要长相有长相。最重要的是，她跟邓敏比起来，身上有另外一种截然不同的气质，这种气质瞬间就让他有了感觉。

　　一有了感觉，华哥的手就开始不听使唤起来，不自觉地就摸到了艾米的脸上，然后就自然慢慢地向下移动，他正想顺着脖颈游走到波浪起伏的地方。还没等他的手滑到她的下巴，一记耳光就打在他的脸上。

　　这记耳光太用力了，华哥感觉自己的脸火辣辣的，那是一种跟鞭子抽在身上不一样的感觉，那里面隐隐透着屈辱。

　　"告诉你，你敢再动一下，我就把你的手剁了！"

艾米愤怒地警告着他，华哥听了这话，反倒笑了起来。

"你知道你在和谁说话吗？"

"跟谁都一样，你乖乖给我送回去什么事儿都没有，否则我哥要是知道绝饶不了你！"

艾米抬出他哥来施加压力。小的时候就是这样，每逢她在外面受到欺负的时候，她就提豪哥，一般到这时那些欺负她的小孩就都害怕了，乖乖放开她。只有一次例外，那个叫臭孩的校外小流氓非要跟她谈恋爱，提了豪哥也没用，因为他有个在当地更厉害的哥，就连豪哥都有些惧他。所以，臭孩当着那么多人的面亲了她，还摸了她的胸一把。

她哭着回家将这一切告诉了豪哥，豪哥听说是臭孩后，咬着牙半天没说话，但三天以后，大家都传开了，说豪哥把臭孩和他哥的脚筋给挑了。豪哥是先挑的他哥的脚筋，擒贼先擒王，他哥瘫痪了，臭孩就好办了，分分钟就给办了。

豪哥就是在那一仗之后确立了在那一片的江湖地位。现在，这个叫华哥的人居然敢这么羞辱她，她心里想着尽快把这个消息告诉豪哥，豪哥是一定饶不了他的。

"记住了，小妹妹，这里是华仔集团，华哥是这里的老大，你哥赵龙豪见了我们华哥都哆嗦，你就别拿你哥吓唬人了。"

没等华哥说话，他旁边的一个叫差错的兄弟替华哥撑起了场子，递了话过去，意思是让艾米赶紧就范。但艾米完全误解了差错的意思。

"哦，我当是哪里，原来是你们抓了我，这就好办了，赶紧把我送回去，要不然一会儿我哥来，恐怕你就笑不出声了。"

艾米此刻还沉浸在他哥的光环中，根本就没把差错的话听进去，因为在她心里真心没有看上眼前这个猥琐的大哥，她觉得达子跟了他，真是太可惜了。

第31章

狠心的哥哥

华哥则越来越喜欢这个浑身散发着青春气息，同时又有些幼稚的艾米了。她跟他之前所有接触过的女孩都不太一样，他觉得这个女孩身上有一种不同的味道，如果不是用她去换达子，他怎么也不舍得就这么放开她。

他为了不让自己陷入对艾米的迷恋中，命令手下将艾米先押下去，但叮嘱手下一定要好好对待，不许怠慢她。

但艾米却提出了新的要求，说要见大陆。华哥犹豫了一下，隐隐感觉也许可以从这两人身上发现什么，或是找到交换达子的钥匙。于是，命令手下将艾米跟大陆关在一起。

艾米看到大陆的第一眼就流下了眼泪。她激动地抱住了大陆，痛心地看着大陆身上的伤痕，心里更是增添了对豪哥的不满，她不明白豪哥为什么这么冷酷，以至于让大陆受到这么多的伤害。

大陆看到艾米被抓进来很奇怪，当他听说艾米是因为救自己才被抓后，心里阵阵感动涌上来，尤其是在此刻这种状态和心理下，艾米的出现就犹如一道阳光射进他的心房，给他带来了巨大的温暖。同时他又心生很多担心，华哥的各种恶毒手段他都亲身经历过了，他不想让艾米在华哥的手里被踩躏被糟蹋，那将会给他内心带来不可承受的折磨。所以，他心里感动但嘴上却在责备着艾米不应该自投罗网。

艾米听了却不以为然，她看着满脸焦急的大陆说："不要怕，陆哥，我哥一定会来救咱们的。"

"豪哥会为了自己的利益，置自己的亲妹妹于不顾吗？"大陆心里在判断着。这时，他承认他对这件事情失去了清晰有力的判断，他有点迷茫了。

艾米被抓，在豪哥这边引来了一场轩然大波，为了寻找艾米，整个集团像爆炸了一样，就在他们找遍了所有地方都没有找到艾米时，华哥的电话打了过来。

"我知道一个马仔对你不重要，但你亲妹妹对你重不重要我就不知道了，但可以告诉你的是，你妹妹真的很漂亮，青春又有朝气，连身上的味道都那么好闻。"

华哥在电话里对豪哥说，豪哥的脸就绿了，这才知道华哥绑架了艾米，当时就把电话给摔了。

他不明白怎么一转眼自己就陷入被动中。豪哥的反应让华哥很开心，华哥再次打来电话，开出条件："要么，你妹妹死在我手里，要么，把达子放回来，我买一送一，把两个人都给你送回去。"

华哥说完放下电话，给了豪哥考虑时间。豪哥知道这次华仔是玩真的了，用两个人去换达子，貌似条件不错，可他付出这么大代价好不容易把达子捏在了手里，他是不可能轻易就把达子放回去的。达子回去，自己集团的退路就没有了，但是，达子要不回去，自己的妹妹却在华仔集团内，现在情况不明。豪哥思来想去，还是决定来找达子，单独谈一下。

达子听完豪哥的话后，沉吟了一下，诚恳道："豪哥，这几天你对我的情义，我心领了，达子如果以后有机会，我一定会来到豪哥你这里，为您效命。但现在你妹妹有难，我不能置之不理，我愿意听你安排。"

达子说这番话完全是顺水推舟，艾米被抓出乎他的意料，但他倒没有太大的担心，因为他知道华哥的底牌，在自己没有回去前，艾米是没有危险的。

豪哥是想听一下达子是什么态度，现在达子的话让他非常放心，这说明达子已经认同了他。他走出房间，那只独眼看到了妹妹的房间紧锁着，他感觉到自己的眼睛越发疼痛，一个决定在心中形成。他想让那个让他失去眼睛的主谋遭受更大的痛苦。

华哥给豪哥打完电话，一直在等待着豪哥的回信，他觉得这次，他已经胜券在握。手下把大陆和艾米带到了华仔集团的大堂上，大陆看到华哥和邓敏还有集团的手下都聚集在大堂内，华哥悠闲地在喝着茶，邓敏和手下都紧张地盯着桌子上的那部手机。等了很久，电话铃终于响了起来。华哥放下茶杯，理了理衣服，拿起了电话。

"怎么样，二换一，决定了吗？"

大陆看着华哥那笃定的表情，他明白了，华哥是在和豪哥通话，他和艾米是这场交易的筹码。

"什么？那是你妹妹！赵龙豪你真想好了？"

华哥几乎跳了起来，他怒气冲冲地看着大陆和艾米，大陆和艾米相视着，不知道豪哥说的是什么，让华哥这么气愤。

"给，你哥的电话，你听听吧。"

艾米接过电话，哥哥熟悉的声音传了过来："艾米，哥，对不起你。你不要怨哥。"

艾米只是听到他哥说了这一句话，然后就是一阵忙音，电话断掉了。

艾米手握着电话愣了足足有一分钟的时间，这段时间她脑海中一片空白，她无论如何也不相信电话那头就是从小保护她，在任何时候她只要有需要就会第一时间出现的男人。她怀疑她哥受到了别人控制，迫不得已才说的这句话，想到这儿，她再次把电话拨了过去，但电话那边却再没有了声音，是华哥让她回到了现实。

"够狠！"华哥说，"为了利益，连妹妹都不要了，真牛！"

华哥咬着后槽牙说完，一把抓过艾米，把枪顶在了她的头上，他又拨通了豪哥的电话，他想让他亲耳听到，他的妹妹惨死在枪下的声音，让豪哥改变他的决定。

大陆看到艾米危在旦夕，他奋力挣脱开，向华哥冲去。还没等冲到华哥身边，就被手下扑倒在地。

艾米也死命地挣扎着，试图躲开华哥的枪口。邓敏看到这个情景，一个箭步，把华哥的枪抢了下来。

"华哥，这样没有用的，现在豪哥连妹妹都不要了，他还会怕你撕票！"她把艾米挡在了身后，"华哥，咱们再想想别的办法吧。"

"哪有办法？有什么办法？他赵龙豪连妹妹都不要了，咱们还能有什么办法？"

华哥大声地咆哮着，手下人也手足无措地看着他和邓敏。

"有，有办法！"

众人都不知所措的时候，艾米的声音突然响起，所有人都把视线转向她，看着她从邓敏身后走到了华哥面前。

"你？"

华哥和邓敏都惊诧地看着艾米。

"对，你放我回去，我能把达子救出来。"

艾米说得信心十足，但她说的话让所有人都感觉这是个谎言，连大陆也暗暗地为她捏把汗。

"放你回去？"

华哥发出笑声，见过单纯的女孩，但从来没见过这么单纯的女孩。他已经暗暗决定，如果豪哥真弃他妹妹于不顾的话，他就把她给办了。然后再杀了她，将她的头送回到豪哥那里。他要让豪哥看看，谁更狠！

"让我回去，哥哥不管我，我就不能让他得到达子。给我把枪，给我辆车。"

艾米坚定地说，她的目光中透着一种决绝。

这份决绝让华哥不由正视起艾米这个建议，他看向邓敏，他想让自己的头脑放松些，征询邓敏的意见。

邓敏也犹疑不定，她被艾米的气势压倒了，她觉得这个女人现在不再是豪哥的妹妹了，她现在已经是一个充满怒火的杀手，就要去找一个叫豪哥的人复仇。

她去，比他们任何人都要有用。邓敏觉得可以来赌一把。

她把华哥拉到一边，跟华哥说了自己的看法，开始华哥死活不同意，是邓敏那句话让华哥改变了立场。

"女人一旦绝情，会放出不可估量的能量。"

邓敏说，华哥被邓敏这句话击中，点了头。

邓敏把自己手中的枪递给了艾米，然后让手下把吉普车的钥匙也给了她。最后跟她说，你要是不回来，我们就把大陆杀了。

这话是邓敏说的。邓敏已经看出了她跟大陆之间微妙的关系，女人为了爱情是可以不顾一切的。邓敏告诉华哥。

豪哥扔了电话，他也疯掉了，他不知道，自己为什么能做出这样的决定。他会连自己的妹妹都不要了。他在做什么？他扪心自问。他想不出答案，他拎着棒球棍来找东，东看到气势汹汹的豪哥扭头就跑。

"你回来，跑什么？"

东只好听话站住，豪哥把棍子递给了他。

"打我，往死里打。"

东不知豪哥何意，哆嗦着不敢去接。

"我让你打我，听到没有，打我。"

豪哥把他的手掰开，把棍子塞到了他的手里。

"使劲打，不要心软。"

豪哥扑通一下跪在了东的面前，他泪流满面，他渴望受到惩罚。东也扑通一下跪了下来，他不知道豪哥为什么要逼着他做，他下不了这个手。

"起来，再不起来，你就去死！"

豪哥用枪顶着东的头。

东无奈地站起来，挥起手中的棍子，狠命地向豪哥打去。

第32章

调 包

　　豪哥被打得满头是血，躺在地上，半天没有动静，东吓坏了，赶紧扔掉棒球棒蹲下来大声喊着豪哥。

　　他发现豪哥睁着那只独眼看着他，吓了一跳，赶紧跪下来求豪哥原谅。

　　豪哥却沉浸在自己的内心世界里："我是一个什么人？"

　　豪哥问。东不明白豪哥为什么这么问，赶紧说着："豪哥，你是个好人，好大哥。对不起大哥，你打我吧！"

　　豪哥却猛地从地上翻身坐起："不，我不是人，不是好大哥，我置我妹妹的生命于不顾，我还算是什么人。"

　　豪哥咆哮着，东吓了一跳，开始时惊慌，后来发现豪哥不是冲自己来的，就更加慌张地看着豪哥，那一瞬间，他怀疑豪哥疯了。好在豪哥很快冷静下来，什么也没说，既没有责怪东也没有再说什么，只是一个人默默走进楼内。

　　艾米是开着一辆吉普自己回来的，那辆吉普在经过豪哥大院时根本置那些持枪警卫于不顾，连停都不停，径直地撞开路障，直至撞到大门上。

　　等警卫持枪跑过来查看情况时，艾米从车上下来，顺手从一名手下手中夺过手枪，脸上带着怒气，径直冲进院内。那些手下都认识艾米，一时不知道该如何拦住这个失去理智的大哥的亲妹妹，只能跟着她冲到豪哥房间，然后亲眼看到艾米将手枪顶在豪哥的头上，哭着大声骂着：

　　"从此以后我没有你这个哥！"

　　豪哥像做梦一样愣愣地看着艾米，分不清这是现实还是梦幻。他大声地喊着艾米的名字，扑过去抱住了艾米，他不停地摇晃着艾米的身体，因为他不敢相信真是艾米回来了，但艾米却使劲推开他，厌烦地往后退着，大声喊着，骂着他。

　　后来豪哥就不敢动了，只是呆呆看着艾米，直到她由于过度悲伤把枪扔在了地上，头也不回向自己房间跑去。

　　那个晚上，豪哥的所有手下都有了这样一种认识，不是豪哥疯了，就是艾米疯了。

　　达子从房间的窗户里看到了发生的一切，艾米回来了，她回来得太突然了。艾米的脚步声离他的房间越来越近。他想拉开门去抱她一下，抚慰一下她受伤的心灵，可是走到门前，他又站住了，他不知道艾米回来到底是什么原因。

　　正在他踌躇着是否要打开门时，艾米的脚步声在门外停了下来，达子在门前等待着她把门打开，艾米在门前停了一会儿，一个信封从门下面的缝隙塞了进来，达子马上把信封接住。艾米的脚步声又走远了。

　　达子把信打开，里面的内容让他愣住，他这才知道艾米回来是有条件的，这一点达子猜到了，但他没猜到的是，华哥是如何在这么短时间内让艾米就范的。这是一个谜，他要慢慢去破解它，包括这个叫艾米的女人，虽然只短短几天，她的性格，她反常的做事风格，她的微笑和声音包括身体上那种特殊的味道，都深深地刻在达子的心里。

所以，他对艾米在信上写的话没有丝毫的怀疑，第二天就按照信上的吩咐找到豪哥说："艾米回来了，我可以工作了。"

达子的话让豪哥瞬间就清醒了许多，他有点诧异达子的转变怎么会这么快，他知道这一切跟艾米有关，"是达子爱上艾米了。"豪哥琢磨着。

不管怎么说，现在他的妹妹回来了。虽然不知道她是怎么回来的，但他知道现在这种状态下，艾米是什么都不会说的，但回来就好，他试图给艾米一些安慰，所以在快睡觉的时候，他来到了艾米的房间外，举起了手想敲门，手停在了半空，他不知道，妹妹会不会把门开开，房间里静静的，仿似没有人一样。想了很久，豪哥还是轻轻敲了几下门，就在敲门的一瞬间，贴着房门传来了艾米的痛哭声，她越发伤心地哭着，这哭声深深地刺痛着豪哥的心。他知道，他让自己的妹妹伤透了心。

"时间是平复一切的良药。"

他这样想着安慰自己，转身走回房间。

艾米这边不原谅豪哥，而达子却主动提出为豪哥制毒，这让豪哥的心里多少感觉有些透亮。

第二天，他让东把达子带到制毒车间，自己则打开了办公室的监控屏幕，他不跟着达子，是不想让达子认为他是个唯利是图的人。所以，他想好了，在监控录像中完全可以看到制毒的全过程，达子真的制出了新型毒品，他拥有了录像，就不需要达子了，东全程监控达子，达子听话一切都好说，但凡有问题，等到他不需要达子的时候，就干掉他。

东是他的心腹，在牢里豪哥递给达子的棒子和大堂上豪哥递给达子的手枪，都是豪哥在和东作戏。那支手枪里装的都是空包弹，这个秘密只有东和豪哥知道。

看着达子进了制毒车间，艾米也拿着钥匙打开了监控控制室，她把事先录好的一盘带子放进了播放器内。艾米的悲伤和难过仅仅停留了一天时间，那一天内她把自己关在房间里，谁也不见，饭也不吃。就在豪哥担心她，准备破门而入强迫她进食的时候，她自己打开门出来了，仿佛什么都没发生过一样，该吃饭吃饭，该干吗干吗，只不过性格上发生了变化，跟之前的艾米判若两人。仿佛一夜之间长大了许多，再没有了玩笑和直率的笑声，只是一个人在公馆里转悠，并开始有意无意在监控室附近徘徊晒太阳。

豪哥密切关注着妹妹的动向，一开始还担心她做出什么过激的举动，后来见她神情还算平静，在两次试图沟通无果后，就由着她去了。

他知道时间是让心情康复最好的良药，一切都会过去的。

车间内，达子开始站在他熟悉的制毒台前，按照之前反复操作的程序有条不紊地操作着，东在旁边监视着，同时暗自在用眼睛记录着所有的步骤。

达子做到了关键的步骤，回过头看着东："麻烦你给留条活路，稍微回避下。"

东犹豫了下，将脚步朝外挪动，他知道，这是制毒师的规矩，越是到了关键的地方，越不希望别人看到，他虽然有些不情愿，但是为了让达子能操作完全部过程，他还是退到了门外。因为他不担心，这个房间里还有一只隐藏的眼睛在看着达子，那就是豪哥的监控。

艾米在监控室，看到东出来了，她把录像接入了监控端口。

豪哥看着空无一人的房间里达子穿着厚厚的胶皮衣，在操作着，现在他的动作突然间慢了下来，每一个动作都像是经过了很多的思考再去做。

东待在门口，一辆垃圾车准时地开了过来，搬运工戴着厚厚的口罩，几乎盖住了整张脸，他从车上拖下来大容量的垃圾箱，打开制毒间的门，向里面推去。制毒师对于装垃圾的人是从来不防的，他们接触不到制毒的平台，只是走到房间角落一个垃圾箱旁，把装满的垃圾换出去就行了。所以他们的工作一点儿也影响不到制毒师。制毒师倒希望他们多来几次，好让屋子里的空气能更好一些，让那些异味马上散掉。

装垃圾的人进来时，达子还在做着最后的几个步骤，其实，他根本没再往下做，他知道豪哥此时看不到他的所作所为，他盯着的就是一个放着录像的屏幕。

垃圾工进了屋，直接把空垃圾箱向角落里的垃圾箱推过去，他卖力地推着那巨大的垃圾箱，完全没有注意到他身后的达子。

达子用胳膊一下把他的脖子搂住，另一只手把沾满了毒液的毛巾捂在他的嘴上，只几秒，垃圾工就晕了过去，达子迅速把他的服装穿上，然后推着箱子走了出来。

东看到垃圾工出来，也没有在意，垃圾工推着箱子费力地走过他身边时，强烈的刺激味让他捂住了鼻子。屋里的达子一直没有叫他，他也不好进去，就站在外面，边抽着烟边消磨时间。垃圾工把箱子推上车，锁上货箱的车门，自己笨重地爬上垃圾车的驾驶室，向集团外面开去。

艾米看到了垃圾车开了出去，她从监控室走了出来，就在她走向集团门口的时候，整个集团响起了尖利的警报声。

这时豪哥已经发现了监控器中出现的问题，达子半天似乎一动不动定格了一样，一开始他还以为达子正沉浸在某个细微环节中过于投入，但渐渐他发现有些不对，那是定格画面。

就在他站起来喊人去看下是怎么回事时，警报器叫了起来，豪哥知道是达子那边出了事儿，迅速带人冲向制毒车间。这时，东已经发现车间内没有了达子的身影，并迅速判断出唯一进出的只有那辆垃圾车，所以，带着人准备杀出去追那辆垃圾车，他判断出十有八九达子利用那辆垃圾车逃了出去。

但就在他把车开到门口时，发现艾米站在门口，手里端着枪顶在负责起落杆的手下头上，起落杆已经落了下来，挡住了大门。就在他们纠结要不要武力解决艾米时，豪哥来了。

豪哥迅速判断出了问题所在，是艾米放跑了达子。

"把门打开，达子跑了。"

豪哥眼里喷着火，一只独眼盯着艾米。

"哥，达子是我放走的，你们谁也不许追，是我让他去换回大陆的。"

第33章

各归其主

艾米咬着牙说，报复地看着豪哥，话音未落，豪哥一个嘴巴子，结结实实打在了艾米稚嫩的脸上。

艾米的眼泪成串地掉了下来，现在哥哥为了一个达子就可以这样打她，她觉得自己放走达子是对的。她不仅没有抬起门杆，反而站到了门杆的前面。豪哥看着怒吼着。

"你！太不懂事，快，让开！"

"不，今天，除非你们从我身上轧过去！"

豪哥真疯了，他用枪顶着艾米的头，现在艾米在他的眼中，就是给他制造障碍的一块绊脚石，他冲动地要把她搬开。

"你杀了我吧，我回来就是要放达子走，我不想死在华仔手里，我要死也死在你的手里。"

艾米此时也已经无所谓了，她流着眼泪看着面前这个像父亲一样带她长大的人，渴望着死在他的怀里。

豪哥再也忍受不住了，她已经几次三番地破坏了他的计划，现在又放走了他最需要的人，他怒不可遏地再次一巴掌打在艾米脸上，把艾米打倒在地，跳上车，指挥着手下向外面追了出去。

达子开着车，感觉垃圾箱的重量压得车走不动，要这样下去，豪哥追上来，他就跑不掉了。他这样想着，在拐过一个路口后突然把车停下，见身后车还没有露出头，迅速掰了一根树权顶在油门上，松开手刹，利用山坡的地势把车放走，人则迅速穿小路朝山下跑去，他要在最短的时间内赶到艾米说的处理垃圾的地方。

华哥已经提前安排好了接应人员等在那里，艾米向华哥保证第二天下午交人，华哥押着大陆和手下等待着达子的到来，如果他看不到达子，他首先要把大陆干掉。

达子赶到垃圾填埋场时，比原计划时间晚了将近一个小时，按华哥以往的脾气肯定以为受到欺骗，开枪打死大陆扬长而去，另想其他方式再救达子。但今天华哥却出奇地稳定，坐在车内任凭时间一分一秒过去也没有着急，功夫不负有心人，终于等到达子从山坡下露出头来。

"达哥，达哥，是达哥！"

手下看到了达子，高兴地喊着。那一瞬间华哥的眼泪差点儿没掉下来，他再一次赌赢了。

华哥看到达子回来了，反而把手中的枪顶在了大陆的头上："你的使命完成了，放心，我不会让你死得太痛苦。"

达子下车就看到了华哥要杀大陆，马上跑过去按住了华哥的枪："华哥，我答应艾米了，要换回大陆。"

华哥笑了起来："弟弟，做人不可以太老实，太老实是要被人吃掉的，你回来了，我就不能让他的人活着回去。"

华哥再次举起了枪，达子急了，挡在大陆的身体前，对艾米的承诺，他一定要兑现。

"那你就先打死我吧，我跟你不一样，答应的事情就一定要办到，否则，我对不起自己的良心。"

达子看着华哥，华哥看着达子，那一瞬间，达子从华哥的眼神中看到一丝凶险，他有理由相信华哥会毫不犹豫朝他扣动扳机，但华哥却把枪放了下来，哈哈大笑起来："果然没有看错你，我的好弟弟。我是在考验你的。"

华哥此刻的笑声突然让达子有点毛骨悚然，因为，华哥的脸变化得太快了，前后两秒居然判若两人，绝不是一般人所能做到的。

"这是一个什么人，翻脸比翻书还快。关键是，能控制自己的情绪，真假情绪转化如此之快。"

达子想着，这一刻他才知道其实他根本就不了解这个叫华哥的人。

就在这时，随着两声枪响，华哥的一名手下突然倒地，随之，几辆武装皮卡车开了过来，是豪哥他们追了上来。

豪哥是在垃圾车翻车现场判断出达子的去向，当他看到垃圾车空无一人时，他就知道这件事情绝不是达子临时起意，也不是艾米能想出的主意，这所有的一切都是精心设计出来的。所以，他判断出了达子出逃一定有人接应，而这个人不是别人，就是他的死对头华仔。

现在这一切都已经应验，豪哥命令手下不惜一切代价也要把达子给抢回来，并当场将悬赏提高到了一百万美元。

手下疯了一样，朝华哥等人扑了过来，华哥眼见有变，亲自指挥手下还击，双方一时杀红了眼，有点决一死战的意思。

达子趁机将大陆的手铐解开，保护着大陆朝豪哥这边阵营跑去。任务还没有完成，他必须把大陆安全送回到豪哥那里，但令达子没有想到的是，就在他全神贯注将注意力放到大陆身上时，突然一辆皮卡车驶到身边，车门打开，里面一个男人喊着："上车！"

大陆迅速上了车，达子以为是豪哥的人，刚想转身回到华哥阵营，但突然，车上的人一伸手，把他也拽上了车。这一切都是在眨眼间完成，随后，皮卡车迅速逃离现场。

达子稳定下来才看到开车的是一个长得有些像张震的男人，这个人就是曲经，但达子并不认识曲经。只是看到大陆跟这个人似乎很熟，所以放松了警惕，问道："你是谁？"

"一会儿你就知道了。"

曲经说着话，将皮卡车快速驶离危险区域，到了一块林中的空地这才停了下来，突然举枪对准达子。达子愣怔地看着眼前的变化，那边，大陆已经用身体挡在达子面前，不让曲经开枪。

"曲经，你干什么？"

"你干什么？"

曲经严肃地看着大陆："你让开，我在执行上级命令。"

"我已经调查清楚了，他杀毛乐是迫不得已，为了让毛乐少受折磨迫不得已才开的枪。"

"迫不得已？他研制生产新型毒品也是迫不得已吗？目前组织已经对他失去控制，任其发展下去不但对组织造成伤害，而且一旦新型毒品出现在市场上，那就是整个社会的灾难。你给我闪开！"

曲经命令着大陆。

大陆见曲经如此坚决，焦急起来："他制毒是出于保命。"

"保命，那是贪生怕死！"

曲经吼了起来。

大陆也吼了起来："你怎么这么固执，到时候万一要是杀错了后悔怎么办？"

"杀错了，我来承担责任。"

"如果有一天，我也发生这种情况，你也会朝我开枪吗？"

"只要你背叛祖国背叛人民给组织带来伤害和灾难，我就会开枪！

曲经看着大陆，大陆看着曲经，达子则在大陆身后看着两人。此时他已经全明白了，眼前这个人就是他和大陆在金三角的直接领导，他虽然没有见过曲经，但他知道金三角有这么一个人，负责组织协调他们的工作。

在毛乐死后，他曾经想找过这个人，向他倾诉自己的苦恼，希望得到帮助，但现在，这个人就站在自己面前，正要结束自己的性命。他听着两个人的对话，一方面难过，一方面感动，为大陆在枪口下跟曲经不遗余力地挽救自己的性命而感动，这一刻，他想，就算死也值了。

他毫无怨言，即便曲经问自己，他也不准备解释这一切了，听天由命吧。

"有的时候，死也许真的是最好的解脱。"

曲经推开大陆开始直面达子："你不仅枪杀了自己的战友，而且替毒枭研制新型毒品，给社会造成了不可估量的危害，你还有什么可说的？"

达子看着曲经，摇着头："我没有什么可说的，开枪吧。"

达子看着曲经，甚至露出一丝笑意。

这一刹那，曲经从达子的笑意中看到些许的讥讽和嘲笑。

"他为什么嘲笑自己？难道他真的有委屈？"

曲经在想，犹豫着，就在这时，大陆抢起一根木棒从他身后砸了过来。

而曲经在受到击打的瞬间，下意识扣动扳机，一颗子弹擦着达子的耳边飞了过去，险些爆了达子的头。

与此同时，曲经一头栽倒在地。

大陆返回集团时，豪哥正一脸沮丧地坐在沙发上叹气，费了九牛二虎之力，死了好几个兄弟，人却没抢回来，这让他深受打击。关键是，这一切都是艾米造成的，他无论如何也无法对自己的妹妹下手。所以，只能一个人生闷气。

手下人报告大陆回来的消息后，他开始一愣，随即马上露出笑脸，站起来将走进来的大陆抱在怀里，眼角甚至还挤出了几滴眼泪。不管怎么说，总算回来一个，也算是一种安慰。

"兄弟，你可回来了，想死我了。"

豪哥真诚地说，大陆明知道豪哥是在演戏，也不拆穿他，而是同样真诚地表达着离别思念之情。

豪哥问他刚才那场火并发生时跑哪儿去了。

大陆向豪哥解释，说自己在混乱中跑错了方向，在山上周折了一下，才返回来的。

当豪哥得知，这一切全是艾米设计的时候，他的牙根都跟着疼了起来，与自己相依为命的妹妹，却做了一件断他后路的事儿，他也只能打掉了牙往肚子里咽了。

第34章

葛四出现

　　艾米此时躺在床上，眼睛一动不动地盯着天花板想着这几天发生的所有事情。她的脸上似乎还能感觉到那种火辣辣的疼，那种疼不仅仅是皮肤上的，而是像电流一样窜进了心里。她不明白，仅仅几天的时间，那个像父亲一样根植在她心里的哥哥为什么发生了这么大的改变，之前豪哥留在她记忆中所有的美好都像墙皮一样迅速脱落，让她无法接受。

　　这几天，豪哥曾无数次走进来，试图跟艾米沟通，但都被艾米以冷漠的态度拒之门外。

　　所以，豪哥只能站在门外对艾米说："艾米，我买好了机票，你这几天就回美国吧，在集团里你太累了。"

　　艾米听得出来，这口气中有歉意和心疼的成分，那一瞬间，她知道哥哥还是爱她的，但她仍是故意不理睬豪哥，她现在不想和这个男人说话，她只想跟大陆说话。大陆来看艾米，艾米就露出久违的微笑，看着大陆，让大陆坐到她的身边来，豪哥透过监视器看着这一切，内心有些失落。但脸上是看不出来的，能让艾米开心，总归是一件好事儿，他这样想着，起身离开房间。

"谢谢你救了我！"

大陆真诚地看着艾米，如果没有她如此执着地救自己，他不知道自己会不会活到今天，这个女人在他心目中的位置不断在放大，而且温暖，这种温暖不仅仅如兄妹一样，好像有另外一种期待。

"是爱吗？"

大陆这样想着。他已经很久没有这种感觉了，从他踏上这块土地的那一天起，他知道这两个字就已经离开自己远去，所以，当这种感觉刚刚从心底蔓延出来，他就迅速掐断了它。

"一个卧底，怎么能跟毒枭的妹妹产生爱情呢？"

他这样想着，就觉得自己心里有了罪恶感，所以，他用理性控制着自己，告诉自己要把她当成亲妹妹一样，她善良而多情，她不应该留在这样的纷争之地，她也不应该再受到伤害。他内心里这样决定着。

"陆哥，我想求你一件事。"

艾米直接进入主题，看着大陆，把心里的话说了出来。

"你说。"

"我想把我哥带回美国。"

大陆愣住："怎么带？他会走吗？"

艾米摇头："他肯定不会走，所以我想求你。"

艾米用期待的眼神看着大陆。

"你说，只要我能帮你。"

大陆避开艾米那双眼睛，那一刻他突然产生了嫉妒，他真想自己是她的哥哥。

"他现在心里放不下集团，你回来了，我想把集团给你，但前提是你得帮我把我哥带走。"

艾米用真诚的眼神看着他，但大陆心里却怔了一下。

"把集团给我！这是什么意思？"

他心里画着魂儿看着艾米。

"我已经想好了，到时候你配合我就行。"

艾米一喜，坚定地看着大陆，她知道，只要大陆肯帮自己，自己的计划就会实现了。

而这时达子也顺利地回到了华仔集团，是大陆亲自开车送达子回来的，而那个想杀死他的曲经就躺在车后座。

"大陆居然为了保护我而伤害了自己人！"

这是达子万万没有想到的，而且他听出来了，这个人还是大陆的上级，也就是说他竟然为了救自己而违抗了上级命令，同时还打伤了他。

这让达子在震撼的同时感到了一种很久没有过的温暖。

"我们都逃了出来，就要回到各自的岗位，我们还要继续完成组织交给的任务。"

大陆表情严肃地向达子说着，眉头紧锁，达子知道他陷入一种巨大的压力中，他很想问问他为什么救自己，但话到嘴边他觉得有些多余。

他知道这个叫大陆的人一定会说出"任务高于一切"或是类似这样的话来，所以，话到嘴边他又给咽了回去，什么都没说，甚至连谢谢都没说，只是双脚一碰向他敬了一个标准军礼，然后转身向自己的阵营走去。

但转过头来的刹那，他的眼泪就流了出来，那是一种重新回到家的温暖和依靠感。他知道，从现在开始，他不再是个漂浮的躯壳，他又找到了组织。

华哥看到达子毫发无损地回来，简直不敢相信自己的眼睛，他使劲抱着达子，抱了足有一分多钟，那一刻，他似乎是担心达子再次从他怀中跑掉。后来还是达子承受不住，说饿了，华哥才把达子松开，吩咐老虎赶紧准备饭菜。

饭菜很快端了上来，华哥亲自给达子倒满了酒，达子忙不迭地站了起来。

"华哥，我说不想回来，那只是缓兵之计，你千万别介意，当时他是用枪顶着我，我只能那么说，好考虑伺机逃脱。"

他知道华哥是个内心极敏感的人，华哥可以不提这件事，但他不能不提，如果不把这件事马上解决的话，阴霾就会在华哥心里越埋越大，生根开花，然后等到适当的时候，再把这个根清除掉。

"我知道。那都不重要，重要的是你平安回来了。你要记住，你是我弟弟，你对我说什么，我都不会在意的。"

华哥打断达子的话，举起酒杯，真诚地看着眼前有些清瘦的达子，拍着他的肩膀，和达子碰了一下杯，把酒干掉，然后给达子夹了一块肉。

"委屈你了弟弟，来补补。"

邓敏端着酒杯也凑了上来，举杯庆祝达子的回归："你不在这两天，华哥是吃不下睡不下，整个人都失魂落魄的，你回来了就好，咱们的货还等着你呢。"

邓敏给达子倒上酒，华哥表达情感，她来负责给他施加压力，能成为知己的前提，就是邓敏很清楚什么话该华哥说，什么话该她说。

"那笔大单还指望达哥，本来就进展缓慢，现在这一耽误，时间就更紧了，如果到时候交不上，买家不会饶了我们的。"

达子举起酒杯一饮而尽："我明白，华哥，从明天开始，我会加班加点全力以赴。"

听达子这么一说，华哥心中的一块石头落了地，他把手下都叫了起来，号召大家齐心协力来保证达子尽早生产出毒品，完工交货。正在这时，门外却慌张跑进一人，附在华哥耳边说了句什么。

华哥兴奋起来，说："好事成双，抬进来。"

那名手下又跑了出去，很快几个陌生人就抬了一副担架进来，大家都很诧异，凑了上去，担架上躺着一个人。

是葛四。葛四还没有死，他昏迷着，表情非常痛苦，他的头上是一个将近半尺长的口子，现在他的血都有些风干了，糊在他的脸上、衣服上。

达子当时就傻了，躲在人群中脸色发白地看着葛四，当他确认葛四还处在昏迷中，稍微松了口气，听着抬担架的人介绍着经过，说是这人在草丛里躺了好几天，奄奄一息，他们发现后听说是华哥的人，便赶紧给送来了。

华哥让手下给了那些人奖赏，那些人兴奋地离去，华哥命令手下赶紧将葛四送到医务室进行救治，然后威严的目光环视着四周："这是谁干的？"

刚才还喧闹的人群霎时没了声音，大家都唯恐不小心发出声响将注意力吸引到自己这里来，所以，连呼吸都不敢使劲。一时间，整个客厅内死一般寂静。

达子的心不由被提溜起来，他刚从豪哥集团死里逃生，还没有得到片刻的喘息，新的问题就又摆在面前。

葛四的回来，对于达子来说无异于一枚重磅炸弹，达子感觉自己的头脑里就像炸开了锅，葛四只要一张口，自己的身份就会暴露，那一刻他想到了毛乐，还好，现在葛四一直在昏迷着。达子很担心他随时会清醒过来，所以就以葛四是为救自己受伤为名主动提出来去看葛四。这让华哥很感动。

葛四是仅有的几个跟过华哥四年以上的兄弟，从地方的一个烂仔到华仔集团的心腹，葛四与华哥共同经历了风风雨雨。但是葛四与其他人的不同之处是，凡是跟着华哥的人，有很多是在第四个年头都没到的时候，因为各种争斗而相继丧命。他们虽然死了，但他们的家人会得到很丰厚的补偿，这是华哥规定的，凡是为集团的利益而死的兄弟都算是英雄。但是他们谁也不知道，他们死并不是因为江湖的恩怨而死的，他们真正的死因，是华哥不用他们了，因为华哥多疑，为了自身的安全，他对于了解集团过多信息的人都会想方设法地除掉。

其实，当年他也想除掉葛四。那时，正好赶上豪哥集团崛起，华仔集团四面楚歌的时候，而恰恰葛四这时犯了一个错误，华哥就动了杀机，葛四知道了华哥要杀他，他本来可以逃跑，但他不仅没有离去，而是自己带着枪找到了华哥说："我葛四跟你那天起，我的命就是你的了。所以，我哪儿也不去，如果你觉得葛四有错误的话，你随时就把我的命拿走。"

第35章

色诱

葛四这番话一出口，华哥就知道葛四死不了。不但没死，而且自此以后葛四成为华哥最信任的人，成了他的贴身保镖。之后，在一次与豪哥的争斗中，华哥被豪哥派来的杀手袭击，差点儿被杀死，关键时刻，幸亏葛四冲了上来，看到杀手的刀锋已经到了华哥胸前，硬是凑到了刀下，用自己的半张脸挡住了那把刀，救了华哥的命。就这样，葛四成了华哥最贴心的手下。

葛四脸上的疤从发际一直到下颌，爆着青筋，恐怖而可怕。现在他躺在床上，那个疤更明显地突出来，华哥看了感慨万千。而达子看着这个疤，也是心惊肉跳，如此亡命之人，真要是醒过来，就是他的夺命克星。不管想什么办法，不能让他醒过来。达子想着，一定要尽快除掉这个人。

"我不管你采取什么方法，一定要让他醒过来。"

见葛四高烧不退，连续昏迷了七天，华哥命令着医生。

葛四的诊断结果不是很乐观，医生摇着头，无奈地告诉华哥："华哥，看情况不好，他能不能活过来，还是说不好的事。"

"用药，用最好的药，要让他活过来！"

华哥举枪顶在医生头上："他活不过来，你就得死。"

医生只得硬着头皮点头说："我会尽全力。"

华哥带着达子离开医务室，华哥问达子："你说葛四是被谁伤的？"

华哥觉得达子应该更了解他们冲散之后的事情，所以问着旁边一直没有说话的达子。

达子脑海中一直在不停地想着各种能够除掉葛四的方法，华哥问他的话，他一点儿也没有听进去。

华哥感觉到什么，看着达子，直到达子感觉到有余光在看着自己，这才回过头，正碰上华哥那阴森的目光，吓了一跳，赶紧说："华哥，你说什么？"

"你说，葛四，是被谁伤的？"华哥再次一字一顿地说着，但目光却没离开达子。

"这个我真不知道，应该是豪哥的人弄的吧。"

达子硬着头皮回答着华哥的提问，但显然这个回答没有令华哥满意。葛四是为了救达子而受伤的，而达子却一副漠不关心的样子，特别是达子一直在走神，他在想什么？再有达子到底是怎么回来的，在混战中，为什么看不到他的踪影。他满腹狐疑地看着他，突然觉得这个制毒师有点可疑。

华哥的车直接把达子送到了制毒车间，达子要抓紧赶制毒品，因为停工几天，量供不上了，所以压力很大，达子这样对华哥说，华哥自然就很高兴，那一瞬间就冲淡了他对达子的怀疑，第一时间把达子安全送到地方，又叮嘱手下不惜一切代价保护好达子，这才离去。

达子这才有时间冷静下来思考如何除掉葛四的问题。在制毒车间出来时，达子已经有了详细的计划。他只等夜色完全暗下来，再去医务室。

达子回到自己的房间，早早地就把灯熄了，他让手下认为，他今天累了，要早早休息。听到外面不再有走动的声音时，他出了房间，轻轻地向医务室走去。医务室的门是紧关着的，达子附在门外听了一下，屋里没有声音，说明医生已经走了，屋内就应该只剩下葛四躺在病床上了。

他慢慢地旋动门锁，门无声地开了，他一闪身走了进去。借着窗外灯光，他看到了葛四还静静地躺着，所有的医疗设备都在持续工作着，在床边的点滴架上，一大袋的营养液在不停地沿着那个输液管注入葛四毫无知觉的体内。葛四还是没有睁开眼睛，达子走到床前利索地把输液管的夹子推到最紧处，液体停止了滴注。达子摸出一瓶药，把柜子中的注射器找了出来。

把针头扎进去，一股白色液体吸入了针管中。他把输液管与埋在皮肤里的针头断开，把注射器对准了针头，刚要把白色的液体注入，门"嘎吱"一下开了，随即屋里的灯亮了，达子在灯亮的一瞬间，将注射器藏进了葛四的被中。

华哥进了屋，疑惑地看着达子："这么晚了，你在这里做什么？"

"华哥，我睡不着，四哥因为救我，才弄成这样，我心里过意不去，过来看看他。"

达子尽量掩饰着自己紧张的心情。

华哥仍是疑惑地看着达子，但嘴里说着："好弟弟，有情有义。好！"

华哥嘴里称赞着达子，但心里却总感觉哪里有问题，如果是换了别人，他早就把枪顶在对方头上直接问了，或是问都不问，直接扣动扳机，但这个人他是不会轻举妄动的。

他只能不动声色地告诉达子："不早了，达子，早点休息吧，明天还要接着生产呢。"

华哥催促着达子，让达子先回去休息。

达子在他看向葛四周围的仪器的功夫，暗暗将输液器接上，把注射器拿在了手里。出了医务室往回走，遇到几个手下迎着他走了过来。他们向达子打招呼，达子不知道这么晚他们要去哪里，就向他们领头的问。

"这么晚，你们上哪里？"

"华哥刚来电话，告诉我们去看护葛四。"

达子看着他们的背影，知道自己以后再想轻易地接触葛四，已经不可能了。

"你说，我们救回来的是我们的制毒师，还是我们的麻烦，我怎么感觉达子这次回来有点不对劲。"

邓敏正跟往常一样，奋力地抽着华哥，华哥却冒出了这么一句话。邓敏的手停了下来，她不明白华哥是什么意思。

"华哥，你是说达子有问题？"

"现在看不出来，但是我总感觉不对劲。"

华哥此时没了心情，他一直在想着今天达子的表现。自从葛四被抬回来，达子就一直处于很不自然的状态。在医务室他又一再地走神，而且刚才又自己去了医务室。自己虽然没看清达子做什么，但是可以确定，达子绝对不是去探望那么简单。达子走时额头上的汗，深深地印在华哥的脑海中。

"你说，达子是不是心不在这儿了？"

华哥翻过身来看着邓敏，征求着她的答案。邓敏穿着背心，因为低头的原因露出半个乳房，这似乎给了他某种灵感，他看她的眼神逐渐开始变得富有内容起来。

"你去把达子留住。"

"我，怎么留？"

邓敏似乎感觉到了什么，但不敢确认，看着华哥。华哥笑了一下，一边伸手抚摸了一下她，一边说："他是个男人，这一点我似乎忘了。"

达子回来后，一直没有睡着，他在想着自己应该怎么除掉葛四。就在这时，他的门外响起了敲门声。他打开房门，邓敏穿着睡衣站在他的面前。

"怎么，还没睡？"

达子有些诧异，他问着门前的邓敏。

"没有，有些话想和你说一下。"

邓敏没有等达子同意，已经进了屋里，达子也只好随她一起进了屋。邓敏坐到了达子的床上。

"达哥，有咖啡吗？帮我倒一杯。"

达子把咖啡递过去，邓敏捧着杯子，靠在达子的枕头上，深情地看着达子。背心中再次半隐半露出那诱人的双峰。达子心就跳了一下，他敏感意识到，她的到来跟华哥有关，他知道邓敏是华哥的女人，所以，他按捺住某种不安，过去用咖啡机给她冲了一杯卡布奇诺。

"达哥，回来之后，为什么感觉你有点焦虑不安，是华哥哪里对你不好了，还是豪哥那边又给你开了新的价码？"

邓敏说着，端着咖啡若无其事地一点点地喝着。

"不，不是，豪哥那种连妹妹都可以舍弃的人，我达子是不会跟他的，我是华哥培养出来的制毒师，我理应为华哥制造出更多的毒品来回报他。所以，我是绝对不会为豪哥做事的，这个，你可以告诉华哥，我达子绝无二心。"

达子铿锵地说着这些话，他明白了邓敏的来意，他想让她传话过去，让华哥消除对他的怀疑。

"达哥，我真的没有看错你，你才是真的男人。"

邓敏说完，从床上起来，走到一直坐在窗前的达子的身边，把两手温柔地搭在了达子的脖颈上，达子连忙把她的手拿开。

"别，华哥看到不好。"

"不要管他，我喜欢的是你。"

邓敏不仅没有放手，反而更紧地把达子抱住。达子试图挣脱开来。

邓敏诧异道："怎么，你不喜欢我？"

达子摇头，推开邓敏："不是，你是华哥的女人，我不能碰。"

达子说得非常坚决。

"谁跟你说我是华哥的人了？"邓敏笑了起来，"我是华哥的秘书不假，但我属于我自己，还有，我也只喜欢我喜欢的人。"

邓敏再次靠了上来，贴近达子，达子能感觉到她的呼吸及身体上的热度。他知道这个女人突然出现肯定跟晚上的事有关，但他不知道该如何面对她，是拒绝还是接受。

在临出发之前，曾经有专门的老师给他进行这方面的心理辅导，如果在迫不得已时，特殊情况下可以用身体做武器，但他不知道眼前这一幕算不算特殊情况。他承认，这一刻，他有些迷茫。

第36章

葛四苏醒

艾米再次醒过来时第一眼看到的是大陆，大陆此时正在直勾勾地看着她，艾米一睁眼，把大陆吓了一跳，因为他此时已经完全沉浸在一种对往事的追忆中，只不过那往事的女主角由阿芒换成了眼前的艾米。

"艾米，你醒了。"

大陆慌张地稳定住情绪，生怕艾米看穿自己。

"你怎么脸红了？"艾米看着大陆。

"没有啊，我是在想你说的那件事。"

大陆掩饰着，脸却感觉更加发烫，在刚才的追忆中，他已经跟艾米进入到某种热恋中。他知道年轻人管这种心理活动叫"YY"。

"你答应了！"

艾米眼睛亮了起来。大陆知道，这个女人还在想着把哥哥带回美国去，那天她说完之后，大陆就用手机垃圾信息的方式把这个情况报告给了曲经，这么大的事自己是必须向上级汇报的。曲经让他观望下，因为毕竟是个女孩信口开河说的话，不一定那么靠谱，也许睡一觉醒来连她自己都忘了，但如果能成功的话，倒也不失为一件好事儿，大陆要是真掌管了豪哥的贩毒集团，好多行动实施起来会顺利许多。

想到这儿，大陆犹豫着说出自己的担心："我很想帮你，但总觉得这事儿有点不踏实。"

艾米使劲抓住了大陆的手："有什么不踏实的，我们走之后，这个集团就交给你了。"

艾米的眼神是认真的。这个女人用死换回他的生命，大陆很感动，他要回报她。但是，这事说起来容易，办起来太难了，毕竟豪哥有很多心腹在这里，就算豪哥被艾米骗走，这些人也是障碍。

"艾米，这个事你得考虑周全才行。"

"你必须得答应帮我才行。"

艾米更紧地攥住大陆的手，信任地看着眼前的男人，她觉得眼前的男人一定会帮她，她不会看错人的，她知道大陆也有一颗和她一样善良的心。

"好，艾米，我帮你，但是不要着急，让我想想。"

"你需要什么，我都可以给你。"

艾米坚定地看着大陆，眼睛里窜出一团火，直接烧到了大陆心里。大陆离开时，让艾米别忘了把用来遮挡摄像头的衣服拿下来，他知道这次回来以后，艾米用衣服把所有有摄像头的地方都给遮挡了起来，她是不想让她哥哥看到自己在做什么。但久而久之，会让豪哥不高兴的，他提醒艾米。

大陆再次把这次跟艾米接触的信息透露给曲经，同时也把自己答应艾米的决定告诉了曲经，曲经得知信息，半晌后只给他回了一句话："记得，不要留后患。"

　　达子在那个夜晚以后更加勤奋地去制毒，华哥知道这是邓敏的功劳，只要他还在生产东南亚军所需要的毒品，华哥就放心了，暂时把对达子的怀疑先压在心里。但这件事情过去没几天，奇迹出现了，葛四醒了。

　　葛四是在第三天的早上醒来的，当时手下帮着医生给他换床单的时候，发现他的身下有了一泡热热的尿，手下的人急忙把床单换掉，在他们把葛四重新抬到床上的时候，奇迹出现了，葛四的一个手指头动了一下。

　　手下激动地呼唤着医生来看葛四的手指。葛四的手指在动着，先是一个，然后是两个，后来就全部动了起来，动得很慢，但是在场的所有人都证实他的手指确实动了。医生连忙把他的眼皮翻开，用手电照了一下，葛四混浊的玻璃体开始恢复着知觉。医生以专业的角度确认了他正在慢慢地苏醒。

　　这个消息很快传递给了华哥，华哥连早饭都不吃了，叫上手下，直接赶往医务室。

　　达子这天正在紧锣密鼓地制造毒品，几个手下在他和助手的后面保卫并监视着他的工作，他如往常一样把试杯加热准备放入原料的时候，感觉到身后的手下一阵骚动，他觉得他们相互之间的窃窃私语会影响他的工作，他回头严厉地看着他们。

　　手下往常都会停止喧哗，今天却反而越来越吵。当达子再回头时，其中有个手下忍不住附在达子的耳边，告诉了他葛四苏醒了。达子一听，当时吓出了一身冷汗，他的手差一点儿被火烧到。

　　葛四苏醒，意味着他的危险越来越大。葛四现在是什么状态？他现在是不是说了什么？华哥现在知道内情了吗？

　　一连串问题让达子再也不能安心工作了。几次的失误，连助手也用诧异的眼光看着他。他想现在要尽快赶到医务室,想尽一切办法也要封住葛四的嘴。

就这样,一只试瓶掉落在地上,达子去捡的时候,手故意从火上经过。瞬间几个红疱便出现在了手背上。达子痛苦地蹲在地上,要人把他马上送到医务室。

手下吓坏了,其中有一个赶紧搀扶着,把达子送到了医务室。

达子到了医务室,医生马上给他做烧伤处理,华哥也赶紧来询问具体的情况。达子连说着没有事。处置完,他假装听说葛四醒了的消息,就提出要看看葛四,毕竟是为救自己负伤的,他多少有些过意不去,华哥一听达子主动要看葛四,就高兴地带着达子一起来到葛四的病床前。

达子看到缠着绷带的葛四,眼睛微微地睁着,呼吸虚弱,连接在他身体上的几根管都在满负荷地工作着。达子凑到他的床边,坐了下来,握着他有些颤抖的手。

在他们的手接触的一瞬间,葛四的手本能地强有力地收了回去,但还是被达子牢牢地攥住。达子看到他微睁的眼,此刻变得大了很多,眼神恐怖地望向达子。达子立即就感觉到一阵寒意。

"兄弟,要不是因为我,你也不会遭这个罪。"

达子哽咽着说着那些忏悔的话,他能感到葛四的手一直挣扎着,要抽回去。但他暗暗使劲,不让他的手动。

华哥发现了这些怪异,他注意到自从达子坐到葛四身边后,葛四的眼睛突然就睁大了,似乎有话要说,但又无法交流,而当达子站起来的时候,葛四的目光就一直在跟着达子。

达子走到哪里,他的视线就跟向哪里,这屋里这么多人,他不看别人,就一直在追着达子,这事太反常了,他觉得达子与葛四之间肯定有着某种不可告人的秘密，但是是什么呢？他心里琢磨着，跟医生打听葛四的恢复情况。

"他什么时候可以彻底康复？"华哥问道。

"他醒是醒了，但是头部受到冲击，他现在还不能说话，只能是眼睛动，手也只能做简单的动作。"

医生看着拍片的结果，告诉华哥。

达子这回心里的石头落地了，葛四这种状态，他暂时什么也不可能和华哥讲。达子知道华哥一定注意到了葛四看到自己之后的变化，现在情况掌握了，自己不宜久留，他和华哥说制毒车间还很忙，就告辞走出了医务室。

达子走后，葛四的目光转向了华哥，华哥能够看出来，葛四是有什么话要和他说。

达子从医务室出来，驾车赶回制毒车间，一路上他的头脑中不停地浮现着葛四回去为了救他，和后来被他砸倒的情景。他急速地往回赶着，头脑中想着解决的办法，一辆小车从他的前面迎头驶来，他才从苦思冥想中回到现实。他急打方向，在那一瞬间躲开了那辆车子。

这时，他才发现，自己已经无意中走上了对向车道。他把车停在了道边，葛四那恐怖的眼神再次出现在他的眼前，现在葛四是清醒的，也就是以后完全有可能会恢复过来，到那时，达子就完全没有解释的可能，现在唯一的办法，还是彻底除掉他。

第37章

回美国

等达子走后，葛四的眼神告诉了华哥他和达子之间有事，而且还是葛四现在最想表达又无法表达的事情。现在，华哥必须弄明白他们之间到底发生了什么。他向医生说出自己的想法，医生考虑良久，告诉他现在只有一个方法，就是用眨眼的办法，得出华哥所要的结论，医生让华哥问想问的问题，葛四用眨眼来回答，如果葛四眨眼了，就代表"是"，否则就不眨眼。

华哥来到葛四床前，告诉葛四，接下来，他问的话，他只需眨眼回答。

"兄弟，你听明白了吗？"华哥说完，又问了一句。

他的兄弟如此痛苦，自己还用这种方式去折磨他，他有些不忍心，但是现在只有尽快得到真相，才能让葛四与达子之间有个了断，并且消除他心中的疑惑。看着这几天达子魂不守舍的样子，他也怕因为两个人之间的纠葛影响了制毒的进度。但是，就算真问出来什么又能怎么样呢，他难道会杀了达子吗？他没有想好，华哥此时完全在凭惯性，任性地在做这件事情。

华哥问完，葛四很快就眨了下眼睛，这让华哥有些欣喜，说明葛四完全能听懂他的话，并且能准确地给予肯定的回答，华哥有了信心，接下来，他要利用这个方法探究出达子和葛四之间到底发生了什么。

"四儿，我是华哥，对吗？"

葛四再次眨眼。目光中泛出一股明亮的光出来，这让华哥一阵温暖，决定直接奔事情的真相走，他被这个做法所鼓舞，觉得真相就在眼前，他贴近了葛四追问着。

"你为何盯着达子不放？哦，对不起，我忘了。你跟达子有过节吗？"

在听到这个问题之后，葛四的眼神开始变了，眼睛使劲眨了一下。华哥确定他们之间出了问题，继续追问着："你俩的关系一直很好，是那次与豪哥交手时，你们有了过结？"

葛四再次眨眼，并且显得神情激动，看着华哥，他张着嘴要说什么，但还是发不出任何声音。

"难道你变成这样跟达子有关？是达子要杀你吗？"

葛四的眼神突然变得坚强而有力，使劲看着华哥，然后长久地眨了下眼睛，眼睛甚至泛起一丝湿润。

华哥热血上涌："达子背叛了我？"

葛四再次眨眼。

华哥现在全部都明白了，原来达子就是使葛四受伤的凶手，亏得自己这么用心对待达子，原来达子是一个吃里爬外的家伙。老姜走时，他就发现了端倪，但为了制毒，他不得不留下了达子，现在葛四被弄成了这样，就算达子是他的制毒师，但是谁动了他的兄弟，他就要找谁拼命。

他把枪拿了出来，摆在了葛四面前："四儿，你能对今天说的话负责吗？"

葛四看到华哥把枪摆了出来，他如释重负般再次眨了下眼睛。

大陆答应帮助艾米，这让艾米很兴奋，告诉了大陆几天来自己想好的如何骗走豪哥的想法，办法很简单，就是给豪哥下药，然后带上飞机。药她早就选好了，是类似安眠药的一种，吃完了人就想睡，但没有什么副作用。艾米的想法是就算豪哥到了美国明白过来已经生米做成了熟饭，她有办法把豪哥拴在美国不让他回来。

"就算让他在美国蹲监狱也不让他再回到这危机四伏的地方了！"艾米说。

大陆总觉得艾米的想法有些幼稚，但也不是不可行，就帮她完善了下想法，但尽量把自己择了出来，给自己留了后手，怕万一出现意外不至于连翻盘的机会都没有。

其实豪哥发现艾米这次回来后就跟大陆走得很近，开始时他还有些紧张，担心大陆利用这个机会拿下艾米，但渐渐发现艾米脸上开始露出笑容，就暗自松了口气，如果能把艾米的心情给调整过来也是好事。反正她已经订了回美国的机票，很快就要回美国了。

让他感到意外的是，第二天，艾米竟然一反常态来到豪哥的房间，进屋就紧紧抱住豪哥，哭了起来，情绪显得很激动，豪哥也动了感情，以为她是舍不得离开自己，就说些安慰妹妹的话，同时让艾米原谅自己。两人一阵唏嘘，最后，艾米要跟豪哥喝杯红酒告别，艾米拿着带进来的红酒，给豪哥倒了一杯，又给自己倒了一杯。

"哥，这杯酒，就算是你为我饯行，明天就天各一方了，也许你说得对，每个人都有自己的归宿和人生目标，不能强求，你不跟我走，我不怨你。你对我的好，我会记你一辈子。"

艾米说到这里已经泣不成声，手中的酒杯摇晃着，豪哥也情之所至抱紧自己的妹妹。看到了妹妹因为自己，因为集团，身心同时受到巨大的伤害，他觉得自己亏欠妹妹太多，不由也流下泪来。

豪哥与艾米碰了一下杯，两人将酒和泪水一起喝进了肚里，豪哥正要招手吩咐手下送艾米的时候，人却已经瘫倒在地。

"哥，从明天开始，我们就又回到小时候了。"

艾米擦掉眼泪，俯下身抱起哥哥，她的脸上露出了微笑。大陆从门外走了进来，他和艾米把豪哥扶进了里屋。

按照计划，艾米迅速通知所有集团中层以上人员赶到总部，召开紧急会议。

所有豪哥的手下不知道发生了什么事儿，在很短的时间全部聚齐在集团内部，集团里人声嘈杂，互相谈论着到底出了什么事。

大陆和艾米一起走进了集团大堂。

"大家静一下，把大家召集来，是因为有一件非常重要的事情。"

艾米红着眼圈，哽咽着。大陆则通过这个机会看着大堂中豪哥的那些手下，直到今天他才知道集团的人员到底有多少。平时，集团成员都是单线行动，相互之间，谁也不会干扰到谁，也不会相互打听，所以平时谁也不知道集团到底有多少人。没有想到，豪哥在金三角的实力，原来有这么大。但是大陆没有发觉，包括东在内的几个集团的心腹都没有在场。

"我哥昨天突发脑出血，现在需送往美国治疗，可能要在美国治疗一段时间，我哥在治疗期间公司交给大陆来临时管理，这是我哥的指示。"

艾米说完，掏出一张纸递给下面的人，这是一张类似委任书的东西，下面有豪哥的签名，这一点艾米颇为自信，豪哥的英文签名是艾米给他设计的，就算请专家也很难辨得清真伪，再加上她现在是集团的二当家，说的话当然有分量。大家虽然议论纷纷但却没有人提出质疑，只是有人提出要去看看豪哥，艾米以医生交代过不能探望给回绝了，大陆看到个别的人觉得这个事件有些蹊跷，但是也都接受这个命令，各自回去了。

艾米和大陆召开完会议后，马上把还在昏迷中的豪哥抬上了车。大陆命令手下加快速度向机场开去。

艾米望着外面即将远去的城市，不禁思绪万千。她看着坐在她旁边的大陆。这个人从一开始的不喜欢到后来不断地认可，再到自己舍了命去救他，艾米感觉，在他的身上，有着一种力量深深地吸引着她，他除了强健的体魄和刚毅的外表之外，不像一般的烂仔。她总感觉他还有一颗善良的心，一种叫作正义的东西在他的身体里。

在华哥的监牢里，他对于她的莽撞出自爱心的责备，和对于身陷囹圄的她的温柔体贴、细心呵护，都让她暗暗心动。这个男人如果不是因为必须帮着哥哥撑起集团，她倒真心希望他也能和他们一起回到美国。

"大陆？"她轻轻叫着他。

"艾米，有事？"

艾米叫他的时候，大陆正在思索着自己接手集团之后，曲经交代给他的一系列工作。

"谢谢你。"艾米想说的很多，可是现在却说不出口，她只得报以甜蜜的微笑。身体朝大陆的肩膀方向倾斜了一些，这让大陆再次闻到了那股好闻的味道。

"豪哥醒过来，要想回来怎么办？"大陆没话找话，掩饰着内心里的一丝慌张。

"他回不来，哥哥伤愈需要时间，他语言又不通，我会把护照收起来，他想回也回不来。集团的事情就全权拜托你了。"

艾米知道，这一去就不回来了，这个集团对于她和哥哥都不重要了，她的眼眶中有了泪水，她怕大陆看到，扭向一边。

大陆看向车后，一辆小车一直不远不近地尾随着。他知道，那是曲经一路在保护着他的安全。

他们的车很快就到了机场，大陆把豪哥送过了安检，看着艾米护送着豪哥进了候机区后，他这才松了口气，向机场外走去。计划进行得如此顺利，这让他有些意外，同时，心里涌上来一种极不踏实的感觉。

第38章

豪哥回来了

达子知道，不除掉葛四，自己片刻也不会得到安宁。他已经预谋好了一切，等着夜幕再次降临，门外没了声音，达子推开门，他没有向医务室方向走，而是向相反的方向走去，他想让手下看到他出来了，但是没有去医务室。他绕了一个圈又回到了医务室，医务室没有亮灯，他知道葛四睡着了，他现在唯一的办法，就是用枕头捂死他，不留痕迹。

他进了门，葛四的床上没有动静，他想直接拿旁边的枕头去捂他，可是转念一想怕他没有睡沉，发觉了会挣扎，这样就会弄出动静。他先来到葛四的床前，俯下身伸出手，准备试探一下葛四的鼻息，屋子里的灯却突然全亮了，床上不是葛四，而是华哥，他狞笑着看着达子。与此同时，门被撞开，一些手下带着武器把达子团团围住，枪顶在达子头上。

达子迅速感到全身冰冷，他知道事情败露了，华哥已经知道了一切。这一刻他有些慌乱。

华哥坐直身体，直视着达子，他想让达子亲自把真相告诉他："达子，这么晚，你来这里做什么？"

达子尽量让自己镇定下来，按照之前的理由说来看看葛四，毕竟他为自己受伤，心里总感觉过意不去，刚才做梦梦到了他，所以内心不安来看看。

华哥看着达子，他本来想说达子是做贼心虚，但话在出口时他突然给收了回去，这句话一出来，意味着这件事情就会奔真相大白而去，他一定要弄清楚达子是什么人，为什么对葛四下手，是私人恩怨还是有其他的目的。

但弄清楚了这些又能怎么样呢？就算他是因私人恩怨或是有目的而来的卧底，他会杀了达子吗？杀了他之后新型毒品怎么办？如果他是卧底为什么会帮着自己研制新型毒品？

这一连串的问题瞬间让华哥冷静了下来，让他有些后怕。他决定先把这些问题压下来，把毒品制出来再说，如果真有什么问题，也要秋后再算账。想到这里他转脸一笑：

"难得你如此有情有义，这里不太安全，我刚把葛四送到一个安静的地方去休养了，等忙完手上的事情以后，我带你去看他。"

华哥微笑地看着达子，达子感觉到不寒而栗，他能感觉到华哥内心一定是发生了某种变化，对什么有所忌惮，而这种忌惮一定跟自己有关，既然这样，他必须反戈一击，想到这里他反问华哥：

"华哥，你这么晚怎么在这里，还埋伏了这么多弟兄？"

华哥盯着达子，此刻达子的冷静更让他坚定了自己的判断，这是个有身份的人，而且应该受过某种训练，能在如此不利的情况下反守为攻，他坚定了要查出达子身份的决心。

他把脸上的愤怒给了那些守株待兔的手下："谁让你们进来的，我只想静一静，一个人待会儿，干吗兴师动众地全赶过来，想造反是不是？"

华仔向手下吼叫着，众手下听了这话都怯怯地退了出去，留下还在呆愣着的达子。

华仔见手下退了出去，把达子叫到了身边。

"你知道四十不惑是什么意思吗？"

达子看着华哥。

"我一直以为四十不惑是四十岁以后就什么都明白了，后来我才发现，其实是很多事情开始不需要明白了，所以才会有那句话，难得糊涂，古人告诉我们的话都有道理。但我是这么理解的，有些事不明白也许就不需要明白了，但有些事儿我得明白，我得知道我那500千克的货你什么时候给我弄出来。"

华哥一口气说完看着达子，达子终于知道了能让自己活下来的底牌是什么了。

他松了口气，看着华哥，点着头说："我会尽全力。"

华哥突然又笑了起来："我喜欢你，知道为什么吗？这个喜欢跟你会制毒品没关系，而是一种简单的喜欢。"

达子看着华哥，有点不好意思地摇了摇头。

"你跟我一样，该明白的明白，该糊涂的糊涂，所以，不管你是什么人，在我眼中，你就是我的好弟弟，你只管踏实干好你的工作，什么都不用管，去吧。"

华哥说完，拍了拍达子的肩头，达子瞬间感觉到华哥其实是什么都明白了，只不过不愿意点透而已。

达子回到了自己的房间，他不知道接下来是什么样的危险在等着他。他现在孤身一人在狼群之中，华哥已经对他产生巨大的怀疑，甚至都已经知道了他的身份，现在这种情况，再去联系大陆是很危险的，但他现在真的没有主见了，他不知道该怎么做，难道只能靠着给华哥制毒来保全性命吗？

他颓废地躺在床上，把自己伸展开，他不去想那些烦心的事，他看着屋顶，偌大的房间里，只有他一个生命，没有人来陪伴他，他感觉自己就是被社会遗忘的东西，他慢慢向床底沉入，他想让柔软的床淹没掉自己。

他的房门轻轻地开了，邓敏走了进来，穿着蕾丝睡衣，达子想从床上坐起来，想把她推出去，他想让她离开，他不想和她再有任何的接触。但是，他太累了，他感觉自己没有力气动弹一下。他看着邓敏脱去睡衣，慢慢地向他走来，随手熟练地在解着他的衣扣。他不再拒绝，现在他更需要一个港湾，一个能容纳下他的苦闷的温暖所在。

他释放着，他把心中的苦恼全部倾泻出来，让这个女人和他成为一体，让女人把痛苦抽走，给他快乐。

大陆从机场回来，告诉手下，把所有的高管都找来，他要和他们一个个地聊。

集团内部的贩毒渠道都是独有的，集团里的高管也不清楚另一个和他同层次人的下线是谁，他们是通过怎样的一个渠道把自己的份额销售出去。之所以大陆有这样的举动，他是要完成曲经交给的任务，就是摸清整个集团的贩毒网络，那样，掌握了第一手资料，老赵收网，那就是早晚的问题了。

大陆坐在豪哥的老板椅上，看着那扇关着的办公室的门。现在门外就是等候着的高管，至于他怎么和高管们说，他是很费一番脑筋的，他刚成为集团的老大，那些豪哥的老手下能服他吗？他一张嘴，就能让他们把整个的布局告诉他吗？

"他们会那么老实地和盘托出吗？"

大陆苦恼地想着，突然脑海中涌出了一个主意，那就是借新型毒品冲击市场的理由，重新整合集团的人力资源，他可以告诉这些高层，基于集团的现状，将转型关注新型毒品，包括研发、销售都会有很大变化。所以把集团的人力重新做一下规划，更有利于今后的发展。这么一个宏伟的规划，他估计那些老手下会考虑的，有可能就配合了。但是，如果真有不配合的怎么办？

那就来个敲山震虎，杀一儆百。反正他们都是负案之人，他就先处理一个，直接拿枪搞掉他，然后，再让手下拖出去，让外面的人看看不配合的下场。

他的主意已定，他把枪放在了桌子下面，自己在老板椅上坐定，把豪哥桌上的雪茄拿出了一支点燃，看着那扇大门。他把电话拨通，让手下把第一个人带进来。

办公室的门开了，大陆没有看到人，却听到哈哈大笑声，那个声音如此熟悉，让他毛骨悚然。他突然判断出就是豪哥发出的声音，他愣了一下，他想集团里还有和豪哥说话声一样的人吗，还没等他回过神，神采奕奕的豪哥已经和东还有几个心腹一起进了办公室。

大陆一看真是豪哥，吓出一身冷汗，下意识从桌下抽出枪对准豪哥。

豪哥却视而不见，依然大笑着向大陆走来："陆哥，刚做老大就这么紧张，以后要是真遇到事怎么办？"

豪哥迈步来到了大陆桌前，在大陆准备好的给高层的椅子上坐了下来，东和几个心腹已经把大陆团团围住。

"陆哥，问吧，我全说。"

豪哥一副臣服的语气，顺手把大陆手中的枪拿了下来。

大陆一时间不知如何应对，他怎么也没有想到自己刚刚送上飞机的豪哥会出现在他的面前。

"陆哥和艾米安排得非常好，可是，我放不下呀，没办法，陆哥，先委屈你了。"豪哥笑眯眯地说道。

东用枪顶了下大陆，大陆知道自己现在反抗已经没有意义了，他被几个人押了下去。

艾米的处境，现在和大陆一样，已经被豪哥软禁了起来。

大陆和艾米分开后，过了安检，正松口气的艾米就被东领着人截了下来。

艾米被豪哥直接带回了集团，为了防止她再惹事端，豪哥告诉手下把艾米屋子的窗户封上。

那个时候，大陆不知情，还在办公室里筹划着与高层周旋的事情。

豪哥转身要离去的时候，艾米死死地拽着哥哥的衣服。艾米知道自己惹恼了哥哥，她知道哥哥不会把她怎么样，可是大陆却犯下了不可饶恕的罪行。

"哥，这些都是我策划的，与大陆无关，哥，你不要伤害大陆！"

"你哥已经死了，如今你面对的是一个毒枭。如果有菩萨心肠，我也不会活到今天。"

豪哥扔下了这句话，抛弃了还在哭泣的艾米，就直接去抓大陆了。

第39章

金淑兰

曲经回到酒吧，先向赵天义汇报了工作，然后找来美娜，两个人商量大陆掌握豪哥集团之后，接下来应该怎么样开展工作。美娜听完，感觉这件事情太顺利了，有些不相信，她认为曲经最好还是确认一下大陆那边的情况再说。

曲经也觉得应该再和大陆说一下，也好把上级的指示带到。于是，他让美娜给大陆打电话过去。但铃声响了好几声，电话一直没人接，他心中立即升起一种不祥的预感，示意美娜把电话挂掉，但很快，电话就打了回来，他犹豫了一下，让美娜接了起来。

"你怎么半天不接电话？"

美娜装出一副情人姿态跟大陆撒着娇，嗔怪大陆，但电话那头却半天没有动静，甚至连喘息声都没有。美娜看着曲经，只一眼，经验丰富的曲经就意识到大陆出事了。

大陆的电话，此时正被豪哥拿在了手里，听着电话里的声音，那个在酒吧曾见过的女人的样子瞬间出现在豪哥的脑海，豪哥放下电话，指示东带着手下，马上把这个女人带过来。

达子这几天忙于制毒，自己累得疲惫不堪，华哥对他也再没有什么动作。两个人之间似乎相安无事，就这样平静了几天。

一天，达子早上刚起床，就有手下来到他的房间，告诉他华哥请他过去。

达子不知道发生了什么事情，边琢磨着边跟华哥派来的手下来到华哥的办公室。

华哥的门开了，达子刚一踏进办公室，瞬间就呆立在那里，面前站着一个女人，这个女人让他感到一种不真实的感觉。如果这个女人不喊他的名字的话，他真的就以为自己在梦中。

"达子，我的儿子！"

女人张开怀抱，激动地走向达子，达子瞬间眼泪涌出，紧紧抱住这个朝思暮想给了他生命和全部爱的女人，这个女人有着一个普通得不能再普通的名字。

"妈！"

妈妈弱小的身躯窝在达子的怀里，根本来不及说话，只是肩膀颤动着，眼泪不停地滴在达子的衣服上，他感觉那泪水是热的，一直顺着他的衣服流到了他的心里。但瞬间他却感到了一股寒意，他慢慢推开母亲，视线投向一直看着他们的华哥和邓敏那里，华哥微笑地看着他们相拥而泣，就如同欣赏自己的作品。

达子警觉起来："妈，你怎么来了？"

"我知道你想她，就接她老人家过来，在这里多陪你一段时间，也好让你安心工作。"

华哥关心地看着达子，这个主意是邓敏出的。

达子现在情绪不太稳定，这让华哥很有些担心，怕留不住他，左思右想中，想到了这样一个主意。最亲不过母子情，如果能把达子的母亲控制在手里，达子就算彻底落在了他手里。

不管他真正的身份是什么，掌握了达子的母亲，就掌握了达子的全部。所以，华哥派出在国内的手下，不惜一切代价把退休在家的达子妈神不知鬼不觉给接了过来。

达子瞬间明白了过来，母亲是作为人质被华哥控制在了手里，目的是为了拴住他，让他安心制毒。

可是，母亲来到这样一个危机四伏的贩毒窝子，她的生命时刻会受到威胁，而且现在最要命的是，母亲并不知道，这个集团是做什么的，母亲是正直的人，如果知道自己在做什么，她拼死也要把他捞出去的。

再有就是母亲知道太多自己的过往，万一哪一天母亲说漏了嘴，自己暴露了，那样损失就大了，有可能牵扯出很多人。现在更多的疑虑出现在他的心里，华哥是怎么找到母亲的？华哥又和母亲说了什么？现在华哥都知道了什么？

这一系列的问题，瞬间堵在达子的脑海里，他在快速思考着对策，但达子的母亲却感觉不到，这个叫金淑兰的女人，此刻正在用全部的爱，看着眼前这个皮肤晒成古铜色的儿子，儿子长得更加壮实了，男子汉的阳刚之气在举手投足间流露了出来。

她为儿子感到自豪，特别是邓敏刚才说起儿子在华仔集团还位居高管，她就更加欣慰了。

金淑兰现在已经从会计岗位上退了下来，突然一闲下来开始很不适应，就在家弄弄花草，然后，按时到老年大学去报个到，学个书法、画画什么的，以消减对儿子的思念之苦。儿子之前走过弯路，这耗费了她几乎后半生的全部精力，好在儿子在监狱中表现良好，政府宽大处理给了他新生，说是派往金三角工作，这一走就杳无音讯。

尤其是前段时间那个从金三角打来的电话，更是让她牵肠挂肚，虽然电话中没有声音，但她凭着一种直觉知道那电话是儿子打来的。这让她那段时间开始吃不好睡不好，最后连老年大学都不怎么去了。每天24小时把电话抓在手里，生怕什么时候儿子再打来时，错过儿子的电话。

直到突然有一天接到儿子同事的电话，说达子想她了，要接她过来，但为了保密，不能跟任何人讲，电话是一个女人打来的，声音很温柔，态度也很可信，金淑兰开始是有些警惕的，电话中问了儿子的一些事，女人对答如流，不仅如此，还主动跟金淑兰谈起了儿子的一些生活习惯，这让金淑兰深信不疑。

她确认这个女人是了解自己的儿子的，尤其是谈话中，话里话外流露出对儿子的欣赏和爱，她潜意识里就更是多了一层喜欢和信任。

邓敏挽着金淑兰的胳膊，表现出两人非常亲密的样子。达子看到这样的情景，就更加担心了，母亲来的这一路上，和邓敏都说了什么，会不会把自己在警校的事情都说了出去，他观察着邓敏的表情，从邓敏的眼神中，达子什么也看不出来，旁边一直赔着笑的华哥，达子也是摸不出端倪来。

达子看着脸上洋溢着幸福的母亲，更为母亲的安危揪心。但是在邓敏和华哥面前，他又无法表达，只能期望着自己何时和母亲单独在一起。

"老人家来我们集团，让邓敏先领您走走。"

华哥说完，让达子带路，和邓敏一起在集团的大院里转上一转。

达子只好硬着头皮在前面领着路，邓敏则有说有笑的，在后面领着金淑兰。

"阿姨，等参观完我们集团，明天开始，我领你去金三角最好的地方玩。"

听到邓敏说这话，达子更加不放心，他扭过头来笑着对邓敏说："我妈刚过来，还太累，这几天就不要安排了，先让她休息。"

"好，好，还是儿子孝顺，阿姨，你看，你来了，达总就只关注你了。"

邓敏话语里流露出吃醋的意思，金淑兰看了，觉得两个人之间有戏，就更加喜欢身边这个热心的姑娘。

"休息？不用！姑娘，说好了，明天我就跟你去。"

金淑兰欢喜还来不及，哪里想什么休息，有一个准儿媳在身边陪着，儿子现在又这么有出息，自己来了，不能耽误儿子的事情，所以她更想和邓敏在一起，也好多了解一下这个姑娘。

母亲这么一说，达子也只有随着母亲，让邓敏照顾好。

华仔集团现在已经有了长足的发展，在金三角地区就是贩毒集团的龙头老大。所以集团的设施也做得相当有规模，现在已经把豪哥集团远远地甩在了后面。当年豪哥集团在金三角风起云涌的时候，是无人比肩的。不仅门窗是鎏金的，传说马桶也是金的。

可是现在不行了，金子都被刮下去了，设施也都老旧不堪。华仔集团正是风头正足之时，现在新型毒品占领市场，华哥有的是钱，利润高出豪哥集团十几倍，手下兄弟的月收入都是十万打底。

现在集团大院里，也新起了几栋办公楼，单就楼梯来说，就已经盖过了豪哥集团。他们的楼梯都是纯金打造的整体楼梯，据说为了这些楼梯，曾经让台湾的金矿主们专门为华仔集团而开了一个单独的矿，所生产的金子全部用于打造楼梯，纯度高于市面上的所有金子。

再有就是地毯，地毯是伊朗制造的，有着悠久的制造历史。每平方米就是几百万。现在华仔集团，可以说是寸土寸金，把金淑兰看得眼界大开。

她活了这么大岁数，还真没有见过这么奢侈的地方，特别是集团内的兄弟们见到达子时，那种点头鞠躬的动作，让金淑兰有着无比的自豪感。

儿子多年不见，没想到发达成这样子，集团的实力雄厚，不是一般人能想到的，她为儿子有这么好的前途而欣喜。回想儿子在监狱中看到自己哭天抹泪的情景，不禁泪往上涌，她觉得是党和政府给了儿子改过自新的机会，是军队给了儿子新的生命。

想到这儿，金淑兰停住脚步，看着儿子："达子啊，将来你成功了千万不要忘了帮助你的人，人不能忘本啊！"

邓敏歪着头，看着金淑兰："金阿姨，你说达总现在这么优秀，你当年是怎么培养的呢？"

"不是我培养的，是国家培养的。"

金淑兰自豪地看着邓敏，准备扯开话题聊聊自己的儿子。

达子顿时就紧张了起来，感觉后背起了一层冷汗。

第40章

美娜被抓

　　达子生怕母亲把自己的身份给暴露出来，马上回头把话题岔开：
"妈，你是不是累了，先回房休息吧。"

　　金淑兰却意犹未尽："不累，不累。"

　　达子见状，觉得这样下去太危险，必须得想个办法把话题扯开，
于是叫住华哥和邓敏，说有几句话想跟他们说。

　　华哥和邓敏只得停住脚步，跟达子走到一边，达子说："华哥，谢
谢你把我妈请来，消除了我的思念之苦，但我必须得告诉你们，我之
前有过前科，因为制毒进过监狱，我妈得知这个消息当时就不行了，
如果让我妈知道我现在又在制毒，别怪我没提醒你们，这活儿肯定就
再也干不下去了。"

　　华哥听完达子的话，成竹在胸地说："放心，这件事情是我们共同
的利益，我一定不会让阿姨知道的。"

　　华哥说完招手把旁边的手下叫过来："去，告诉所有人，谁也不要
对老人家提及达哥的工作，知道吗？如果谁说了，别怪我要他的命。"

　　达子见把话题岔开，松了口气，再次感谢了华哥，说："我妈累

了，我们先回去休息了。"带着金淑兰回到自己的住处。

一回到房间，金淑兰便一把把儿子拽到眼前，她要再仔细地看看儿子，看看儿子有了什么变化。儿子自从警校毕业，金淑兰就没再见过他。儿子说了工作的性质就是这样，不能常联系，所以她想儿子的时候，就会拿出照片看上一会儿，然后再放回去，有时实在太想了，就把照片放在枕头下面，想在梦中和儿子见上一面。现在儿子就站在眼前，自己反而想不起说什么，她的眼里泪珠在转，她强忍着没有掉下来。

达子看着母亲，他再次抱紧自己的母亲。自从考上大学以后，他就很少再有时间跟母亲在一起了，先是被抓进监狱，然后就被赵天义从监狱直接接到了特训基地，再然后就来到了金三角，来金三角之前，他匆匆跟母亲见了一面，说是自己因为在监狱表现好，受到政府宽大处理，减刑执行一项特殊任务，那之后就再也没见过母亲。所以，他上次才在酒吧偷偷给母亲打了电话，结果造成了战友毛乐的死亡，现在，母亲从天而降就站在自己的面前，按道理说，母子相见分外亲热，达子有许多话想说给母亲，金淑兰也有许多话想说给达子。但此刻，他却没有了那种母子相逢的喜悦，而是多了一重担心，从见到母亲那一刻起，他的心就一直惴惴不安，总感觉会有什么事情发生。

他再次提醒母亲，不要透露任何有关他加入军队的事："千万别提军队的任何事，华总对军队没有一点儿好印象，若让他知道我有从军经历，肯定被开除了。"达子说。

金淑兰看到儿子神秘的样子，虽然有些不解，但是儿子说的话，她只能言听计从，同样神秘地告诉儿子说："妈都懂，你放心吧。"

这之后达子心里稍踏实了些，跟母亲拥抱着倾诉了相思之苦，这样一直聊到快中午时，当达子从母亲嘴里得知是邓敏将她接来的后，无形中就增添了对邓敏的仇恨。恰在此时，邓敏走了进来，她是代表华哥过来看看这里还需要什么，问金妈妈在这里是否还适应，金淑兰觉得华仔集团的待遇太好了，赶紧招呼邓敏坐了下来。

"妈，你先去洗个澡吧，这里有些潮，换件衣服，好休息。"

达子看到邓敏来，怕母亲一高兴又说走了嘴，催促着母亲离开。

金淑兰听儿子这么一说，以为是儿子嫌她太碍事，知趣地站了起来去洗澡，让邓敏先坐会儿。

邓敏热心地把金淑兰送进浴室，并告诉她，洗完澡后华哥说一起去吃午餐。

邓敏把金淑兰送进浴室，转身回来，正要坐下和达子说话的时候，达子一把掐住了她的脖子，把她按在了墙上。邓敏惊恐地看着达子，呼吸困难的她，不知道达子是要做什么。

"为什么把我妈弄来，是谁的主意？"

"你。"

邓敏直视着达子的眼睛，丝毫没有感到畏惧。

达子愣住："我？！"

"你在梦中说的，我听到，你说想妈妈。"

"什么？"

达子后背再次出了冷汗："你是说我说梦话，我都说了什么？"

邓敏莞尔一笑："你是担心说错什么吗？"

邓敏看着达子的紧张反应，把达子的手从脖子上挪到了胸前，把头凑向达子。

但达子还沉浸在自己的内心世界里："我家的地址你是怎么知道的？"

"也是你告诉我的。"

　　邓敏两次凑近达子，她觉得眼前这个男人越来越像个孩子，越来越可爱，而达子此时则觉得华仔集团中最可怕的不是别人，而是面前这个叫邓敏的女人，她到底掌握了自己多少秘密，她把母亲接来不仅仅是为了控制自己这么简单，她到底要干什么呢？

　　达子想着，心里充满了一团团疑云。

　　豪哥回到集团，宣布了大陆被关起来的消息，并告诉手下们，豪哥集团还是如以往一样，正常运转，手下们看到豪哥精神抖擞的样子，知道这一天的变故只是一场闹剧，也就各自去忙了。豪哥处理完集团事务，就和东去审问大陆。

　　关着大陆的门打开了，强烈的光线照了进来。

　　豪哥走了进来。他看着被手下打得伤痕累累的大陆："告诉我，你在集团内还有没有同党？"

　　"豪哥我说的都是实话，我是看到艾米非常痛苦才帮她的。她跟我说要带你回美国治病，让我帮助管理几天，我真没骗你豪哥。"

　　大陆此时必须咬紧牙关把事情简单化，他不想拿艾米当挡箭牌，他只想实事求是，因为他知道这个时候撒谎只能让自己更加被动，尤其在高人面前，你一撒谎就会露出尾巴，唯有说实话才是最聪明的自救方式，只不过要保护好曲经和美娜而已。

　　想到这儿，他只能硬着头皮说："豪哥，我知道我错了，应该事先跟你说一声，但艾米一再让我别告诉你，还让我起誓，我只能答应她。豪哥，我要是有半句假话，你就杀了我。我没有同党，真的只是为了帮艾米。"

　　豪哥听着大陆的话，点了点头，一挥手，门被人打开，东和手下搡着一个女人走了进来，那个女人是美娜。美娜此时已经被打得没了人样儿，身上的背心也被撕破了，里面的皮肤露了出来。

"昨晚，她打来电话说找你，我就把她找来了，正好一起聊聊。"

豪哥边说边把美娜推到了大陆身边。

大陆就傻了，看着美娜，脑海中瞬间一片空白。

"难道是曲经暴露了？"

大陆脑海中飞速地转着，判断着究竟出了什么事儿，想象着接下来的危机该如何解决。

"说吧，你们到底是什么关系？"

豪哥话音未落，东的枪已经顶在了美娜的头上。

但大陆却反而放松了下来，因为豪哥的话一出，他迅速判断出豪哥目前还不知道曲经，至少不知道曲经的真实身份。

"豪哥，这件事情跟我女朋友没关系，千万别冲动。"

"那你说，那个男人是谁？"

大陆看着美娜。美娜用坚定的目光看着大陆，大陆知道美娜这是告诉他，宁可牺牲了也不能把曲经说出来。

东去美娜酒吧抓她时，撞到了曲经，曲经开始时不知道发生了什么情况，跟东的手下动了手，打了两名东的手下，被东拿枪指了头打了两个嘴巴，曲经怕小不忍乱了大谋，所以没有还手，眼睁睁看着东将美娜带走。但东却感觉到了曲经是有些身手的，所以，回来告诉了豪哥，豪哥追问美娜，美娜撒谎说曲经是自己的哥哥。豪哥便觉得这里面有些问题，所以试图用这件事来撒开大陆的口子。

大陆意识到了豪哥说的这个人应该就是曲经，他是无论如何不能把曲经给暴露出来的，想到这儿，他看着美娜，装成不知道的样子问着。

"哪个男人？"

"不知道是吧？不知道就跟你没关系了。你不是喜欢艾米吗，我帮你把障碍清除了。"

豪哥说着话，冲东挥了下手。东手中的枪机打开，就在东要扣动扳机的零点零几秒。大陆已经冲了过去，扬手给了美娜一巴掌："我知道了，你趁着我不在勾引小白脸是不是，快说，豪哥说的那个男人是谁？"

美娜被打得用手捂着脸，泪水唰唰地落了下来，她大哭起来："我没勾引小白脸，是我哥，他们抓我，我哥跟他们打了起来。"

"你撒谎！"

大陆看着美娜。

"我没撒谎，你要不相信打电话给我哥试试。"

美娜似乎更委屈起来："本来我哥就不同意咱俩好，我非要跟你，没想到现在弄成这样……"

大陆尴尬地转向豪哥："对不起豪哥，让你见笑了。"

豪哥看着大陆，这突如其来的变化让豪哥跟东都有些意外，一时都没有继续动手，而是饶有兴趣地看着两人表演。

"好，既然这样，你就当着我们的面把这件事情解决了，解决得好我就信你，解决不好，她就死定了。"

豪哥说着，转头对东说："去，把那个人给我带来。"

第41章

大陆的说辞

东带着手下来抓曲经时，他正在焦虑地想着对策，他虽然不知道发生了什么事情，但知道这件事跟大陆和艾米的计划有关，至于东为什么要抓走美娜，他没有想明白，他暗自回想了一下美娜和大陆之间的每一次接触，确认应该没有暴露。

所以，当东第二次带人出现在他面前的时候，他没有任何反抗，只是以一个哥哥的身份追问着美娜的下落，询问东到底是谁，为什么绑架了自己的妹妹。他甚至主动提到了大陆。

"是不是跟大陆有关？"曲经问道。

他这么问情有可原，毕竟大陆是豪哥的人，豪哥是做什么的，不用打听，整个金三角的人都知道。

"你去了就全知道了。"东说。

曲经就没再反抗，大大方方出现在大陆和美娜的面前，当看到美娜时，曲经才绷不住愤怒起来："你们为什么把我妹妹打成那样！我妹妹怎么了？"

曲经看着大陆，大陆就抱歉地跟曲经解释："对不起，哥，是误会。没事的。"

曲经仍然不依不饶的："误会也不能把人打成这样啊，当初我就跟你说别跟他好你偏不信，现在傻了吧！"

曲经把气撒到了美娜头上，拿出那种恨铁不成钢的态势，就要把美娜带走。但被东拦住。

"既然来了，就踏实坐会儿聊聊。"

豪哥目睹了曲经整个从进门到发火要带美娜走的每一个细节动作，没发现有什么不对的地方，但他总隐隐感到有些不妥，既然来了，就必须了解个底掉儿才行。

这一点豪哥跟华哥不太一样，华哥采用的是那种"宁可错杀一千，不可放过一个"的处理问题方式。

而豪哥则不一样，他喜欢标榜自己赏罚分明，该杀的杀，不该杀的他是一个都不会杀的，生怕给外人留下一个不好的名声，在金三角这么多年，他格外注意自己的名声，尤其是当他跟华哥为了争夺地盘打得不可开交的敏感时期，他更加注重这些人事的格局。

但他不知道，在刚才大陆跟曲经一来一去的对话中，已经通过暗语把情报透露给了对方。

他们之间的真正对话是这样的：

"计划失败，豪哥回来了，我和艾米都被控制住。现在豪哥要杀美娜。"

"怎么办？"

"找达子，目前只有他能帮我们。"

信息传了出去，大陆这回心里有了底，他目送着豪哥把曲经带了出去，他知道豪哥一定是调查曲经和美娜之间的关系了，对这个他不担心，组织上已经为他们做了完整的档案，这里面没有任何漏洞。他唯一的担心就是豪哥心血来潮不按常理出牌，把他们全给干掉了。如果这样的话，那简直是太悲催了！

此刻，豪哥就在按照他出乎意料的方式在进行着，曲经了解完情况被重新带了回来，豪哥没发现这里面有什么不正常，所以，消除了对曲经和美娜的怀疑，按照他之前的做事逻辑，他应该让东送他们回去，还会给他们分别塞个红包压压惊，但现在他突然决定不这么做了，因为大陆的背叛让他耿耿于怀，他觉得大陆罪不可赦。最重要的，三个人全部在这里，他可以神不知鬼不觉把他们解决掉而不被外人知道。

所以，他给东使了个眼色，东把枪顶在了大陆的头上。

"你背叛了豪哥，我得为集团除害。"

最不希望发生的事情就要发生了，一种绝望的感觉瞬间涌了上来，他看着豪哥的那只独眼中阴鸷的目光，知道此时此刻再说那些多余的一点儿用也没有，他唯有剑走偏锋，尝试用他能想到的唯一的救命方式试一试效果。

他叹了一口气："本来是想保护你，但没想到让你如此生气，既然你不相信我，那就动手吧，死在你手里也算是有因有果。"

豪哥的眉头果然皱了起来，他拦住东的手："看来你话里有话，什么叫保护我，说出来听听。"

"自从上次您眼睛被炸坏以后，我一直觉得心有愧疚，总觉得没有保护好您，所以，就一直琢磨着如何报复华仔，但一直没有找到机会，正好，艾米跟我说起这个事情，我觉得正好是个机会，把您支走，是为了保护您，同时也是我立功心切，想给您一个惊喜。"

"什么惊喜？"

"我跟您说实话吧豪哥，我已经跟华哥那边的达子取得进一步的联系，两天之内，达子一定会来消息。到时，那 500 千克毒品和金三角的地盘就都是豪哥集团的了。"

说完最后的一句话，豪哥傻了。

这是大陆为自救信口开河说的一番话，但看到豪哥的反应，他知道这番话起了作用，索性就把他之前所想的计划和盘托出。

"真的豪哥，你相信我，如果你现在杀了我，不但毒品得不到，还有可能让华仔集团因为这次交易变得更强大。"

豪哥看着眼前的大陆，琢磨着他说的话有多少水分，他承认大陆说的话打动了他，如果大陆说的是真的，那么这计划就是豪哥集团翻身的机会，如果大陆说的是假的，也就是再等两天的事儿，到时验证了真伪再杀也不迟。

想到这儿，豪哥命令东放下了枪，他觉得权且把这事当成真的，等两天，未尝不可。

但大陆提出了一个条件，就是释放美娜和曲经，只有把他俩放了，这个计划才有可能实现。

豪哥仅剩下的那只眼睛转了转："都放了不可能，美娜先留下，只要你能把达子和那 500 千克新型毒品整过来，别说放人了，以后集团内，我老大你老二。"

豪哥拍着胸脯说。

第二天一早，达子像往常一样从房间里走出来，楼下全副武装的车辆在等着他，华哥也在，微笑地看着达子，目送着达子上了车，像往常一样道着辛苦，说些勉励的话，然后达子上车，跟押送的护卫戴上统一的面具，被武装护送到制毒车间。这是老姜出事后华哥统一要求的，目的是为了反劫持和暗杀。

车刚要开走的时候，他听到母亲的说话声。一回头看到母亲正和邓敏在院里早起健身，两人愉快地聊着天。达子看到这种情景，生怕母亲说走了嘴，要下车去阻止母亲和邓敏在一起。华哥笑着拦住了他。

"达子，没事，你不用下去了，老太太有邓敏陪着呢，你放心吧。"

达子只好转过头，看着母亲和邓敏一直到消失为止。

华哥看出了他的不安。自从金淑兰来了，华哥就看出达子总是魂不守舍的样子，他有些后悔，觉得听了邓敏的话，把金淑兰接过来是个错误，现在达子制毒都不是那么安心，那会影响进度的。

达子一定是担心母亲没人照料，更是担心，有人把制毒的事告诉母亲。所以今天走之前，华哥就和邓敏商量好了，让她带着金妈多出去玩，少在集团里面。这样，达子的顾虑也就都没有了。

这样想着，他把视线转向金淑兰，走了过去。

曲经回到酒吧脑子迅速开始转动起来，他知道目前能救大陆的只有达子，但他也知道这几乎是无法完成的任务，首先达子的身份到底是敌是友还没有最终得到确认，虽然说大陆坚信他没有叛变，但必须要有证据证明他自己才行。

更重要的是，自从那件事情发生之后华仔的防范措施比之前周全了许多，就算他仍然是自己人，愿意救大陆，自己也要设法跟他联系上才行，而且，不仅仅是传递信息那么简单，恐怕要亲自见到达子才行。

自己要当面见到他，那是没有可能的，只有间接见面，那怎么见呢？他想到了达子的制毒车间，如果能进制毒车间，不就能看到达子了吗？

他在制毒车间外面转了一天，那里防范措施已经升级，超出了他之前所掌握的情况，别说进入里面了，就算接近几乎都无可能。

就在他感到绝望的时候，他突然发现了有一个地方是与制毒车间连着的，那是一个山洞，一个从里面有很多黄水流入湄公河的山洞，凭借着曲经多年的经验，他判断这个山洞就是制毒车间的排污出口。当曲经看着装甲车向制毒车间开来的时候，他也开动了车子，车子停在了离那个山洞不远的地方。

他在车里拿出厚的防护服穿上，戴上防毒面具，拎着一个工程钳子以及必要的设备，开始向山洞口进发。

山洞口不到一人高，被铁栅栏拦住，上了锁，从山洞里不断地流出大量的泛着泡沫的水，散发着刺鼻的味道。这些水沿着一条山道直接灌入了下面的湄公河里，在湄公河强大的旋涡里，转瞬就被卷走了。

曲经来到栅栏前，用钳子把锁剪断，钻进了洞里。洞里的水味道更加地刺鼻，而且越往里走，水流越大，且水量也多了些，逐渐高过了曲经的小腿，曲经哈着腰，向前吃力地走着，他的面具和防护服里已经全是汗水。越往里走，他的头顶逐渐有了光亮，从这些光亮看出去，上面是一排排密密的铁箅子。曲经判断自己已经走到了制毒车间的大院里面，从箅子的孔望上去，他看到了一双皮鞋在不停地来回走动，一条狗一面闻着，一面向箅子里面看着。

曲经动作慢了下来，他尽量不弄出声音来，但是还是有一条狗仿佛发现了下面的他，不停地贴着箅子口向里面狂吠，曲经看到皮鞋上面低下来一张人脸，开始向里面察看，赶紧憋了一口气趴在了水中，一动也不敢动。狼狗闻不到气味，不再叫唤了，那双皮鞋又开始来回地走起来，曲经又站了起来，再次向里面摸去。

第42章

营救大陆

　　达子正在制毒车间制毒，他身后的警卫，在他的要求下，被华哥要求撤了出去，他告诉华哥，每天都跟在监狱中一样，他制毒的时候，还有人拿着枪，在后面守着，他感觉自己的压力太大，而且屋内又有摄像头。他让华哥把警卫撤掉，他才能更加安心地制毒。

　　华哥觉得，在这个马上就要供货的时候，给达子太大的压力也不好，所以他就把警卫撤了出去。

　　达子感觉现在状态很好，没有警卫守在后面，自己还能自由些，达子正在准备放入合水的时候，突然听到脚下传来嘀嘀嗒嗒的声音，那是在特训时听到的密码的声音，这个声音太熟悉了，以至于这个声音刚出现时，就掩盖了旁边风机的运转声，直接传进了达子的耳朵里。

　　一时之间，他以为自己是因为制毒有了幻觉，所以才听到这个声音时，他静了一会儿，这个声音并没有消失。声音是从脚下传过来的，他寻声看去，脚下的排水沟里，一只手正在用钳子轻轻敲击着箅子，原来真是有人在向他发送密码，达子辨认着密码的内容，是要求跟他对话，他脑海中判断着这个人的身份，他首先想到的是华哥派来试探他的手下，但紧接着他就否定了这个判断，判断此人应该是缉毒警。

他努力扒着下水道口试图看清来人的样子，但这个人跟自己一样戴着防护面具，他犹豫着该怎样回应时，这个人大概感觉到达子的犹疑，于是冒着危险摘下面具，露出整张脸来让达子看清自己。

曲经的这张脸一露出来，达子吓得立即跳开，那一瞬间他还以为曲经是来杀自己的。

"你别紧张，我找你是需要你帮忙。"

"你不是要杀我吗？"

"这次不是，大陆有危险，只有你能救他。"

"我？"

达子疑惑着，脑海中回忆着大陆为了救自己跟眼前这个人争吵时的样子，就是这个大陆，为了他，甚至不惜打伤自己的战友，那一刻让他感到温暖和感动，同时也让他联想到开枪打死毛乐时的心情，那也是一种在迫不得已的情况下对战友的挽救，大陆打伤了眼前这个人，但他仍要不顾危险跑来央求自己来救大陆，这说明他已经原谅了大陆，那他会不会也原谅自己呢？

达子这样想着，萌生了讲明事情真相的冲动，两人就这样，在略有些滑稽和危险的地方，一来一往中传递着信息，曲经告诉达子，现在大陆处于危险之中，被豪哥控制了，现在唯一的办法，就是要达子配合把大陆救出来。

"你这样跟我讲是命令我还是请求我？"

曲经说完之后，达子看着曲经，坚定地问道。

曲经一时没明白他什么意思："你什么意思？"

"你要是命令我，我会坚决地完成组织上交给我的任务，但你要是请求我，我可以答应你也可以拒绝你。"

达子坚定地看着曲经，等待着曲经的回答。

曲经瞬间从达子的眼神中读到了一丝狡黠，他恍然大悟。

"毛乐到底是怎么死的？"

"毛乐是我开枪打死的，但我是无奈的。毛乐为了保护我暴露了，华哥折磨他，他用那样的一双眼睛看着我，我知道他是在暗示我帮帮他，我实在看不过去，便开了枪。"

达子说到这儿，眼泪再次涌了出来，他此时像个蒙受委屈的孩子，声音哽咽着："还有制毒，我是被迫的，他拿枪顶着我的头，如果换了你，你会怎么办？现在，华仔又把我妈接来当人质控制我，我的情况越来越危险。所以，希望你也帮帮我。"

达子夹带着眼泪一口气说完，曲经就傻了，他来金三角工作这么多年，跟无数个卧底打过交道，但从来没有见过哪一个战友在他面前如此伤心地倾诉过自己的内心感受，也许，他们心里都有很多难言之隐，但大都来不及倾诉就告别了这里，甚至有很多是永远埋在了心里，再也没有机会讲出来。

那些活着离开的人，可能在多少年以后会跟自己的亲人提及那些过往，但那时再讲述这一切时大都语气变得平静，仿佛谈论的是别人的事。这就是卧底的真实处境，他们也是人，他们也会有委屈和眼泪。

曲经此刻听着达子在叙述自己的委屈，才知道自己一直在误会着达子，达子并没有背叛组织，而且处境也一样危险，特别是达子的母亲也被拖进了这场纷争当中，这不是组织想看到的，所以，他觉得现在他要把大陆和达子一起救出来。

他把心中的想法说了出来，让达子按照他说的去做，这样，既能救大陆，又能让达子脱离苦海。

曲经将计划说完，就着急往回走，他蹚着快没膝的水，越过一个个地沟算子，向洞口走去。正在他快走到一半时，身后突然传来狗吠声，曲经再想隐蔽已经来不及了，随着狗吠声，一个警卫从地漏上面发现了他，立即用冲锋枪向下面扫射。

曲经躲着那些子弹，在水中拼命地向外跑去，水太大，他在水中跑不开，速度和走几乎一样。再加上身上那厚重的衣服，更使他走得艰难，就在这时，身后"扑通"一声，一条狼狗从水沟上面跳了下来，闪电般地向他游来。曲经加快在水中前进的速度，用尽全身的力量向前冲去，但就要接近洞口的时候，狼狗却追了上来，一口就把他的腿咬住，开始把他向水中撕扯，曲经感到了一股钻心的疼痛袭来，他忍住伤痛，拖着那条狼狗向洞口外挣脱，在跨出洞口的那一刻，他终于可以站直了身，他腾出另一只脚，照着脚下的狼狗猛踹了过去。

狼狗惨叫着被踹了回去，曲经的一只鞋被狼狗咬了下去。曲经回手把洞口的铁栅栏死死地抓住。狼狗再从水中冲过来的时候，铁栅栏已经被曲经关上。它看着逃向车子的曲经，不停地吠叫，仿佛要报曲经刚才的一脚之仇。曲经知道警卫现在应该正向这边追过来，他不敢耽搁，一瘸一拐地蹚着水，跳上车，赤着脚，在警卫没有到来的时候开走了。

达子从车间出来时，看到警卫正在向华哥汇报着事情，地上放着一只染着血的鞋。达子的心立即缩紧了，当枪声响起时他就知道是曲经出了事，所以，他第一个就冲了出来，见到曲经人没被抓到，他松了一口气。这时，华哥已经接到报告以最快的速度赶到，正在听取负责基地保卫的工作人汇报情况。

"发生什么事了？"

达子假装什么都不知道，疑惑地问华哥，华哥告诉他，水沟里进人了，警卫没有抓到。现在他已经派人在水沟里安上红外线摄像头。

"这事儿你别管，你安心回去工作，有我们呢。另外，东南亚军来电话了，问能不能先交一部分。"

华哥说，他现在全部心思都在毒品产量上，东南亚军的压力如乌云般向他袭来，他现在有些后悔了，交易的数量应该一点点来就好了。他现在甚至怀疑排水沟发生的事情也是东南亚军派人干的，目的就是阻碍他们顺利生产出来，好找他的责任，自己的制毒基地设备之完善，规模之巨大，在金三角是名声在外的，不仅仅是豪哥嫉妒，其他的毒枭，包括有军方背景的东南亚军也是一直觊觎着呢，他不得不防。

"后天，先交一半。"

达子说，达子的回答出乎华哥的意料，他不知道这正中达子的下怀，曲经刚跟他交代的营救大陆的计划，就跟这次交易有关，所以，华哥的提问正好给了他最好的机会。

华哥对于这样的回答非常满意，他对东南亚军那边心里有了底。但是是什么人进了水沟，又来做什么，他得仔细调查一下，交货在即，千万不能再有什么疏忽。

想到这儿，他命令跟随自己来的手下把自己的随身卫队也调来做制毒基地的警戒，同时将防御距离向外延伸一公里。他还命令手下立即联系境外军火商，添置一批包括装甲车、M4（卡宾枪）等国外雇佣军正使用的新型武器，甚至他还购买了一架小型无人侦察机用来加固制毒基地的空中侦察防御，力图在敌人行动前就提早获悉情况，将敌人的行动消灭在萌芽状态。

第43章

大 陆 获 救

　　艾米被豪哥软禁着，不知道大陆现在是什么情况，她现在特别后悔拖累了大陆，如果没有自己的一意孤行，也就不会惹出这么多麻烦。现在，一切都晚了，自己的事情还要自己解决，她想去找豪哥，要求豪哥把大陆放了。

　　她还没有去找豪哥，豪哥先来找她了。开始时豪哥是打算好好借此事惩戒一下这个任性的妹妹的，但当他得知艾米已经三天没有吃饭后，就坐不住了。他太了解艾米了，如果他不主动跟艾米承认错误的话，艾米是很有可能把这件事情一直坚持下去的，直到把自己饿死。

　　豪哥命令手下做了几个艾米从小最爱吃的菜，端了过来，但艾米看到豪哥，仿佛没有看到一样，把头扭了过去。

　　"你还有理了，赶紧吃一点儿吧，再不吃饭，身体会垮的。"

　　豪哥看着消瘦下来的艾米，嗔怪地说着，虽然认为艾米做了很出格的事，但毕竟是他的亲妹妹，他不想看到自己的妹妹一直悲伤下去。妹妹还是妹妹，再做什么出格的事，他也不能不要妹妹。

　　"我不吃，你拿回去吧。"

"这件事是你办得有问题，怎么还怪上我了，我知道你是为我好，但你把事情想得太简单了，哥在这边有好多事情要做，怎么可能就随意离开，把偌大的产业交给一个年轻人。你想过没有，幸亏没有造成更大的危害，否则，别说你不吃饭了，连我这条命都保不住了。"

豪哥端起碗，像小时候一样，拿着勺子伸到艾米的嘴边："张嘴！"

艾米犹豫了一下，张开嘴，吃了一口。

豪哥松了口气，把碗递给艾米，让她自己吃，艾米吃的时候，他抚摸着她的头发，像小时候一样，边爱抚着边嗔怪地说着教育她的话。

"哥，你和我走吧。"

艾米满含着泪水看着哥哥，她觉得只有哥哥这一个亲人了，她真的不想哥哥再受到任何伤害，哥哥的手抚摸着她的感觉，让她想起了他们的小时候，她把头转过来，忧伤地看着哥哥。

"艾米，我懂你的心意，但我不能离开，现在，就算死，我也要死在这里。"

豪哥的话，让艾米刚刚生发出的那小时候的情怀又消失了。她难过地看着自己的哥哥，她现在对这件事没有奢望了，可是大陆，她不能让他为自己受罪。

"好吧，既然你意已决我就不劝你了，但是，你为什么要把大陆给抓起来，他做这件事完全是我的授意，你没有理由惩罚大陆。"

"他的事你别管了，这是我们集团内部的问题，跟你没有关系。"

豪哥不太高兴，他想到了艾米会为大陆求情，但没想到她全部心思都是为了救大陆，而对他似乎全不上心，这让他有些失落。

"哥，你不能伤害大陆。如果大陆有什么三长两短，我就和你断绝关系。"

妹妹如此在意大陆，让豪哥心情很是不快，大陆怎么也是个外人，为什么妹妹会这么挂念大陆？妹妹最后一句话，说得这么狠，他为妹妹感到可惜，他觉得女人见识都太短，她并不了解那只是一个偷腥的男人。

"艾米，你是不是爱上他了？"

想到这儿豪哥问道，他希望艾米能摇头否认，那多少还能让他好受些，然后他会告诉妹妹大陆身后还有一个女人，他到底是个什么样的男人，趁机教会她如何辨别一个好男人。但他没想到艾米却斩钉截铁地说："是的，我爱他。"

这三个字不亚于三发子弹打在豪哥的心上，他愣在那里，就在他还没有完全做出反应时，艾米接下来说出了更令他痛苦和心寒的话来。

"哥，我不仅爱他，我还有了他的孩子！"

艾米说得很认真，也很坚定，豪哥看着眼前的妹妹，突然觉得自己不认识她了。大陆让艾米怀上了孩子，而且就在他的眼皮底下，这个结果像一发炮弹轰在他的心上，他从没有感觉自己这么失败，比当初瞎了一只眼睛还觉得沮丧。他现在最想做的就是恨不得把大陆碎尸万段。

他抬起手给了妹妹一个嘴巴，这一个嘴巴把艾米打愣在那里。但能救出大陆也是值得的，她内心这样想着，准备以此要挟豪哥放出大陆，正在这时，东匆匆忙忙从外面冲了进来。

"豪哥！"

东收住脚步，看着豪哥。

"讲！"

豪哥看着东，东手中攥着一个手机，豪哥隐隐感觉到东的出现一定也跟大陆有关，因为那手机是大陆的。

"那边来消息了！"东说，递过手机，"豪哥，看这个，是达子发过来的。"

豪哥接过手机，看着上面的一条信息，信息是达子发过来的。

"冰毒将于后天交货，里应外合，配合盗货。货丢了，军方不会饶了华仔，华仔的死期也到了，今后就是豪哥的天下，我只为豪哥制毒。但是为了防止华仔狗急跳墙，找豪哥火并，我们必须做两手准备，保护好豪哥。"

豪哥看到这个有些喜出望外，如果这个消息属实的话，那么大陆说的跟达子里应外合一起劫持毒品就是真的，看来自己是错怪了他，他现在对于大陆和美娜的事，已经不认为是事了，男人嘛，有这样的需求也是正常的。

想到这儿，他离开了艾米的房间，随着东来到大陆和美娜待的房间。

"这么大的事，为何不和我商量一下？"

豪哥给大陆松绑，并双手挽起大陆。

"我是怕豪哥您不走，更怕艾米阻拦此事，所以我是瞒着艾米，顺水推舟让艾米帮我把您带走，再试图盗货，打击华仔。等局面稳定后，再把您接回来。毕竟豪哥您的伤还没好，行动不便。不管用什么方式，先把您保护起来，现在，豪哥您知道了吧，我所做的一切，都是为了集团着想。"

豪哥觉得大陆说的这一切还有些道理，关键的是，现如今给他提供了一条路，能得到达子，干掉华仔。这是豪哥朝思暮想的事。不管真的假的，只要能让他达到目的，美梦成真，就是好的。

自从那只眼睛被华仔弄瞎以后，他每天夜里都会摩拳擦掌，恨得牙根直痒痒，复仇的火焰一天天在他心里燃烧着，只不过没有表露出来而已，一想到后天华仔将会被东南亚军消灭在炮火中，他豪哥集团将成为金三角独大，他就抑制不住地高兴起来，当下就放了美娜，亲自给大陆摘下手铐，让大陆和达子联系，准备实施盗货计划。

大陆刚要离开时，豪哥又把他叫住，大陆以为豪哥发现了什么情况，又反悔了，不禁疑惑地看着豪哥。

"跟美娜断绝关系，好好对待艾米。如果艾米肚子里的孩子有任何闪失，我绝饶不了你。"

豪哥说艾米，还说艾米肚子里的孩子与自己有关，这是怎么回事？大陆没有想明白。

"豪哥，你说什么，艾米的孩子，怎么回事？"

"你知道吗，我不杀你不是因为你帮我复仇，而是因为艾米，如果不是因为艾米，我早就杀了你。如果你对不起艾米，我一样会杀了你，但是，如果你能善待艾米，做一个好老公、好父亲，那公司将来就都是你的。"

豪哥的话让大陆越听越糊涂，虽然真相他不知道，但知道这件事肯定跟艾米和豪哥说了什么有关，而且豪哥说的孩子，就是自己和艾米的。自己什么时候和艾米有过接触？哪里会有孩子？艾米说出这种话，明显是试图保护他，这个女人用假怀孕来蒙骗豪哥，大陆觉得自己对于艾米有了更多的亏欠，心中越发觉得艾米可爱起来。

大陆现在获得自由，只有一种想法，就是要马上见到这个可爱的女人。

当艾米打开门时，看到了有些消瘦的大陆站在她的面前，她不顾一切地把大陆拥抱住。艾米的手死死地环抱着大陆的身体，大陆用手轻轻地拍着她的后背，艾米希望一直这样抱着大陆，她舍不得放开眼前这个男人，他为了她做了那么多事情，同时又为她受了那么多委屈，她想补偿他什么，她死死地抱紧大陆。

"听说，艾米小姐有了我的孩子？"

大陆为了消除尴尬，和她逗趣道。

"是，是因为这个哥哥放了你？"

艾米笑着抬起了头，她的眼睛中含着晶莹的泪水，大陆微笑看着她，仿佛又回到了与阿芒分别的时刻，那时阿芒也是有着幸福的眼泪，大陆用手轻轻地擦干即将流出的泪水，他们那次是离别，而现在是与艾米再次相逢。

大陆知道艾米为了自己也是想尽了办法，最后实在没有招儿了，才不得不用了这个方法，他越发觉得艾米可爱，这个女人现在就温柔地抱着他。他不想让她受到更多的伤害，他在心中下了决心，在即将到来的那场火并中，自己一定要保护好艾米。

"是，正因为艾米小姐的话，豪哥才放了我。"

大陆认真地对艾米说，艾米却突然羞涩起来。

第44章

达子的秘密

豪哥把王警官约到了茶楼喝茶，因为大陆和达子计划要盗货这事，没有王警官就做不成。就像上次湄公河上的劫案，王警官不在中间周旋，那件事，就会演变为鱼死网破。

所以这次，豪哥觉得还是非他莫属，他把计划和王警官和盘倒了出来，王警官听后一直在不停地摇头，这让豪哥感到有些奇怪，他并不知道，王警官现在人在跟豪哥喝茶，心里却早已经失魂落魄，全没在他这儿。

因为就在前两天，他家里出了件事儿。那天，他从床上起来，就感觉床下湿乎乎一片，一摸是满手的血，他一个激灵就跳下了床。在他的床上，他找到了陪伴了他二十余年的鹦鹉的尸体，尸体的旁边留了纸条，上面写着："做人要有规矩，该拿的钱拿，不该拿的拿了是有报应的！"

从这句话中，他判断是华仔派人干的，对于湄公河的事很不满意，所以给他一个下马威。后来，华仔真就打来电话，对于鹦鹉的死亡表示哀悼。

于是他对于华仔更加畏惧，因为，有人能进入他的房间，还在他毫不知情的情况下，把死了的鹦鹉放入他的被窝里，可想而知，如果那个人要把刀架在他的脖子上，取他的人头那也是易如反掌。

现在豪哥要让他和华仔对着干，他的手心里都冒出了汗，他不是不想蹚这个浑水，就怕水蹚了，脑袋没有保住。

"王警官，你就放心吧，这件事情天衣无缝，到时里应外合，一定没有问题，事情成了，你我各持一半如何？"

豪哥拿着手指蘸了茶水，在桌子上画了一个圈，又从中间画了一个竖。王警官一看，明白豪哥这次也是大手笔，自己在最后可以得到华仔集团一半的地盘和房产，那就是以亿计数的事了。

王警官现在觉得不妨一试，自从鹦鹉死后，他就有些耿耿于怀，一方面畏惧，一方面恨得咬牙切齿，好几次夜里突然醒来不敢入睡。如果真借豪哥的手把华仔给收拾了，仇报了，自己的生活也平静了，同时还获得了财产，岂不是三全其美？这样想着，他把茶杯中的茶一饮而尽，告诉豪哥回去做准备吧，然后推说警局有事，借着夜色走掉了。

金淑兰这几天让邓敏陪着在金三角转了一大圈，对于当地风土人情有了初步的了解，所以，在邓敏忙的时候，她就想自己出去走走，因为她觉得了解一个地方，光凭着那种走马观花式的方法，很没有意思，只有深入坊间，才会找寻到那些地方的民俗底蕴。

金淑兰也不敢走远，就在集团的附近溜达，看到有个菜市场，就走了进去。想着顺便买些水果回去，因为语言不通，她和当地人沟通起来费了很多劲，但是还算可以，连比画带看实物，她也成功地买到了中意的水果。

水果买得多了些，她有些拿不动，就想让卖水果的帮她拿到集团去，也算给大家弄点福利，替儿子维护下周围的人际关系。但是奇怪的是，当卖水果的人看到她手指的建筑物的时候，就已然吓得慌了手脚。

他直接把自己的水果塞到她的怀里，而且把刚才收的钱分文不差地退了回来。等金淑兰再问别的卖水果的，不是表现得非常惊慌，就是避而不答，给金淑兰弄糊涂了，她不知道出了什么问题。

直到碰到一个懂中文的，她指了下集团位置，问了下怎么回事，那人才失口说出那是毒枭的老窝，一般人都会畏惧几分。这样一说，金淑兰怀里的水果就滚到了地上，她这才意识到，自己现在居住的地方，真的与众不同，过于奢侈，过于戒备。

回来之后，她一直焦急地在等着达子的归来，她要问清楚儿子，他现在到底在做什么，她现在是又气又恨。

"达子，你告诉我，你这里是什么集团？是不是个毒窝？"

达子一进门，母亲就劈头盖脸地问这一句，让达子一时不知该如何回答，他不知道母亲在哪里听到了什么消息。

"妈，谁跟你说的？"

母亲话一出口，达子的头就大了，看来古人说的话还是对的，纸里包不住火，该露馅的还是露了。

金淑兰一看到他这么说，更加证明了自己的判断，甩手就给了他一个嘴巴。

"你太不争气了，好不容易组织给了你改过自新的机会，没想到你这么不争气，刚才我都听人说了，这里就是贩毒集团，我养你这么大，天天替你担惊受怕，怕你学坏，你却偏偏不往好道走。你是不是越学越傻了？"

母亲捶胸顿足地说着，达子一听组织两字，心里激灵一下，他马上把母亲的嘴捂上，暗示她不要再说了。可是金淑兰却觉得儿子的脸皮现在太厚了，自己敢做的事，就要敢当。她再也憋不住了，她现在要痛骂他一番，然后把儿子带出苦海。

就在两个人争执的时候，邓敏从房门前经过，听到房间里的争论声，附耳倾听。听着听着，她的表情变得紧张起来。

邓敏越听越觉得不对，母子之间的争吵，透过门板清晰地传到她的耳朵里，现在达子和母亲在围绕着武警的事情激烈地争吵着。"武警"在金三角是特别敏感的字眼，这两个字跟"警察"一样是他们这些制毒贩毒的人的天敌。

现在，这对母子正在为警察和走正道争吵，而且邓敏还隐约听到达子与某个组织还有什么关系，她就更感觉母子俩一定有着不可告人的秘密。

"达子，亏得国家把你从歧途中拉出来给你机会改过自新，你现在怎么能干上这么个行当！"

金淑兰大声地质问，邓敏听得真真切切。

"妈，妈。"

达子叫了两声妈之后，屋内的声音突然低了下来，好像达子在小声和母亲说着什么，邓敏为了听得更清楚，把头发挽了一下，靠近了门板。

"吧嗒"她的发卡不小心掉在了地上，发出轻微的声音。但是这个声音明显引起了屋内人的警觉，她听到达子的脚步声向门这边响了起来。

邓敏马上转身，飞快地走向了走廊尽头的楼梯。

达子快步来到了房门前，迅速把门打开，一个身影已经闪进了二楼的楼梯口，他看出来那是邓敏，达子一时间紧张起来，他不知道邓敏到底听到了多少，是否已经知道了他的情况。正当他要转身进屋的时候，脚下踩到了一个东西，那是一个女式发卡，达子有了主意，又转身走进了母亲的房间。

"达子，你现在就跟我回去，不能再干这个了，跟我回去自首。"

金淑兰说完，把衣服又一件件地往行李箱里装，达子看到母亲的脸气得通红，嘴唇也变得有些发紫，他知道，母亲是真动了肝火，现在他说什么都没有用了。

达子扑通一下给母亲跪了下来："妈，不是孩儿不孝，是我真的有难言之隐，现在还暂时没法和你说清楚，你就相信我这一回。"

达子抱着母亲的腿，金淑兰不再收拾衣服，她的眼泪扑簌地掉了下来，她看着儿子跪在她的面前，她不知道该怎么做，儿子的所作所为真的伤透了她的心。达子确确实实在为贩毒集团工作，说明儿子永远也不可能抵抗住毒品的诱惑，只能一次次被引入犯罪的深渊。

她为面前跪着的儿子感到痛心，她为他的不争气而感到悲伤。她再也不想见到这个儿子，她越想越气，扬起手，给了达子重重的一记耳光。

深深的手指印，印在了儿子的脸上，却打在母亲的心上。金淑兰打完之后又一时心疼抱住了儿子的头。金淑兰和儿子相拥而泣，达子不怪自己的母亲，他只是想让母亲把火发出来才好。

"妈，你现在也知道了，这些人就是毒贩，他们每个人都是心狠手辣，你在这里不要乱说话，我也想走，在找机会，你就先在这儿待一段时间吧。"

闹到这个份儿上，达子只能如实告诉母亲，让母亲提高警惕，也告诉了母亲短时间内离开是不可能的，他希望母亲能先安下心来，当母亲暂时平静下来，他就快速地从母亲房间里走了出来。

他不敢再耽搁时间，他现在有更重要的任务要去完成。他转身上了楼梯，来到邓敏的房间门口，他想了一下，敲了门。

邓敏从门里闪出了身，她穿着一身丝绸的睡衣，看似正要准备休息。看了看达子，让开了门示意他进来。

达子进了屋，邓敏回身关门的时候，达子从后面把她牢牢地抱住。达子用力地抱着她，他动了掐死她的念头，如果没有她，自己的母亲就不会来了。

邓敏似乎看穿了达子的心思，不但没有惧怕，反倒转过脸看着他，流露出一副视死如归的气势，眼睛直勾勾地看着达子，这让达子有些慌神儿，他扭过头掩饰着想避开邓敏的目光，但却被邓敏扳了过来，终于，两张嘴亲在了一起。

邓敏呼吸渐渐由急促变得平稳起来，身体也开始逐渐变软，而达子则更是喘气不均匀起来，感觉整个人都朝一个地方滑落……

第45章

大功告成

过了不知道多少时间，达子才清醒过来，他有些愤恨和羞愧，怎么竟如此轻易就由杀机转成了爱欲，他满脸绯红地看着邓敏，邓敏也微笑着注视着他，似乎在等他说什么。

"刚才，我和我妈吵架，是不是吓到了你？"

达子试探性地问道。

"哦，吵架？我没有听到，你们吵什么了？"邓敏诧异地看着达子，"阿姨刚来你就跟她吵架，太不懂事了吧。"

达子看着邓敏，这次他没有闪躲，试图从她眼睛中判断她说的是实话还是掩饰，但结果他失败了。因为从邓敏那双乌黑的眼睛里，看到的除了柔情暧昧就是迷乱。

他跳开视线："没事，刚才，母亲在责怪我为什么不考警校，反而干上了这个，小时候我一心想当警察，但结果没想到我却完全反其道而行之，我妈一直耿耿于怀。"

达子边说边把邓敏的发卡帮她戴上。

邓敏看到发卡，很意外："我正找呢，怎么在你这儿？你什么时候拿走的？"

"是我捡到的，我先回去了，你也早些睡吧。"

达子用手抚摸着邓敏，邓敏把他抱得更紧了。

第二天一早，金淑兰很早就起来了，说起得早，实际上是她一夜都没有合眼，她整个夜里都在翻来覆去纠结着儿子的处境。天亮时，她决定了，今天就订票，明天就带着儿子离开这个鬼地方，让儿子再也不要沾到毒品的边。从此与儿子相依为命，就算两个人吃咸菜，也不让儿子再制毒、贩毒，总之与"毒"字沾上边的，就不要再在生命中出现。

她这样想着，匆匆向集团外走去。

邓敏每天都习惯了与金淑兰一起晨练，因为昨天达子的表现，邓敏今天也起得很早，想来叫金淑兰晨练，同时也想趁机开导开导她。

正走着，邓敏碰到了金淑兰。金淑兰不再如前几天那样热情，邓敏看了出来，知道老太太心里有事，她笑着迎了上去。

"阿姨，正好，来找你去晨练。"

"今天不去了，对了，附近有银行吗？我要取点钱。"

"阿姨，你要钱干什么，我这儿就有，你先拿去用。"

邓敏说着，掏出钱包，递了过去。没想到被金淑兰给推开了："不用，我自己有，你们的钱不干净。"

邓敏就愣住了："阿姨，怎么不干净了？"

金淑兰这才知道说走了嘴，赶紧往回找补，跟邓敏解释道："哦，我是说，你们的钱，也是来得不容易，还是我自己去取吧。"

邓敏看老太太如此坚决，就由她自己去了。

金淑兰没走多远，突然想起了一件事，转过身叫住了要走的邓敏："对了，前几天我送你的镯子呢？"

邓敏见老太太支支吾吾，就感觉到什么，赶紧露出胳膊上的镯子示意给金淑兰看。这是金淑兰第一次见到邓敏时送的礼物，那时，她认定了儿子是跟这个女人有可能结婚的，所以，潜意识里把邓敏当成了未来的儿媳妇，毫不吝惜就把自己戴了近三十年的镯子当见面礼送给了邓敏，现在她忽然感到有些心疼，想要回来。

"这个镯子太老了，不太适合你，你先给我吧，回头有机会阿姨再给你买个新的。"

金淑兰脸涨得通红，长这么大，还是第一次把送出去的东西给要回来，她感到臊得慌，邓敏的脸也有点发红，听金淑兰这么一说，赶紧尴尬地把镯子摘了下来，递给她。

金淑兰拿过镯子不再说话，甩开邓敏的手，大步走开了。邓敏看到金淑兰如此决绝的表现，就知道一定是发生了某种变故，她必须把这个异常情况马上告诉华哥。她可以跟达子故意装作什么都不知道，但不能这样对待华哥。

湄公河畔一座小寺庙内，一早香火就开始旺盛起来，鎏金的多层房檐在朝阳的照耀下，散射出一圈圈的光芒。寺庙的院内一个香炉里燃烧着一些刚刚敬上去的香，华哥的手下在院门外安静地等待着华哥上香出来。

华哥今天一身素装，身旁的小僧人送来蜡烛，华哥把三炷香点燃，香猛烈地燃烧着，他举过头顶，口中默念佛语，然后，用左手将香分别插入面前的香炉之中。然后手里拿着香从偏门绕进大殿，在佛像面前的蒲团上，合膝跪下，叩了三叩，跟着的小僧人，口中跟着默念佛语。华哥叩完直起身来，他径直走到小僧人面前，露出关切的神色。

"最近好吗？"

小僧人没有说话，双手合十，作了一揖，然后伸出一只手，做出了送客的动作。

"需要什么就跟我说，千万别闷着。"

华哥往僧人的手里放了两沓厚厚的香火钱，僧人把钱又推给了华哥。

华哥没有去接，他伤心地摇了摇头。僧人看他不接，随手把这钱扔进了功德箱内，引来了其他香客诧异的目光。

邓敏看到华哥出来，迎了上去。

"华哥，昨天我听到了达子和金淑兰吵架，金淑兰已经知道了达子在制毒，她不同意达子做咱们这行。"

华哥从寺庙出来，刚才在小僧人那儿碰了一鼻子灰，本来就有些心烦意乱，现在又听邓敏说起这个事情，他的心情就更不顺了。

"不管她，今天，是达子制毒最后一天，只要达子不跑就行，老太太那里你看好了。"

华哥说完回身上了车，邓敏看着他离去，也驾车回了集团。

今天是达子完成毒品的最后一天，在他拆包打散再包装的策略下，效率明显提升了很多，终于紧赶慢赶在约定的时间内，保证剩余的毒品交付给东南亚军。

达子把制出的最后一些毒品拿到电子秤上去称量，正好 5 千克，而且还有些富余。也就是说要交付给东南亚军的东西，已经全部完成，今天把库存的所有毒品全部打包，就可以按时按量地交到对方的手中，达子的心终于放了下来。他知道，他的计划才刚刚开始。

他去卫生间把手机关掉，把后盖卸了下来，然后把准备好的定位磁点镶在后盖上，重新把手机扣上，走出卫生间和华哥一起上了车。

除了每天标配的装甲车和吉普车之外，华仔集团的所有军事武装力量差不多都被华哥安排了过来，今天运送毒品的车快达到二十辆之多，车里面坐满了拿着武器的华仔集团的人，货被装在了一个中型厢货中。

达子出来的时候，货都已经全部装好。五辆车在前面开路，厢货在中间，其他的车在后面护卫，达子的装甲车和华哥的车都跟在车队的后面，就这样，集团的车队浩浩荡荡向平章公路开了过来。

达子坐在装甲车里看着，前面的厢货被改装成运水果的车子，外面贴着醒目的水果的广告标语。车队都是高档车，路人看来，就是几辆一起在路上跑的车子，谁也不会想到，这是一个前后联系着的车队。车子里所有的对讲机都开着，达子旁边的一个手下手里的枪膛都是满的，他随时监视着外面的一切情况。

车队走得很快，已经走了一大半的路程，道路自动收窄了，车队整体的速度也降了下来，再往前就是一段山路，公路就从那里隐到山的后面去。前面的车队，走着走着，发现前面不远的地方，有些阳光在反射，车里的人拿起了望远镜，透过望远镜，他看清了反射光的是几台警车，警车靠在路的两侧，中间有一个临时路障，把本来就变窄的路拦了起来。

"华哥，前面有警察，怎么办？"

对讲机里传出声音，华哥和达子坐在装甲车里，华哥听到这个消息一惊，再往回退，是不可能了。好在他内心里，也没把这几个警察看在眼里。

车队已经开到了警察的眼前，对讲机里传出了前车上的人着急的声音："华哥，警察要查车了，怎么办？"

华哥把手机扔在了一边，一把抓起对讲机："查，让他们查，他们要敢动厢货，就和他们拼。"

达子也把自己的枪上了膛，他知道这里不会有危险，他主要做给华哥看，自己与他生死与共。

他们的车向车队的前面开去，警察已经开始查车了，正好查到了厢货那里。华哥和达子下了车，迅速向那个要查厢货的警察走了过去。

"兄弟，我们是王警官的朋友，你看，能不能不要查了？"

华哥满脸堆笑和警察套着近乎。

"什么王李的，我们这是公务，闪开。"

警察把挡在面前的华哥推到了一边。

"来，打开，这里面是什么？"

"水果，堆得满，打开怕散了。"

华哥又凑了过去，他边说，边把手伸在后面，向手下示意着，有情况就开枪。

第46章

货物被劫

　　警察执意要华哥把厢货打开，华哥无奈吩咐手下，把后厢门打开。厢门打开，水果满满地塞住了整个车厢口，警察围着车门看了一圈，没有看出什么，他伸手够那个门把手，要攀上车去。

　　这个动作吓坏了所有的人，华哥手下的枪口已经对准了在场的所有警察，达子看到华哥的眼神中已经动了杀机，好在警察刚要爬上车时，突然又放弃了上车的想法，下了车，招了招手，示意把车门关上。

　　"厢货可以走了，其余的车，都留下来检查。"警察瞅瞅华哥，"带枪的都需检查，一个个登记。"

　　其余的警察立即把那些小车的车门堵住，要求每个人都下车，接受检查。

　　厢货在警察的指引下，通过了关卡，其余车辆滞留在关卡处。几个当地车因为没有携带枪支，被顺利放行，他们被堵在了厢货的后面，使劲地按着喇叭，示意司机快点开。厢货司机无奈，硬着头皮向前开去。

　　华哥抄起对讲机嘱咐着："小心点，注意安全，过了拐弯处，等着我。"

达子紧张起来，因为按照计划，豪哥的人就埋伏在拐弯处等着他的货呢，达子目送着那辆厢货渐渐转过山脚，他的心更提溜起来，如果计划失败，一切就都完了。

厢货拐过山脚后停了下来，路变宽了，后面的几个小车鱼跃地穿了过去，厢货的司机把手刹拉起来，耐心等待着华哥车队的到来。但他没注意到山脚旁的草丛中，钻出了几个人，这是东及大陆还有其他豪哥的手下。他们利用倒车镜的盲区贴近驾驶室，等司机发现想做出反应时，大陆的枪已经顶在了他的脑门儿上。

"别出声！"

大陆命令着司机，司机的手伸向旁边，要去拿枪，但他慢了一步，东从副驾上已经把枪夺了下来。司机乖乖地举起了手。

东控制住了司机，大陆带着其余的兄弟向车后摸去，在他向车后走的时候，厢货轻微地动了一下，本想直接卸货拉走的大陆改变了主意，这厢货里藏着人，如果现在打开后厢门，他和手下会被打成筛子。他向几个手下招了招手，示意他们回到自己的车上去，厢货里的人仿佛已经知道外面发生了变故，开始不断地骚动起来，车厢产生剧烈的晃动。

大陆返回了驾驶室，把已经被东干掉的司机扔下了车，一脚油门把车开上了大路。厢货里的人，开始疯狂地敲着厢体。大陆听着里面至少有十个人，他在路上不停地晃着开车，里面的人不断地被甩到厢货的厢板上，他们在向后门开着枪，企图从里面把门打开，大陆加大油门向山里的道上开去。

华哥和达子好不容易接受完检查，领着车队飞快地绕过了山体，厢货车却不翼而飞，只剩下一具司机的尸体。华哥看了看死去的司机，又上了装甲车，华哥的淡定让达子有些奇怪，货丢了，这么大的事儿，按华哥的性格早就暴跳如雷了，可今天却不急不躁，他突然觉得这件事似乎不是他和大陆想得那么简单。

想到这里，他试探着问华哥："华哥，货丢了，东南亚军那里，咱们怎么办呀？"

"该怎么办还怎么办，走。"

华哥上了车，率领车队继续向毒品交易的目的地开去。

达子不知道华哥葫芦里卖的什么药，也不敢多问，只是内心打鼓，期盼着大陆那边能进行得顺利。

大陆开着车向树林深处而来，远远地就看到豪哥那辆奔驰房车停在那里，豪哥看到大陆从车上下来，热情地迎了上去，拥抱着大陆。厢货里的人现在已经知道自己被劫了，他们在胡乱地向外打着枪，大叫着，厢货摇动得不如刚才激烈了，那些人在里面，空气不断地减少，再加上大陆刚才那一段强烈的摇摆，里面的人恐怕都筋疲力尽了。后门的锁，已经被打烂了，但是外面的那几个大的杠锁却无法打开。里面的人准备合着力，要把后门撞开。

豪哥看着那渐渐要被撞开的后门，微笑着跟手下一挥手，旁边一辆用皮卡改造成的武装车开了过来，那上面架了一架美军陆军正在服役的最新式重机枪，机枪对准厢货后门，突然开火。随着强烈的嗒嗒声，厢式货车被子弹打得几乎跳了起来。一梭子子弹下去，厢式货车内冒着烟流出一摊污血，像堆烂泥一样横躺在草地上不动了。

大陆带着手下走了过去，拉开门，稀碎的水果和浑身是血的尸体滚落了出来，大陆从这些东西上迈了过去，在厢货的角落里找到了一个包装严密的木箱。大陆和手下把木箱抬了出来，豪哥走了过来。

"快，快打开。"

手下拿来撬杠，去撬那个木箱的包装带。豪哥看着心急，一下把撬杠抢了过去，只用几下，就把上面的木盖打开。木箱被打开，里面的东西现了出来，让所有人都呆住的是，里面没有成摞的毒品，只在箱底放了一部手机。

豪哥脸绿了，觉得自己像个猴子被人给要了，三番五次钻进了达子的圈套中，他愤怒地拔出枪正要回头质问大陆，箱子里面的手机响了起来。大陆看了眼豪哥，把手机接了起来。

"这个游戏好玩吗？哈哈哈！"

手机没有免提，但华哥的声音却像放大了多少倍，刺耳地传进了大陆和豪哥以及在场其他人的耳朵里，豪哥脸更加绿了，举起枪，就要朝大陆扣动扳机。

大陆却突然伸出手："等等豪哥，如果是您，也不会这样送货对不对，一定还有另一条路通往交易地点。我们只要知道他们的交易地点就一定能堵到他们，如果最后这件事情仍是失败，你再开枪也不迟。"

豪哥听着大陆的话，迅速回到奔驰房车上，打开那里面的远程监控视频，仔细观看着达哥车队驶出大门前后的画面。突然，他注意到，在达哥车队驶出大门后没多久，另外一辆厢式货车就悄悄驶了出来，驶离门前小路后，朝另外一条路驶去。

但此时华哥还没有意识到这种危险，仍沉浸在自己布局成功的得意中。

"他们想和我斗，还是太嫩了点。"华哥挂断手机对达子说。

华哥电话中说的话达子听得真真切切，他知道，这回是大陆和他一起中计了。他内心焦虑起来，开始为大陆的处境担忧。

这时，华哥又拨通了一个电话，胸有成竹地催促着整个车队快一些向交易地点开去。达子听出来了，货根本就没在厢货上，而是让华哥做了一个金蝉脱壳，还有一伙人把货正送往交易地点。

华哥车队行进的同时，有一个拉香蕉的车正在山间的道路上全速地向交易地点开进。这辆车才是华哥真正的运货车，车里只有他两个手下，一个稍瘦，一个偏胖，两个人都是跟着华哥混迹多年的心腹。他们在华哥的授意下，一大早就把货放进了装香蕉的水果箱中，天没亮就从集团开了出去。在山里绕了大半天的工夫才走完路程的一大半，盘山道弯弯曲曲，他们不停地交换着开车。

两个人开着这辆破车，一路上走走停停，开的时间长了，两个人都有些头昏脑涨，但丝毫不敢怠慢，还有五公里，交易在望，两个人想过了前面的十字路口，再停下来休息一下，好完成最后的冲刺。

正在继续往前开的时候，前方路口突然出现很多车辆，还有很多人围在那里，似乎是出车祸了，将道路围得水泄不通，瘦子疯狂地按着喇叭，胖子也把头伸出了车门，催促着快些走。

他们正着急的时候，一个穿着当地民族衣服的人走了过来。

"别按了，没看前面出事了吗？"

瘦子看到过不去，准备掉头换条路开走，他的车刚掉过了头，迎面就开来一辆吉普，还没等看清，对面开车的人一枚子弹就从前风挡穿了过来，瘦子当场见了阎王，胖子迅速开枪还击，但眼见对方火力越来越猛，只得弃车而逃，吉普车上，大陆和东下了车。

他们指挥着手下，打开香蕉箱，终于露出了里面藏着的毒品，手下兴奋起来，把瘦子的尸体踹下车，把货物搬到自己车上，开着装货的吉普扬长而去。等到他们走远，那个中弹负伤的胖子才从远处藏身处走了出来，他捂着胳膊犹豫了一会儿，还是上了车朝预定的集结地驶去。

此时，达子和华哥已经从另一条路开到了交货地点。这是热带雨林的腹地，树叶密密麻麻把天空遮盖得透不进一点儿光，之前达子曾听说过在金三角大量政府军贩毒的事，但像今天这样的阵势，他还是第一次见到。这个交易地点方圆一千米之内已经完全让东南亚军封锁住，就是豪哥想来抢毒品，也是万万做不到的。

达子的装甲车驶进了东南亚军临时设的警戒线内。警戒线哨卡上，全副武装的士兵架着美军装备的重机枪密切地监视着驶进警戒区的车辆。达子看到警戒线内也是一水的穿着美军陆战服的士兵，他们都钻在装甲车内，只露出防弹的头盔，看着达子的车向里面驶去。

再往前就是大本营，更夸张的是有一辆导弹车也停在了旁边，还有几辆坦克，在大本营前，来回地开动着。这些都是达子没有看到过的，就是赵天义把他领到军队里去，他顶多也只是看到了一些训练的士兵和一些城市间作战用的常规武器，像这种重量级的大火力，达子也是头一次看到，他像检阅仪仗队一样，从他们的面前驶过。

第47章

气急败坏

王参谋从大本营里走了出来，迎接从装甲车上下来的达子和华哥，他看着华哥后面只跟进来几辆小车，疑惑地询问道："货呢？"

华哥微笑着："不急，货马上就到，扎萨将军来了吗？"

还没等华哥说完，王参谋的电话就响了起来，王参谋接听手机："拉香蕉的车？"

"哦，那是我们的货车。"华哥赶紧说，"货就在那辆车上。"

王参谋电话里命令放行，华哥这才松了一口气，跟王参谋没话找话道："我华哥办事一向信守诺言，就算付出再大代价也要按时把货送到。"

王参谋没说话，鼻子哼了一声，跟华哥站在院里等着那辆货车的到来。很快，那辆千疮百孔的货车就画着龙，驶停在华哥面前，华哥似乎已经预料到某种不祥，一把上前拉开车门，遍体鳞伤的胖子从驾驶室里滚落到地上。

华哥迅速命令手下打开车厢，里面已经空空如也，他脑袋"嗡"就大了，一把揪起胖子恶狠狠地问："货呢？"

胖子抹了一把脸上的血，几乎要哭出来："华哥，货被人给劫了。"

华哥怒不可遏，抬起手，一枪就把胖子打死了。外面传出了枪声，大本营里的几个人纷纷跑了出来。

王参谋一招手，一群士兵围住了达子和华哥。

达子看到一个混血军人走了过来，大声问着："出了什么事？"

王参谋立即一路小跑，跑到他的面前："将军，他们在骗我们，车上根本就没有货。"

华哥眼见被称为将军的脸上变了颜色，赶紧跑了过去："扎萨将军，我没有骗你，我们的货让人劫了。"

华哥大声地辩解着，他想向扎萨去解释整个事情的来龙去脉，但没想到扎萨根本不给他这个机会："违约就是死，没有什么好说的。"

扎萨话音未落，几名士兵就跑了过来，把达子和华哥还有手下的枪全都缴了。

"把他们拉出去，处理掉。"

王参谋吩咐着士兵们，士兵们架起他们就往外走。

"将军，你再给我一次机会，宽限几天，等我查出谁劫的货，一定会把货要回来的。"

华哥挣脱着士兵，不停地高声喊着。扎萨停住脚步，让士兵停了下来，把华哥的一个手下叫了过去。

那个手下此时已吓得面无血色，直接跪在了扎萨的面前。扎萨抽出了一把尖刀，拽起那个手下的手，手起刀落，齐刷刷将他的三个手指头砍了下来。

"三天，记住，就三天时间，如果还不见货，你，就在我坦克的铁链下。"

扎萨扔下那个昏死过去的华哥手下，指挥着军队迅速撤离。一转眼的工夫，就只剩下达子和华哥及手下像雕像一样，立在那里。

达子的汗，顺着后背再一次流了下来。

大陆与东旗开得胜，把全部的毒品都运回了豪哥集团，手下一包包将那 500 千克的货提出来，摆在豪哥的面前，豪哥简直是乐开了怀。这次不仅挫伤了华仔的元气，而且一扫往日的阴霾，毒品市场现在只有豪哥一家独大了。

豪哥兴奋地一手一个拉着大陆和东进了集团大堂，豪哥吩咐把集团的大厅装饰一番，一会儿要和大陆和东隆重庆祝一下这次胜利。大陆和东的手都快要被豪哥攥掉了，豪哥始终没有撒开，就像怕失去两个宝贝一样。

东对于这样的礼遇感到非常高兴，大陆也有些受宠若惊的感觉，其实他现在内心中更多想到的是达子。现在达子怎么样了，华哥不按套路出牌，达子和大陆的所有计划都被打乱，豪哥在这场争斗中偶然地成了最后的赢家，可是，现在达子却没有被救出来，不知道华哥会不会因为货的丢失而怀疑达子。

手下通报豪哥大厅之内已经布置完了，豪哥再次牵起二人的手向大厅走去。

大厅被布置得宏大而喜庆，宽大的红绸在天棚上呈现出层层的波浪，大厅正中新摆设了一个红布铺就的大型木案。木案上面放了三个大碗和一个香炉，豪哥把二人牵到木案之前，让他们站在第一排，后面众手下依次排列。

"今天，是我们豪哥集团大喜的日子，华仔集团被我们消灭，我们成了金三角的龙头老大，从今天起，集团的实力将再次壮大，我们的毒品市场将重新打开。这一天就是我们集团翻身的一天，这里，我们要感谢的是两个人，一个是大陆，一个是东。"

豪哥说完，把两个酒杯递给了东和大陆。手下开了一瓶香槟，豪哥亲自给他们满上，然后自己也倒了一杯。

"干，华仔集团的覆灭就是豪哥集团的再次崛起。"

三个人一饮而尽，华哥再次给两个人倒上酒。让所有手下也满上酒，他转过身面向所有人。

"今天，还有一件大喜事，就是大陆和东成了我们集团的CEO和副总经理，以后，集团中的事，我不在的时候，就由他们两个做主。来，大家祝贺两位新领导。"

"祝贺陆总、东总！"

众手下高喊着，举起了酒杯，与豪哥一起一饮而尽。

"今晚，为了庆祝二当家、三当家的荣升，我宣布集团内每个成员增发奖金5万元，今晚再举办一场晚宴，到时，大家尽情开心！"

豪哥宣布完这些决定后，众手下均开心得不得了，再次举起酒杯，掀起了新一轮的敬酒高潮，大陆开始时还边喝边想着达子在那边的处境，但最后喝着喝着就彻底醉了过去。

华哥从扎萨那里狼狈而归，气得暴跳如雷。他苦心策划的交易过程就这样被打得稀烂，不仅损失了很多手下，而且连货也全丢了。

这样的耻辱，是他华仔集团从来没有蒙受过的，500千克的毒品相当于华仔集团三个月的产量，最重要的，他拥有新型毒品垄断国际毒品交易市场的梦想化成了泡影，他们辛辛苦苦赶出来的货，就轻而易举地让人劫走了，他所配置的装甲车、吉普车都还没有派上用场就成了摆设。

他恨得牙根直痒，不用猜，他就知道这一定是豪哥劫走了，上次湄公河的仇还没报，这次他又从自己的牙缝里把到嘴的肉撬走了。新仇旧恨，他恨不得把豪哥生嚼了，才能解心头之恨。

手下从豪哥集团打听到的消息也证实了这一点，大陆上位到公司总经理，所有的货，现在都放在豪哥集团的库房里，正在待价而沽。

还有那个王警官，要不是王警官拦上那么一下，哪里会有这么多的波折。他越想越气，认定了这次又是跟上次湄公河失利一样，王警官在其中充当了帮凶，对于王警官的恐吓，看来没有起到任何作用，他必须给他点儿教训才行。

华仔这样想着，让达子和手下先回集团，自己的车却在半路拐了一个弯，直接杀奔警察局而去，在收拾豪哥之前，他必须先把王警官这只腿给卸掉。

到了警察局门口，一个警卫走了过来，准备拦他的车，华哥看到警察就气不打一处来，他直接朝那个警卫撞了过去，警卫一个趔趄，摔倒在地。还没等他爬起来，一把枪已经顶在了这名警察的头上。

华哥率先冲进警局办公室内，三步两步蹿上了警察局的二楼，来到王警官办公室门前砸了起来。这里他太熟悉了，这里的每一砖每一瓦都是用他华哥的钱盖起来的。

警察大都认识华哥，一见他上来都借故躲了出去，只有一个小警察鼓足勇气跑了过来："华哥，我们老大不在，有什么事我们帮你转达。"

华哥本想冲警察发火，但看到小警察唯唯诺诺的样子有些不忍，看到楼梯口悬挂的王警官的画像，他气不打一处来，抓起一把椅子朝画像砸去，王警官的照片就像腰折了一样搭在了楼梯上。他愤愤地又把那张照片拿了起来，撕了个粉碎，那个小警察见状，赶紧闪到一边，几个警察远远地看着他，不敢走近一步。

"你去死吧！"

华哥用脚踹着那些散落的画框，画框被踹得粉碎，他这才有些消气，大踏步走出了警察局。门口的警卫看到他的车子过来，再也没有拦，高高地把杆举起来放他走了。

邓敏来给金淑兰送饭，自从早上达子和华哥离开，邓敏就承担起照顾金淑兰的任务，说是照顾，实则看守。她来送饭的时候，金淑兰正好去洗澡，华哥那边一直没有消息，她也不知道事情进展得怎么样了，正好无事，就坐在沙发上，等金淑兰出来一起吃饭。

邓敏回忆着这几天与金淑兰一起的日子，感觉这个女人是个好人，她起初是把她当成了自己儿子的女朋友来看待，凭着女人的直觉，邓敏知道金淑兰心中曾经是很认可她这个准儿媳的，如果不是昨天的变故，也许，她已经成了金淑兰最亲近的人。

金淑兰还没有出来，她的手机放在了沙发桌上，手机的桌面是达子的照片。达子上大学时，在化工学院后面的花园里照的，达子还没有现在健壮，他那青涩的身体散发着青春的荷尔蒙。邓敏看着照片里的达子，那帅气的男儿身，深深地吸引了邓敏。达子坚毅而多情的眼睛，正温柔地看着前方，仿似当时邓敏就站在他的对面。

第48章

艾米的哭诉

突然，一条短信传进了手机。屏幕上跳出一行航空购票信息，大致是说订的单已出票，两张明天回北京的票，请留好信息。

邓敏看到这条短信才知道金淑兰已经买完了票，做好了要离开的准备，邓敏沉吟着站了起来，走出了房间。

她刚从金淑兰的屋里出来，就看到华哥气冲冲地从外面赶回来："我们的货让人劫了！"

"什么！"邓敏睁大眼睛，"谁干的？"

"一定是赵龙豪干的，扎萨给了我三天时间找到货，我怀疑咱们这里有内鬼，否则不可能把我们的情况掌握得那么清楚。"

华哥的脸已经气成了猪肝的颜色，虎视眈眈地看着她："你觉得有可能是谁？"

邓敏被华哥看得有些不舒服，犹豫了下："我正好有个情况要跟你汇报呢，刚才我在金阿姨那儿发现她偷偷订了两张回北京的票。我不知道这件事会不会跟货被劫有关。"

华哥的脸果然发生了变化。货丢了，他的命和集团这次都保不住了，这个时候，达子应该和他在一起，一起想办法把货找回来，而达子却订了两张回中国的票，什么意思？难道达子就是那个内鬼，他想跑吗？华哥听完邓敏说的话，快步向达子的房间走去。

达子早就回到了集团，母亲也和自己说了买机票的事，但是他知道，就算母亲买了机票，自己也无法走出集团，现在母亲和自己都已经被困在集团里面了。他无法说明这种情况，他只能看着母亲在为自己操心，这种感觉让他特别难过，他知道母亲那颗柔软的心，已经让他给打碎了，而且还会继续伤心下去。他不知道这样的日子什么时候能够结束，上大学时他拼命逃离那种平静的生活，而此刻却那么渴望能跟母亲回家好好去过几天这样平静的生活，以往那些他所唾弃的现在正无限向往中。

达子正沉浸在自己内心世界里的时候，房门突然被撞开，华哥气冲冲地拎着枪冲了进来，一进来就拔枪指向达子。

达子愣住："华哥，你这是？"

"我如此对你，你却出卖我！"

达子顿时一慌，第一个想到的就是，自己和大陆之间的秘密被发现了。"完了！"他内心涌上了绝望。那种平静生活再也不会有了，这一瞬间他想到了毛乐，自己可能很快就跟毛乐一样，横尸在湄公河中。

"今天交货的路线和时间，只有三个人知道，你，我，还有邓敏，我们三个人，只有你才有可能出卖我。"

华哥这么一说，达子反倒松了口气，心底又升起一丝希望，看来华哥并不知道实情，只是猜测，想到这里，达子踏实了些。

"华哥，你这样说让我很难过，我自始至终跟你在一起，每天辛苦为你制毒，为什么会怀疑我出卖你？"达子伤心地说，看着华哥。华哥冷静了一些："是啊，达子身为一个制毒师，每天辛辛苦苦地制毒，需要的都给了他，他为什么要出卖自己？"华哥思量着。

"没出卖我为什么偷偷订了机票？你怎么解释？"

听了华哥的这句话，达子更放心下来，华哥是为这件事情而怀疑到自己的，他是只凭猜测，并没有确凿的证据，达子彻底平静了下来，因为那两张票，母亲说完，他就想好了对策。

"华哥，票是我妈订的，她不想我再做制毒师才买的票，其实我一直很不理解，我在这里工作好好的，你为什么非要把她接来，你把她当作人质，非但不能达到你的目的，反而让我每天心里都是乱糟糟的，你知道吗，现在母亲这边极力阻止我，你说我该怎么办？毒品是我生产出来的，现在让豪哥抢去了，我比谁都上火，内鬼是谁，我比你更想知道。"

达子一口气连真带假地把心里所有的怨气都发了出来，顿觉舒坦了好多。华哥握着枪的手果然就放了下来，达子说得没有问题，金淑兰要儿子回去也没有错，人之常情。现在杀了制毒师和抓内鬼都不是关键，能找回货才是关键，想来自己刚才太冲动了，攻错了方向。

华哥把枪收了起来，拍了一下达子："对不起弟弟，原谅哥，哥也是被逼急了。这件事情我回头给你解释，现在我必须要把丢的货给找出来，否则，我们都得掉脑袋。"

大陆成为 CEO 而高兴喝大的全部过程都落入一双眼睛中，这双眼睛就是艾米的，她也被豪哥请到了酒席中，但是艾米知道这个酒席是为了庆祝大陆和东帮豪哥抢回了对手的毒品，同时大陆和东真正坐上了集团当家的位置，她对于大陆所做的一切感到失望。

她觉得自己看错了大陆，她远远地坐着，像个边缘人一样看着这群人兴高采烈纵酒欢呼，豪哥也喝了很多酒，他借着酒劲坐到自己妹妹面前。

"艾米，是哥对不起你，你原谅哥吧，大陆的用心良苦，哥体会不到，所以冤枉了你们两个，哥现在郑重地在这里向你说声对不起。"豪哥说着搂过艾米，"你不会还在生哥的气吧？"

艾米没说话，却起身走向了大陆，她此时窝了一肚子的火，原以为自己精心算计了一切，最后发现自己却被当了枪使，她拉住仍在喝酒的大陆，拉出人群："我问你，你跟我说实话，你是不是利用我来换取你自己在公司的上位？"

艾米生气地质问大陆，她以为大陆是真心地帮她把哥哥从泥沼中救出来，却不承想大陆是要利用她来完成自己的计划，她觉得自己也只是一个大陆利用的棋子，这种结果让她伤心失望至极，她的眼泪在眼眶中不停地打转。

大陆被这个善良的姑娘所感动，他想跟她解释，但又觉得无从说起，只能说自己是为了帮豪哥复仇，而不是因为自己的利益。但这种解释在现实的结果面前显得那么软弱无力，艾米根本不信。

艾米原本想听到大陆有不同的回答，哪怕他撒谎欺骗自己说不是，可是大陆的回答让她深感失望，她感觉自己眼前的大陆是那么陌生，那么可怕。她站起身离开了宴会大堂，她不想让他们看到她的泪水。

宴会一结束，大陆就来到了艾米的房间。他想向她解释，消除他们之间的误会，他轻轻敲了几下门，艾米红着眼开了门。

"你来干什么？我不欢迎。"

艾米随手就要把门关上，大陆用手把门支住。艾米关了几下，也没有关上，她一生气向房间里走去，大陆也随着走了进来。

"艾米，你还在生我的气？"

"没有，当了 CEO，我替你高兴。"艾米背着身，大陆看到她的肩膀在微微地抽动，他知道艾米现在哭得很伤心。

"艾米，我知道你现在恨我，其实，我和你也一样，我正在做着自己不情愿做的事情，但是，我必须这么做，什么原因我不能告诉你，但是，有朝一日，你会知道我大陆做的事是对的。

"艾米，我知道，你非常爱你的哥哥，家庭的亲情是到哪里也割舍不开的。我给你说一下我最好朋友的家庭，他原来有爱他的父母，但没想到在我好朋友十二岁时，他爸吸了毒。

"他妈像你一样，不肯让自己最亲密的人离开她，所以想尽了一切的办法，用微薄的收入去供他爸。其间，他爸也想戒掉，多次下决心，多次想办法，自己咬坏了身上多少地方，用烟头烫坏多少地方，最后还是戒不了。

"没有办法，只能眼看他爸的身体越来越虚弱，也更加离不开毒品，他妈深爱着他爸，隐瞒着他爸，去卖菜做家政来挣钱供养他爸，但最后，他爸还是离开了人世，他走得很安详，死在他妈怀里。

"但他妈没有哭，笑着把他爸的骨灰埋在了房前的小树下面。直到去世，他妈都一直没有搬离那个老房子，因为那里有她最亲密的人。就是那份亲情的力量，让她不离不弃，艾米，我知道，你也是希望豪哥早日摆脱毒品的侵蚀，可是，现在，我还有很多事没有做完，所以，我不能那么做，等我做完了所有事情，我保证一定把豪哥带出金三角，让你们兄妹二人过上你想要的生活。"

大陆一番动情的话语，说得艾米更加止不住内心的悲伤，她痛哭起来，转过身伏在了大陆的肩膀上，像当年靠在哥哥的肩膀上一样，大声地痛哭。她虽然不知道大陆为什么这样做，但是她为大陆所说的故事而感动，并且大陆最后的承诺让她感觉到一阵温暖。大陆把艾米抱在怀里，从这一刻，他告诉自己除了完成组织上交给自己的任务外，就是安全保护艾米，把她带离这个危险的地方。

第49章

谈 判

折腾了一天的华哥睡不着觉，他在院子里的藤椅上坐了一晚上，几乎没有闭眼睛，他不明白为什么自己在毒品的买卖中会一再失利。

他不知道自己错在了哪里，他也想不出，该怎样挽回这次的损失，他思来想去没有任何办法，扎萨只给了他三天时间，如此短的时间，怎么可能按量把货供给他？

当邓敏来到他的身边心疼地看着他的时候，他决定还是采用最简单直接实用的办法，就是用武力去把货给抢回来。

"让兄弟们集合，我要去把货抢回来。"

华哥从椅子上翻身站了起来，现在没有别的办法，只能孤注一掷。

"华哥，他们抢了货肯定做好了防范的准备，咱们现在去不是送死吗？"

邓敏知道现在豪哥集团士气正旺，华仔集团因为屡次失利，元气已经大伤，现在去抢，无异于是鸡蛋碰石头，她极力阻止着华哥。

"那怎么办，不去抢，咱们拿什么交货，既然早晚都是死，不如拼个你死我活。"

　　邓敏看到华哥已经被逼上了绝路，仔细地琢磨了下，试探着说道："我现在倒有一个办法，就是不知道可行不可行，如果可行的话，到时候就可以按期交货了。"

　　华哥眼睛顿时亮了起来："什么想法？快说！"

　　"既然已经做好了拼个你死我活的准备，那还不如将计就计，主动把自己送上门去……"

　　邓敏看了眼院内持枪巡视的手下，把头靠近了华哥的耳朵，声音低了下来，华哥用心听着邓敏的建议，由最初的惊讶到最后频频点头，最后无奈地说道："事到如今，这不失为一个可以置之死地而后生的好办法。"

　　达子早上起得很早，昨天母亲的买票行为已经引起了华哥的注意，他怕华哥现在恼羞成怒，会对母亲做出什么事情，达子洗漱完毕就要出门去见母亲，他刚打开门的时候，华哥带着两个手下，走了进来。达子有些惊讶地看着华哥。

　　"达子，我今天要去和赵龙豪谈判。"

　　达子听到这个消息一愣，他看着华哥那面无表情的脸，不知道华哥要做什么，他试探着问："谈判，谈什么判？你用什么做筹码谈判？"

　　"你！所以哥哥一大早来找你，只能委屈一下弟弟你了。详情现在哥不方便跟你说，到时你就知道了。"

　　华哥说完，朝手下一挥手，两个手下已经把枪顶在了达子的头上："对不起了达哥，多有得罪。"

　　"祝我好运吧。"华哥拍着达子的肩膀，信心满满地走了出去，达子却不知道发生了什么，陷入惶恐中。

　　"难道是自己的身份暴露了？"他被控制在卫生间的马桶上，这样沉思着。

　　华哥控制好达子后，径自一个人开着车从公馆出来，直接到了豪哥集团，豪哥集团早已经做好准备，各种精兵强将及各种尖端武器重兵把守在门外。

　　豪哥早上接到华哥的谈判电话时，正在与大陆和东一起吃早餐，他们都在说着华仔集团经过此次变故将很难再起，却没想到华哥在这个时候打来谈判的电话，这个电话不仅让豪哥感到意外，让大陆也是陷入一团混沌中。

　　不明白华哥卖的什么关子，豪哥和大陆分析了一下，谁也想不明白，华哥还有什么样的资本来和豪哥集团谈判。货已经在豪哥集团手里了，他华哥不可能来拿钱谈判。

　　黄鼠狼给鸡拜年绝对没安好心！豪哥告诉大陆，不论华仔做什么，此次到来，一定是杀机重重的，要求手下做好迎战的准备。

　　华哥的那辆豪华越野车停在豪哥公馆门口，车门打开，华哥一个人从车上下来，没有带一个手下。豪哥的警卫仔细搜查着他身上的东西，不放过任何一处可以携带武器的地方。

　　警卫什么也没搜着，向摄像头请示着，豪哥这边看得真切，他阿华不光是没有带人来，而且连武器也没有带，这更让豪哥和大陆以及东匪夷所思，不知道他葫芦里卖的什么药，豪哥告诉警卫可以放行。华哥似乎透过摄像头看见了豪哥，隔着摄像头友好地向豪哥招了招手。

　　很快，华哥就大摇大摆地走进会议室，一屁股坐在了豪哥的对面，也不说话，径自拿起了一支雪茄，点上，眯着眼看着豪哥。

　　"华哥应该是找我有事吧，不会是单独来找我抽烟的吧？"

　　豪哥用手拨散开飘过去的烟雾，不想再和华哥绕圈，直入主题。

　　"好，豪哥爽快，那就把货给我吧。"

　　华哥隔着桌子伸出大手，一副势在必得的神情。

"货，什么货？"

豪哥皱起眉头，装作什么事儿都不知道的样子，疑惑地看着华哥。

华哥似乎预料到豪哥会来这一出，笑着说："豪哥，大家都是这么多年的对手，要这么说就没意思了，这一局你赢了我，我佩服你，所以，我是认真来跟你谈生意的。"

"哦，谈生意我倒是很感兴趣。我是生意人，跟华哥你不一样。说吧，什么生意？"

豪哥摆出一副很有诚意谈生意的姿态，看着华哥。但心里却一直在克制着，自己的这只眼睛就是对面这个人的产物，那只眼睛一见到他似乎就开始神经反射，一阵阵疼痛，他在暗中琢磨着一会儿该如何向华仔复仇。

"只要你把货还给我，你要什么我都给你。"

"哈哈哈！"

豪哥终于憋不住笑出声来，那一瞬间他有一万个理由相信华哥疯了，货被人抢了，他居然想光明正大要回来。

"好吧，既然你这么说了，我倒是很有兴趣问问你，就算货在我手上，我不明白你还有什么比我手上的货更值钱的东西。"

"当然有。"

华哥也笑了起来，把手上的手机打开，点开视频，递给豪哥。

豪哥接过手机，点开，视频上是达子被枪顶着的画面。

"如果豪哥肯把货还给我，让我度过眼下危机的话，我就把这个人送给你，我们之前的恩怨一笔勾销，我退出金三角，你掌握了金三角新型毒品的核心，金三角就是你的了。"

豪哥终于明白华哥的算盘。原来豪哥的整体计划就是不仅抢华哥的货，还要收他的人，现在虽然货到手了，但人却还在对方的手里，现在杀了华哥容易，可是达子被杀，以后新型毒品的制造就成了问题，他500千克的毒品也不能顶一辈子。

华哥这一招，他和大陆、东谁也没有料到。豪哥没想到一向在金三角横行霸道的华仔会落到这种地步，这时杀了他似乎没有了那种快感，而且还会落下一个骂名，相当于华仔把脖子伸到他面前让他剁下一刀，他要真剁了，以后在金三角也就没法混了，华仔这一招哀兵示弱不失为一个高招。

而且，更重要的是，达子已经开始为豪哥做事，现在杀了达子，实际是自己的损失，左右权衡后，他觉得可以和华仔来谈一下，想到这儿，他把手机还了回去。

"你如果说话算话，这笔生意倒是可以谈下。"

"货给我，人归你，从此我金盆洗手，退出金三角。"

"好，爽快，就这么定，你交人，我交货。"

豪哥把手伸了过去，和华哥的手握在了一起，人比货要有价值，华哥说进了豪哥的心里，但是豪哥突然间已经心生了另一种打算，只要达子到手，他华仔别想着离开。

他想到这里突然感觉眼睛痛了一下，他握着的手就没有把华哥放开，华哥似乎预感到什么，疑惑地问。

"豪哥什么意思，不是变卦了吧？"

豪哥摇头："我从来说话算数，只是我这只眼睛，还是有些疼。"

华哥多聪明的人啊，瞬间就明白了豪哥的意思，事情果然跟他估计的一样，他心一横，把桌子一拍，朝大陆伸过手来。

"把刀给我。"

大陆不知华哥何意，眼睛看向豪哥，豪哥感觉到了什么。

"给他。"

　　大陆把刀扔给了华哥，华哥从桌上抄起了刀，一撩裤子，忍着剧痛照着自己的腿削了下去，一大片肉被削了下来，他把肉割下来，"叭"地扔在了桌子上，肉上的血溅得满桌子都是，吓了大陆一跳。

　　他看着近乎疯狂的华哥，后背上不由冒出了冷汗，华哥脸色煞白看着豪哥。

　　"这样可以了吗？"

　　豪哥盯着华哥，半晌后点了点头，华哥这才把刀往桌上一扔，说着一言为定，一瘸一拐走了出去。

　　华哥从豪哥集团出来，在车里翻出了云南白药，涂在了还在流着血的腿上，然后从衣服上扯下一条布，扎了起来，看着血止得差不多了，就不再当回事，忍着痛开着车直接到他和扎萨约定的地点。

第50章

逃 脱

　　扎萨此时已经接到华哥的电话，带着几名亲信，在树林的深处等着华哥的到来。他盯着华哥一瘸一拐从车内走出，皱起眉头。

　　"货呢，你不是说交货吗，为什么只有你一个人？"

　　"将军，如果不出意外的话，晚上就会拿到货，交货后，我想跟将军重新谈笔生意。"

　　"什么生意？"

　　"我想跟将军借部队用用。"

　　"什么？"

　　扎萨听了差点笑了出来，他还是头一次听说有人要借军队，他觉得华哥是在戏耍他，用手指点着告诉华哥："我是个言而有信的人，今天晚上，我要是再收不到货，就算你有一万个理由，我也一定会杀了你。"

　　扎萨说完，命令手下离去，华哥赶紧拦住扎萨。

　　"将军，我没开玩笑，我真要借军队，我是要付报酬的。"

　　扎萨用那只文着鹰的手把枪拿了出来，顶在了华哥的下巴上："你知道，你在和谁说话吗？你现在已经分文没有了，你拿什么来付？"

"那 500 千克的货白送给你，不收钱。"

华哥感到顶着下巴的枪放了下来，他知道这句话起了效果，作为政府军，一分钱没花，白得了这么一大批的毒品，然后他们再通过渠道销售出去，这就相当于没有成本，用个军队，那就是他们的家常便饭。

扎萨脑海中也在算计着，这一切都取决于货到手之后，这要是货和钱全归入自己囊中，这个买卖倒是可以谈谈。

扎萨换了笑脸，把枪收了起来："好，这是你说的，货到位后，军队给你，三个小时。其间若有死伤，照价赔付！"

华仔集团里，两个手下一直拿枪顶着达子，当华哥直播了手机录像后，达子才知道，自己做了华哥的一个筹码。华哥一直没有下最后命令，两个手下就一直拿枪指着他，只不过关押地点从卫生间挪到了房间，大家都忽略了达子的母亲，直到达子的母亲突然推门闯进来，大家才想到达子身后还有金淑兰。

达子一看母亲进来了，就知道坏了，果然，金淑兰一进门看到儿子被人用枪顶着，登时愣了一下，紧接着就疯了一样去夺那两名手下的枪，两个手下看到老太太来夺枪，下意识地去阻挡，其中一个手劲稍微大点，一把把金淑兰推倒在地。

这下，达子看到可不干了，谁把自己的母亲伤着，他一定要拼命的，他扑向那两个人，和他们打在一起，金淑兰在一旁看到三个人打得不可开交，吓得大叫起来，屋里的响动传到了走廊里，邓敏快速地跑到达子的房间。

"住手，住手，快住手！"

两个手下听到了邓敏的呵斥停了下来。

"你们都跟我出去。"

邓敏看到金淑兰衣衫不整地坐在地上，达子的身上也是青一块紫一块，她严厉地呵斥着两个手下，把他们带了出去，跟金淑兰说着赔罪的话，假意说要调查了解情况，很快也闪了出去。

金淑兰一看到房间内就剩下了他们娘俩，赶紧凑了过来，抱住儿子。

"达子，听妈的话，这事儿咱不能干了，机票都买好了，咱们今天就走，给多少钱都不要。好不容易逮到了重新做人的机会，我们死活不能再干这种伤天害理的事了！"

金淑兰说着，眼泪不由自主流了下来，达子一看到自己让妈妈这么操心，眼圈也红了，他用手梳理着母亲的头发，好几次想开口把自己的真实身份告诉给妈妈，但几次到嘴边他都给咽了回去，他知道自己这种不慎重的行为只会给母亲带来更大的伤害，尤其在这样危机四伏的地方，他不但保护不了自己的生命，同时也无法保证母亲的生命。最有效的防护就是让母亲尽快离开这里。

"妈，你听我说，我现在还不能走。但我保证以后不会再为他们制作毒品了，你先离开，我随后就回去跟你团聚。"

"怎么走不了，是你不想走，走，现在就走！"

金淑兰听到儿子的话更加生气，她觉得儿子就是找借口，儿子已经深陷毒品中拔不出来了。

她一把拉起儿子，向门口走去，当她打开门时，刚才那雄赳赳的气势突然就没了。

门外，刚才的两个手下正拿着枪守在门口。

她一把把门关上，现在她知道，达子说得没错，他们谁也走不了。

"怎么办，达子，咱们怎么出去？"

母亲战栗着，她希望达子现在就带着她离开这里。

达子看着母亲那孱弱的身体，在毒品集团受到的身心折磨，已经让他做出了必须和母亲离开的决定，想到这儿，达子打开门，跟外面的两名手下提出了要见邓敏的请求。

很快邓敏就来了，达子为了不让母亲听到他们的谈话，示意邓敏跟他出去说话，邓敏明白过来，警惕地将达子带到了外面。金淑兰意识到他们有什么话要背着自己，想跟出去时被门卫拦在了房间。

"你们让我做什么都行，但前提必须让我妈走。"达子直言说出了自己的请求，"否则，以后我发誓不会生产出一克毒品。"

邓敏看着他，此时她也有些后悔，但事已至此她也只能硬着头皮告诉达子，这件事她做不了主，只能等华哥回来跟华哥讲。

达子一听邓敏这么说就知道想通过正常渠道堂而皇之送走母亲已没可能，现在华哥控制了自己，搞不好自己就会成为某件事情的牺牲品，能不能活下来还模棱两可，这种时候去求华哥放过母亲完全就是泡影，他必须得依靠自己的能力安全送走母亲。

想到这儿，他孤注一掷，想好了对策，没再跟邓敏废话，终止了邓敏想跟他继续交流的愿望，事不宜迟，他得尽快趁着华哥不在把母亲安全送走为好。

回到房间，金淑兰上来就问："那个狐狸精跟你说什么了？"

"什么都没有，妈，我已经决定了，咱们一起走，现在就走。"

金淑兰一听这话果然喜出望外，就要去收拾东西，被达子拉住，在她耳边轻轻叨咕了几句，金淑兰频频点头，依计而行。

很快，达子再次打开门跑了出来，大声喊着："快，快，把我妈送医务室。"

两个手下快速冲进了屋里，眼见地下扔了一袋洗衣服，金淑兰躺在地上口吐白沫。

"快，我妈吞了洗衣粉，快抬她去洗胃。"

　　达子大声地喊着，一个手下赶紧帮助达子抬起金淑兰。另一个迅速给邓敏打了电话，邓敏听到了消息，第一时间命令将金淑兰送到医务室进行抢救。

　　这时的金淑兰，闭着眼痛苦地躺在病床上。

　　"快去，快去，把医生叫来。"邓敏催促着手下的人，她坐在了金淑兰的床前，看护着还在不断吐着白沫的金淑兰。

　　医生很快赶到，准备给金淑兰洗胃。这时的金淑兰已经能缓缓地睁开眼睛，她一下看到了旁边坐着的邓敏，眼睛立即睁大了，她向邓敏怒吼着。

　　"你……你出去，你不要在这里，你就是个害人精，要不然我儿子不能这样。"

　　金淑兰一边喊着，一边痛苦地吐着白沫。金淑兰激动的表情让邓敏不知所措。

　　"你先出去，有我陪着她。"

　　达子把邓敏拉了起来，告诉母亲一时冲动想不开吞了洗衣粉，邓敏内心更加内疚，达子说看在这两天的情谊上，让邓敏想办法帮他联系医生以备不时之需，邓敏被支开后，达子顺势把门反锁上。

　　医生还在忙碌着做准备，此时，身后的达子已经拿起了桌子上的台灯，砸了过去，医生闷声倒地。金淑兰也不再痛苦，一骨碌爬了起来。母子俩的这出戏算演完了，他们配合着把床单从窗口放了下去，依次从窗口溜了下去。

　　达子上了那辆准备好的救护车，假借给母亲转院的名义叫开了大门，这时，整个公馆内都传开了达子母亲吞了洗衣粉的消息，而邓敏又离开去联系医生，所以门卫顺着这种思路也没多想，只是简单验了验，竟然打开门让车开了出去。

　　达子一出华哥公馆，立即就第一时间给大陆拨了电话，他准备利用大陆和豪哥把母亲送走，他再留下，那时就没有了牵挂。

　　大陆此时正和豪哥在一起，一看达子的电话打来，为了不让豪哥起疑，他开启了免提。

　　"大陆，我们已经逃出华仔集团，下一步该怎么做？"

　　达子的声音从话筒里传了出来，豪哥和大陆都愣住了，达子怎么逃出来的？这倒好，本来是要和华哥做交换的，现在什么都不用了，达子要是能到豪哥集团，岂不是太好了？大陆看了一眼豪哥，豪哥示意让达子来。

　　"达子，你现在直接开到豪哥集团，我们在这里等你。"

　　大陆向达子下达了命令，这个命令不只是豪哥的意思，同时也是曲经的意思。从毒品被抢回来后，大陆就和曲经联系上，曲经告诉大陆，这是我们的失误，让达子的母亲落入了毒枭手里成为人质，所以，不惜一切代价也务必要保证达子母亲的安全。

第51章

被抓

达子听完电话，立即掉转车头向豪哥公馆方向开。金淑兰从刚才达子的对话中已经感觉到了什么。

"谁是豪哥？"金淑兰问道。

"一个老总。"

达子轻描淡写地答道，他知道从现在开始说话做事一定要慎之又慎。

"哪儿也不去，直接去机场。"

金淑兰决定从现在开始再不能让儿子胡作非为了，她要行使母亲的责任。自己好不容易和儿子逃了出来，必须离开这个是非之地，绝不能刚从火坑出来，又跳进了油锅里。

"妈，咱们现在回不去，我会安排人送你走。"

"不行，你哪儿也不能去。"

两人就这样争吵起来，意见不一，一边开，一边争论着，金淑兰突然急了，开始去抓达子手里的方向盘，达子一闪躲，车突然向道边的树上撞了过去。

达子看到车子撞了过去，本能地把自己的母亲抱住，可是金淑兰的额头还是撞到了门框上，撞出了很多血，达子的手腕也受了伤。汽车冒出浓烟，达子拽着受了重伤的母亲挣扎着从车里挤了出来，头上流着血的金淑兰无力地倒在了地上。达子刚要过去把母亲扶起来，一支枪已经顶在了他的头上。

华哥进了集团忙不迭地找邓敏要第一时间告诉他豪哥同意交换了，扎萨已经答应借兵了，但没想到还没等他张口，邓敏却告诉他达子和他妈开着救护车跑了。这让华哥傻眼了，达子跑了，自己与豪哥之间的唯一筹码也失去了，他所有的计划都会泡汤，他气急败坏地掏出枪来命令所有的人出去找，悬赏一百万美元，就这样，在这座不大的小镇上，布满了华哥手下的各种车辆。

华哥第一个发现了达子和金淑兰，枪顶在了达子的头上："达哥，我们又见面了。"

达子回过头，看着华哥，华哥倒也不跟他废话，此时他只想把达子拿去交换，再说多了也没有用，他吩咐手下把金淑兰押到了另外一辆车上。

达子让华哥手下对他妈好点儿。

华哥说："你放心，就算你负我，我也不会负你的。"

吩咐手下不许怠慢金淑兰，然后带着达子上了自己的车，朝着与豪哥相约的地方驶去。

这时，达子的手机响了起来，华哥拿着手机接了起来。

大陆的声音从手机那一端响起："达子，你现在到哪儿了？"

华哥现在终于知道了内鬼是谁："是我，听好了，达子现在在我手中，你让豪哥准备交货吧。"

华哥咬着后槽牙说完，很悲伤地低着头，沉默了许久，突然，把手中的枪顶在了达子的头上。

"你知道吗，我从来不相信别人，尤其对我的手下，我只有利用他们，然后付出代价，但我从不用感情，你是唯一一个我用真心相待的人，但没想到你却负了我，现在我的货没了，得罪了东南亚军，我从来没有如此狼狈过，我不知道我的命在什么时候结束，在我结束之前，我会先送你上路。"

华哥说着扣动了扳机。达子眼睛一闭，一股强烈的震动从枪管传了过来，太阳穴产生一种钝痛，也许死亡就是这样的一种感觉，没有剧痛，是一种解脱，达子觉得自己终于可以在这样一个纠结的世界里，给组织，也可以给自己的母亲一个交代了。

一声枪响之后，再没了动静。达子觉得自己好像还有意识，还能听到外面的风声，还能感觉到冰凉的枪管。他试图睁开眼睛，一睁开，就看到了华哥在对着他狞笑。

"好小子，有种，看来我对你好是有理由的，但是，我是不会让你这么容易就死的，那样太没意思了！"

华哥说着又接连扣了几下扳机，枪发着撞针的击打声，但却没有一颗子弹射出来。

"在背叛我的人中，你是唯一活下来的。我把你当成最亲的兄弟，我哪里对不起你？你却对我这样？"

华哥伤感地看着达子，他为自己受到达子的欺骗而感到愤怒，自己辛辛苦苦把达子推向如此的地位，而达子回报的却是背叛。这让他很难过，他越想忽略这些就越是感到悲伤和失落，所以，他忍了半天，最后还是没有按捺住想从达子的口中要一个说法。

"你就不该把我母亲接来做人质。你知道吗，我妈一来我心就全乱了，再也不能安心为你工作，所以，我走这一步，完全是你逼出来的。你想用我妈来控制我，你想得太简单了！"

达子终于承受不住来自华哥的这种情感压力，他放开嗓子喊了起来，华哥的逼问让他感到很委屈，他不想再压抑心中的委屈。

"这些你为什么不直接说出来，如果你跟我提了我会把你母亲给送回去的。可如今这种处理方式，实在让我难以接受，我只能认为自己养了一头狼。"

华哥停了一下，看着达子的表情。达子觉得现在说这些已经没有意义了，不再说话。

"达子你是不是有事瞒着我，才会着急把母亲送走，到底有什么事不能开诚布公地讲出来？"

"华哥，我并不想离开集团，可是你的疑心太重，整天让我提心吊胆。我在这儿干得不顺心，不踏实，你想一下，如果把你的老娘接来，又在你身边放个眼线，假模假式地嘘寒问暖，你会怎么做？"达子反问道，他试图让华哥相信自己也是出于无奈。

"我们去哪儿，这不是回集团的路？"

达子看到车子在向一个他似乎有些熟悉的地方开去，他警惕地问华哥。

"一会儿你就知道了。"华哥只甩过这句话，再不说话。

达子着急了，他想看清这到底是去哪里。回过头，正好看到另一辆车里的母亲，母子俩现在就隔着两块玻璃，母亲此时也贴在了车玻璃上看着他。达子的眼泪瞬间流了下来，外面的雨水淋在玻璃上，淹没了达子的泪水。透过划着雨丝的玻璃，达子看到母亲一直在向他张望，这让达子感觉心如刀绞，现在这条路通向哪里，他不知道，在即将到来的时间内要发生什么，他也不知道。现在他们母子两个只能这样不停地凝望，这让达子感到绝望和恐惧，从小到大，他太对不起自己的母亲了，自己发生什么都没关系，但他不期望母亲跟着自己受牵连。

"快！快开！"华哥催促着手下，同时给赵龙豪拨通了电话。

树林里面，豪哥到了指定地点，没有接到达子的大陆和东也赶了过来，现在他们只能通过交换的方式，来把达子换回来。

那辆厢货车停在旁边，从华哥手中抢过来的货，现在完好无损地放在那辆货车里。豪哥在等待着华哥的到来。

大陆自从在话筒里听到了华哥的声音后，他就知道达子现在已经被华哥控制住了，而且他随时有生命危险，他不知道这个杀人不眨眼的恶魔会对达子做出什么。他也在焦急地等待着华哥打给豪哥的电话，如果豪哥接不到电话，那就证明达子已经牺牲了。他回头看了一下坐在后面的豪哥，豪哥也是满脸的焦急，他一直看着手中的电话。现在的这一刻，两个人想到了一起，豪哥和大陆都希望达子能活下来。

豪哥的手下遍布在树林之中，他们拿着各种枪支在周围不停地巡视着，密切关注着一切。树林中一只鸟飞了起来，碰落了几片树叶，他们立即把AK47端了起来，注视着那鸟飞来的方向。一阵汽车的马达声从树林尽头传了过来，手下们紧张起来，把枪栓拉上了膛。

几辆越野车冲破树丛，开足马力向豪哥这边驶来。

豪哥的手机响了起来，来电显示是华哥，豪哥给大陆示意做好战斗准备，然后按下接听键。

"人，我带到了，货呢？"

"货在，我赵龙豪说话算话。"

豪哥挂了电话，让大陆先把厢货开到交易的中间地带去。

大陆把车开到豪哥指定的位置停了下来，这里距离华哥手下们的越野车还有一段距离。华哥开到那里，也不敢再往前开了，双方之间默契地留出了一段真空距离。

大陆把车停了下来，跳下了车，把枪放在了地上，向对方示意自己没有恶意。

达子双手背负着被一辆越野车带到了中间地带。华哥让手下把达子送过去的时候，母亲在另一辆车上，看到达子被推下了车，上了一台越野车，她紧张起来，因为这里只有她的儿子被单独带了下去，那就意味着自己的儿子是要被华哥处决，因为自己的手也被绑着，金淑兰在车里大声地喊了起来。

"达子，达子，你们要把他怎么样，快放我出去！"

她企图奔向车门，但却被华哥的手下死死地按在座位上，动弹不得。她疯了一样，扭过头来去咬那人的手，那人随手就是一巴掌，把金淑兰打得眼睛直冒金星，疯狂的金淑兰就像一只猛兽一样，向他撞去。手下闪了过去，可是金淑兰却撞在了门框上，血流了下来，昏了过去。

第52章

舍命救母

达子被拖上越野车的时候，达子母亲突然从昏迷中醒来。

达子母亲看到儿子被人带走情绪完全失控，疯狂地想冲出来。

达子隐约听到了母亲的呐喊，他回过头，看到母亲在车里疯狂地要冲出来，华哥手下死死地按着她。

达子看到这种情景立刻变得愤怒起来，他挣脱着押他的人就要往回跑。手下看到这种情景赶紧控制住他，但根本控制不住，直到又有几个人过来，把他生生地按进了越野车里。

车门锁死，达子仍拼命地踹着门，直到车子开到中间地带，他被拖下车，手下为了防止他再跑回来，一枪托将他打晕，等着大陆来领人。

大陆知道豪哥和华哥的手下现在都在紧张地注视着对方，所有的武器也都处于随时击发的状态，华哥的手下向厢货走去，大陆向地上躺着的达子走过去，两个人都没有带武器，但是如果两个人任何一个做出什么危险动作，或示意所交换的有什么问题，那么对方就会马上被打成筛子。

大陆确认正是达子，那边手下也上了厢货确认了货没有少。他们相互开着对方的车，向彼此的方向撤回。

豪哥这边看到大陆往回开车，松了一口气，他给了东一个眼神，东拉门下了车。

车开了回来，大陆把昏迷中的达子弄上了豪哥的车。达子此时因为这些折腾，现在稍微缓解，他微微地抬起了头，看到了大陆，他一愣，随后又看到了豪哥也正在关切地看着他。他的头脑一下清醒过来。

"这是……这是哪里，我怎么在这儿？"

"你现在在豪哥车里，是他用货把你换回来的，放心吧，你现在没有危险了。"

大陆向达子解释着，他试图通过简单的话语向达子传递着自己对他的关切。

达子又一次回到豪哥集团，豪哥看着眼前的制毒师，虽然他损失了 500 千克毒品，但他换回来的是一座金山，他可以源源不断地生产出任何他想要数量的毒品，他觉得这笔生意很值，他伸出手，要和达子拥抱。

"豪哥，咱们的手下已经向华仔他们追去了。"

东跑过来，跳上车，向豪哥禀报道。

"不用追了，一会儿时间一到，他和那辆车就会化为灰烬。也好，死在这里也是死有其所。"

豪哥淡定地说着，神情中透出一种无法掩饰的得意。大陆才知道厢货下面已经被豪哥安上了定时炸弹。

"快，快放我回去，我妈还在华哥的手里，我要去救她。"

达子此时脸都白了，不顾一切扯着嗓子喊着，那声音中透着绝望，他刚才还以为自己是要被华哥处置掉，现在却没想到成了与豪哥交换的筹码，自己没有危险，而母亲却处在巨大的危险中，如果真像豪哥说的那样，他必须马上救下母亲。就在这时，突然豪哥的电话又响了起来，还是华哥打来的，豪哥皱着眉头，接起了电话。

全车人都紧张地看着豪哥，不知道又发生了什么样的变故。

豪哥接完电话，神情木然地看着达子，把电话递给了达子。

"达子，你母亲现在就在我的身边，和我一起上了厢货，你告诉豪哥不要再想追过来，如果他有什么动作，我第一个要杀的就是你母亲！"

华哥的话就像一根根钢针刺进了达子的耳朵里，他现在恨死了华哥，他不仅用母亲作为人质要挟他去制毒，现在他又为了自己的安全，挟持着母亲。华哥曾经像一个大哥一样跟他说的那些肺腑之言，现在已经都成了谎言，一个唯利是图的毒枭的面孔终于显现出来。

他现在恨不得马上就赶上华哥的车把他碎尸万段，救出自己的母亲。现在，最让他心急的是那车下的炸弹，他对着电话里喊。

"华哥，我答应你，你不要伤害我妈，你车里有炸弹……"

还没等达子说完，豪哥却一把把手机抢了过去，摔在了地上："达子，你现在是我的人了，你不要做吃里爬外的事。"

达子看着豪哥眼里冒出了火，现在母亲危在旦夕，不管豪哥是否救了他，他不顾母亲的死活，就是对他达子的公然挑战。他一把把旁边手下的枪夺了下来，顶在了豪哥的头上。场面骤然发生变化，东则迅速把枪顶在达子的头上。大陆焦急起来，看着达子，迅速判断着眼前的局势他该如何处理。

"我要去救我妈，现在停车。"

"达子，你冷静点。"

大陆劝说着，并试图抢过他的枪。

"我冷静不了，几分钟后，我妈就会被炸死。快给我一辆车，快！"

达子威逼着豪哥，豪哥没有想到事态会发生这样的变化，他犹豫了一下，示意司机停车，并让大陆一起去陪着达子救他母亲。

大陆拦住了一个手下开的越野车，自己和达子上了车，向华哥的方向追去。

大陆飞快地开着车。达子此时的心中只有母亲，他已经不管身边是谁了，现在如果谁阻止他去救母亲的话，他就会和谁拼命，他紧张地看着眼前的路，心里焦急地等待着华哥的车出现在自己的视野中。

"我妈要是死了，我绝饶不了你们。来不及了，快给我手机！"达子憋了很长的时间，说出了一句话。

大陆本想去解释这一切，作为一个战友，他有许多话要说给达子。大陆听他一说，才想起来应该打电话，马上把手机递给了达子，达子接通了华哥的电话，焦急地等待着。

此时厢货上，金淑兰正被夹在两个手下中间，她听到了豪哥刚才跟华仔之间的对话，她知道自己是被当作了人质，她不断地咒骂着华哥，正是这个人把自己的儿子带入了无尽的深渊中，她恨死了华哥，恨不得把他撕碎、生吞。华哥听着金淑兰的咒骂，觉得有些烦。他举起枪，刚准备一枪结果了金淑兰，手上电话却再次响了起来，他犹豫了一下，命令手下。

"叫她给我把嘴闭上。"

两个手下听到后，立即找了条毛巾塞到了金淑兰的嘴里，金淑兰嘴里呜呜着，华哥这才感觉脑子清静了些，接起了电话。

"华哥，华哥！"

达子的声音传了出来，华哥厌恶地看了一眼后面追上来的车，现在他不想再让达子听到母亲的声音。

"达子，你就死了这条心吧，我不会让你再听到她的声音的，来，你听听外面的鸟叫多么好听。"

华哥把手机伸到了窗外，车子旁那些惊飞的鸟儿，惊恐地在树林中穿梭。这些原本美好的声音此刻在达子耳中听来都像是一种哀鸣。

"华哥，你听我说，你车里有炸弹。"

达子开始哀求华哥，但此时窗外一根树枝因为车体的剐碰弹了过来，正好打在了华哥的手腕上，手机应声而飞。

看着后面的追兵越来越近，华哥不再管他的电话，催促手下再加快车速。

达子看到了前面厢货里华哥伸出的手，听到华哥电话断线的声音，急得火上房。

"快，快，撵上他们。"

他现在已经确认了华哥就在车上，他催促着大陆，车子飞一样向厢货追去。

达子看到华哥后面的车队渐渐放慢了速度，前面的一辆小车和厢货加快了速度，向公路方向开去。

大陆看到这个情景，用对讲机告诉豪哥的手下做好战斗准备。

果然，那些慢下来的车，纷纷掉头向他们驶了回来。一排排呼啸的子弹从他们的头上飞了过去。豪哥的手下也把枪伸出了窗外，两伙人在树林中展开了激烈的枪战，战斗越发激烈，双方都把车停了下来，借助于树木的掩护，展开攻势。大陆和达子一时间无法向前挪动一步，达子在车上，看着厢货已经驶上了公路，离自己越来越远，着急地跳下车，直接跑上了山坡，他要抄近路去追上那辆载着母亲的车，在炸弹爆炸前把母亲救出来。

达子飞快地在山林中跑着，横生的荆棘和小树丛阻挡了他前进的道路，他现在已经顾不得那么多了，他奋力地拨开那些树枝杂草，手上被划开了无数个口子，鲜血流满了他的手，那钻心的刺痛没有阻碍他向前，反而更加刺激了他的斗志，当年老赵让他们在野外训练的所有本领，现在都有了用场。

他拼命地跑着，现在他感觉到时间过得是那么快，他的眼光始终没有离开山坡下的那辆厢货，那辆车现在已经驶过了山里的弯道，在向山下的小石桥下面的公路驶去，他加快了自己的速度，他要赶到小车开到之前，先跑到石桥上去。

他甩开了两条腿，他的鞋跑掉了一只，他就光着脚继续跑，地上的树杈刺痛着他的脚，为了母亲，他现在顾不了那么多。他向小石桥飞奔过去。

华哥看到手下拦住了追兵，他的心稍微踏实了一些，有达子母亲在车里，他知道豪哥轻易也不敢有什么动作，此时他心里暗自庆幸没有一冲动把达子妈给杀了，他正想着，突然听到车顶上"扑通"一声，有什么东西掉了下来。他开始还以为是山上的石头，但随即就感觉到那东西在车顶上动。

"华哥，车顶上有人。"

手下从倒车镜中依稀看到了达子的身影，于是开足了马力，来回摇晃着方向盘，试图把达子甩下车去。

第53章

神秘的邓敏

达子从石桥上跳到了车上，就一直死死地抓住车厢两侧的边框，车子不停地摇摆，他好几次差点被晃下车顶，他奋力地抓着，一点点地挣扎着向车头移动着。

"快停车，快停车，车上有炸弹！"

他大声地喊着，但车内的人回答他的却是子弹，子弹穿透车顶差点射中他，他躲避着，继续拍打着发出呼喊，但车在快速扭动着身躯试图把他甩下去，他艰难地向前移动着，每向前移动一些，就会因为强大的甩力又甩了回去。终于前面的路变窄了，车子不再摇晃，达子奋力地向车头爬去。

"快停车，快停车，车上有炸弹！"

他不断地敲打着车顶，同时大声地喊着。

华哥的手下终于听清了"炸弹"两字，他们不再扭动方向盘也不再射击，场面似霎时安静了下来，这回车内的每个人都听到了车内有炸弹的消息，华哥和手下当时脸都绿了，手下一个急刹车，把车停了下来，车上的达子也因为惯性被摔到了路边的树丛中。

"快，快，快下车！"

华哥催促着手下赶快下车，他们跳下了驾驶室，手下趴到了车下看，一个定时炸弹上红色的时间正在走着，上面显示着 2 分 42 秒的字样。

"华哥，真有炸弹，还有不到 3 分钟！快！"

那名手下喊了起来，华哥急了，拿出枪来对着手下大喊着："快，把这车上的货，搬到小车上去。"

手下在华哥枪的逼迫下都钻进了厢货中，战战兢兢地向外面搬运那批毒品。

达子的腿摔伤了，但他忍住剧痛站起，挣扎着走到车内，金淑兰此时连吓带紧张已经昏迷了过去。达子看到了母亲的身影，突然一下子踏实了下来，心里想着炸就炸吧，能跟母亲死在一起也是种幸福和解脱，自己的生命就是母亲给的，现在能回到母亲身边也是一种宿命和轮回。他这样想着，用尽全身力气搬动母亲，车下的时间还在快速地走着，还有不到一分钟的时间了，手下终于把毒品全都搬了出来，华哥此时已经坐到了另一辆小车内，他回头看豪哥的手下已经追了上来，扔下命令让手下一定顶住，回来领赏死后加封，然后发动车向约定地急驰而去。

此时达子慢慢地一点点把母亲从车上挪了下来，他已经使出了全身力气，手指开始变得有些软弱无力时，身后一只手臂伸了过来，替他接下自己的母亲，并用尽全身力气抱了起来，迅速朝路边草丛移动。

"达子，坚持，快！"

达子不用抬头也知道这个人是谁："大陆，你别管我，把我妈保护好。"

达子说着，那只有力的大手已经再次伸了过来，拖着他一点点挪到了路边草丛边，几乎就在他身体翻滚到路边水沟内的同一时刻，一声巨响几乎震聋了在场所有人的耳朵，猛烈的气浪冲了过来，将附近所有人掀翻在地，紧接着，那辆厢货剧烈地燃烧起来，几乎是一眨眼的工夫，车子就烧得只剩了一个空壳。

达子睁开眼睛，见身上趴着一个人，是大陆。大陆被埋在了废墟中，达子喊着拍打着大陆的脸，大陆慢慢睁开眼睛。

达子松了口气："我妈呢？"

大陆站起身寻找着，突然乐了。

达子顺着大陆的视线看去，原来母亲就在自己身体的掩护下，已经醒了过来，正在喊着儿子的名字。

达子便有些恍惚，不知道自己什么时候已经把母亲掩护在了身下，这可能是一种潜意识里的超能量在起作用，看到母亲没事，他心下松了口气，紧紧抱住了这个生他养他给予了他全部的爱的女人。

达子把母亲抱到了大陆开来的车上，金淑兰看到达子没事儿，一放松就又昏迷了过去。

大陆边开车边回头看着还抱着母亲的达子："阿姨没事，身上没重伤，我看应该只是暂时昏过去了。"

大陆微闭着眼睛，小心翼翼地开着车，因为炸弹的冲击波作用这辆车所有的玻璃都被震碎，但还能开，大陆开着没有前挡风玻璃的车的样子显得略有些滑稽。这让达子感到好笑，但他控制着。

"大陆，谢谢你。"

达子说得很简短，大陆却能够感到那是一种对于战友的信任，这话让大陆听得心里暖暖的。

"现在怎么办？"

大陆看着达子，达子犹豫着，如何安置母亲是他目前最担忧的，如果让大陆带回豪哥集团，达子绝不答应，因为不能让母亲再受到任何的刺激。他现在只想让母亲尽快离开这是非之地。

"大陆，你能帮我把母亲送回国吗？"

大陆还没有回答，手机先响了起来，大陆接起了电话。

"我听到了爆炸声，华仔怎么了，是不是已经连人带货飞上天了？达子和他母亲怎么样了？"

电话中豪哥确认着，此刻他有足够的理由认定华仔已经被炸死了，所以前一句说得很得意，他等待着大陆的确认。

"华仔没死，货也被搬下了车。但是达子母亲死了，达子现在在车上，达子现在非常伤心，情绪很不稳定，我正在安慰达子。"

大陆边说边给达子使个眼色，达子意会到大陆这样做是想把母亲保护起来，所以，感激地向他微笑了一下。

豪哥的脸再次绿了起来，想说什么没说出口，愤怒地把电话摔到了地上。大陆似乎想到了这种结果，笑着挂断手机。

"你放心，阿姨的安全组织会负责的，我现在就送她到曲经那里先藏起来，然后找机会把阿姨送回国，但这事儿绝不能让豪哥知道，必须演好戏。"

"谢谢！"

达子看着开车的大陆，忽然有了一种久违的感觉，那是一种组织的温暖，多长时间没有听到组织的声音，没有看到组织的人，自己独自在毒巢中，无人依靠。现在大陆如此亲近地和自己在一起，达子感到无比安全。

"你也救过我的命，战友之间还谈什么感谢。你我并肩作战，才是最大的支持。"

大陆觉得达子和自己有些外道了，毕竟他们都是在执行任务，又是生死战友。救达子的母亲是分内的事情。达子在后面坐着，他现在看着大陆的眼睛是湿润的。

华哥把车开得都要飞起来了，他一心只想着马上把货送到扎萨那里，只要扎萨收了货，那军队就可以由他调遣，那时豪哥的手下就是乌合之众，铲平豪哥集团易如反掌。那时，所有的仇恨将会在炮火中全部烟消云散。

华哥到了约定地点，却没有看到扎萨的影子，他跳下车，拿着枪，在约定的地点周围寻找着扎萨的影子。约定时间已到，约定地点也没错。在树林中，现在除了成群的蚊子和不时跳动的小动物在斑驳的阳光下，就什么也没有了，没有扎萨那刺着鹰的手，没有他那训练有素的雇佣兵，更没有所谓的营地，什么也没有，华哥拿起电话，要打给扎萨，可是那个号码却变成了空号，扎萨一时间从人间蒸发了，华哥看着满车的毒品，一时间突然不知该何去何从了。

就在大陆和达子一起去追赶华哥的时候，几十个豪哥的手下已经在东的带领下，慢慢地向华仔集团包抄了过来。东是奉了豪哥的命令而来，豪哥此次不光是杀华哥，他是要把华哥的一切都从金三角上抹去。

一个警卫发现了来的敌人，刚要发出信号，已经被东一枪消灭在集团的岗楼里。他们几乎没有遇到什么抵抗，就翻过了集团围墙的防线，向集团内部攻了进去，华哥的手下纷纷拿起了武器反抗，可是，他们反应太慢了，更多的人还没有拿起武器，就已经被乱枪打死了。华仔集团的监视器屏幕上，显示着那些入侵的敌人和手下惨死的画面。

一个女人坐在椅子上，面无表情地看着豪哥的手下们在集团内大肆杀戮。东已经闯入了集团内部的防御系统，如果在监控室打开屏幕旁边的按钮，这些入侵者将会被迅疾落下的铁栏牢牢地挡在外面。可是，女人没有这么做，相反她按动了旁边的另一个按钮，华仔集团的手下被房门前面落下的铁栏牢牢地困在了屋里，这倒让东省了许多事，东隔着铁栏将无法躲避的华哥的手下打得如同马蜂窝一般。就这样，华仔集团的力量都被消灭了，有几个侥幸逃了出去，也被东等人疯狂地追杀。女人看着集团内手下所剩无几，这才从容地站了起来向监控室外走去。

一个手下急急跑进了监控室，企图把按钮按回去。他看到了邓敏，打了一声招呼就跑了进去。

"邓总。"

还没等那个手下跑到按钮处，邓敏的枪已经射向了他，手下应声倒地。邓敏随手在监控室门口放了一个定时炸弹，然后快步地向集团的后院走去，在路上，有看到她的，都在还没有弄明白怎么回事的时候，就被她一一消灭。在监控室被炸得飞上天的时候，邓敏坐上了她的吉普车，加速向集团外开了出去。

图书在版编目（CIP）数据

卧底：我在湄公河的卧底生涯 / 姜凯阳著. —— 北京：北京联合出版公司, 2017.2

ISBN 978-7-5502-9762-3

Ⅰ．①卧… Ⅱ．①姜… Ⅲ．①长篇小说—中国—当代

Ⅳ．①I247.5

中国版本图书馆CIP数据核字(2017)第014341号

卧底：我在湄公河的卧底生涯

项目策划 紫图图书 ZITO®

监　　制 黄利　万夏

丛书主编 郎世溟

作　　者 姜凯阳

责任编辑 徐鹏

特约编辑 宣佳丽　路思维　牛闯　程斌

装帧设计 紫图图书 ZITO®

北京联合出版公司出版

（北京市西城区德外大街83号楼9层　100088）

北京中印联印务有限公司印刷　新华书店经销

238千字　880毫米×1230毫米　1/32　10.25印张

2017年2月第1版　2017年2月第1次印刷

ISBN 978-7-5502-9762-3

定价：39.90元